中國語言文字研究輯刊

七　編

許錟輝 主編

第 **19** 冊

漢語研究論集（下）

李　申　著

花木蘭文化出版社

國家圖書館出版品預行編目資料

漢語研究論集（下）／李申 著 -- 初版 -- 新北市：花木蘭文
化出版社，2014〔民103〕
目 2+246 面；21×29.7 公分
（中國語言文字研究輯刊 七編；第 19 冊）
ISBN 978-986-322-859-2（精裝）
1.漢語 2.文集
802.08 103013634

ISBN-978-986-322-859-2

9 789863 228592

中國語言文字研究輯刊
七 編　　第十九冊　　　　　　ISBN：978-986-322-859-2

漢語研究論集（下）

作　　　者	李申	
主　　　編	許錟輝	
總 編 輯	杜潔祥	
副總編輯	楊嘉樂	
編　　　輯	許郁翎	
出　　　版	花木蘭文化出版社	
社　　　長	高小娟	
聯絡地址	235 新北市中和區中安街七二號十三樓	
	電話：02-2923-1455／傳眞：02-2923-1452	
網　　　址	http://www.huamulan.tw 信箱 hml810518@gmail.com	
印　　　刷	普羅文化出版廣告事業	
初　　　版	2014 年 9 月	
定　　　價	七編 19 冊（精裝）新台幣 46,000 元	

漢語研究論集（下）

李　申　著

目次

《漢語大詞典》書證商補

　　筆者在閱讀近代漢語文獻過程中，時常翻檢《漢語大詞典》（以下簡稱《大詞典》），發覺其中一些條目的例證明顯晚出，還有些條目沒有書證。這對考察詞語的源流顯然不利。對一部「古今兼收，源流並重」的大型詞典來說，也不能不說是個遺憾。茲就閱讀所見，為五十多個條目補充書證如下，以供參考。

一、例證晚出

1.【半拉】

　　半個，一半。清人王廷紹編《霓裳續譜・寄生草・佳人悄立在柳蔭下》：「瞧嘛，這月剩了半拉。等他來脫下花鞋，將他打幾下。」又同書《數岔・聽我胡謅》：「旁邊放著半拉破油簍，拿將起來就要套狗。」此詞明代已習用，又寫作「半落」，見《金瓶梅》。

　　《大詞典》（1 卷 710 頁）該條義項①首舉晚出的《兒女英雄傳》第四回為例。

2.【人緣】

　　指與別人的關係。明人馮夢龍《山歌・陳媽媽》：「陳家媽媽有人緣，風月場中走子幾呵年。」又下文：「虧殺子湯家姐姐替我合得人緣。」

　　《大詞典》（1 卷 1055 頁）該條義項②舉鄭振鐸《漩渦》七和老舍《四世

同堂》五二爲例。

3. 【侉子】

稱口音跟本地語音不同的山東一帶的北方人。明人馮夢龍《山歌・破騌帽歌》:「看呆子山東販騌侉子,立癡子江西販帽子個客人。」

《大詞典》(1卷1334頁)舉張天翼《清明時節》和陳登科《赤龍與丹鳳》文中例。

4. 【便飯】

日常吃的飯食。區別於酒席。《儒林外史》第十五回:「捧上飯來,一大盤稀爛的羊肉,一盤鴨,一大盤蝦圓雜膾,又是一碗清湯,雖是便飯,卻也這般熱鬧。」同書第四十九回:「高翰林道:『先用了便飯,好慢慢的談。』」清代李百川《綠野仙蹤》第五十二回:「久矣要請吃頓便飯,怎奈小戶人家,沒個吃的好東西。」

《大詞典》(1卷1366頁)首舉稍晚的《老殘遊記》第三回爲例。

5. 【偏】

客套話。用於請人幫忙或謝人代己做事。清代玩花主人編《綴白裘》六集卷三《探親》:「偏你老人家。到城中去望望女兒,我家下無人,諸事拜託你老人家照應照應。」

《大詞典》(1卷1532頁)該條義項⑮舉沈從文《一個婦人的日記》爲例。

6. 【大天光】

天大亮。明人馮夢龍《山歌・失宿》:「昨夜同郎說話長,失宿直睏到大天光。金瓶兒養魚無出路,鴛鴦鴨蛋兩邊膁。」又同書《一邊愛》:「郎道姐呀,你做著弗著做個大人情放我在腳跟頭睏介夜,情願撥來你千憎萬厭到大天光。」

《大詞典》(2卷1326頁)該條義項①舉馬寧《紅色故鄉隨筆》爲例。

7. 【口糧】

指每人日常生活所需要的糧食。明人陳鐸《滑稽餘韻・嘲天子・廚子》:「湯水絕倫,切煤多樣,叫的勤尋的廣。整日家口糧,一家兒贍養,脫不了鍋頭上。」又明人許仲琳《封神演義》第十回:「西岐之民,無妻者給與金錢而娶;貧而愆期未嫁者,給與金銀而嫁;孤寒無依者,當月給口糧,毋使欠

缺。」

《大詞典》（3卷16頁）該條義項②舉周恩來《關於經濟工作的幾則電文‧藏富於民》等當代例。

8. 【叫花子】

即乞丐。《醒世姻緣傳》第八回：「（珍哥）還說：『……這要是我做了這事，可實實的剪了頭髮，剝了衣裳，賞與叫花子去了，還待留我口氣哩！』」同書第四十五回：「狄希陳說：『我是他甚麼人？連屋裏也不叫我進去，我吃他的飯哩！他破著今日再送兩頓飯，我這叫花子可沒的再有指望了！』」又清人李百川《綠野仙蹤》第十回：「將走到天竺寺門前，見寺傍有一人倚石而坐，於冰見他形貌醃臢，是個叫花子，也就過去了。」

《大詞典》（3卷70頁）舉老舍《四世同堂》二九、端木蕻良《吞蛇兒》為例。

9. 【唧唧喳喳】

象聲詞。形容細碎雜亂的聲音。清人王廷紹編《霓裳續譜‧西調‧忽聽得中堂人語喧》：「怎忍見姊妹們受無端拷打。好一部肉鼓吹（據《詞典》，『肉鼓吹』即體罰犯人的聲音）唧唧喳喳。」

《大詞典》（3卷370頁）該條義項②舉趙樹理《表明態度》和管樺《女民警》為例。

10. 【弔死鬼】

謂縊死者。《儒林外史》第三十八回：「郭孝子道：『你這些做法，我已知道了。你不要惱，我可以幫襯你。這妝弔死鬼的是你甚麼人？』」又清人李百川《綠野仙蹤》第八回：「于冰看了多時，心裏說道：『眼見這婦人是個弔死鬼，只怕我力量對他不過，該怎處？』」

《大詞典》（4卷84頁）舉魯迅《朝花夕拾‧無常》為例。

11. 【果乾】

由鮮果經過日曬或烘乾而成的食品。清人李百川《綠野仙蹤》第十五回：「于冰到裏邊內房，說道：『家中若有鮮果子甚好。如無，不拘果乾果仁之類，我還吃些。煙火食物，我數年一點不動。』」又同書第三十回：「于冰道：『果子或果乾，還間時用用。』」

《大詞典》（4卷820頁）舉《新華半月刊》1958年第10期文句爲例。

12. 【獅子狗】

毛較長而蓬鬆的哈巴狗。清人王廷紹編《霓裳續譜・數岔・聽我胡謅》：「出門遇見兩條狗，咳呀，這條狗有些面熟。這條狗好像我大大爺家的大搭拉耳朵白鼻梁子撬頭獅子狗，那條狗好像我二大爺家裏二搭拉耳朵白鼻梁子撬頭獅子狗。這條狗聰著那條狗，那條狗盯著這條狗。又不知我大大爺家裏白鼻梁子撬頭獅子狗，咬了我二大爺家的二搭拉耳朵撬頭獅子狗；又不知我二大爺家裏白鼻梁子撬頭獅子狗，咬了我大大爺家裏大搭拉耳朵白鼻梁子撬頭獅子狗。」

《大詞典》（5卷100頁）舉曹禺《日出》第一幕文句爲例。

13. 【變蛋】

松花蛋的別稱。清人李百川《綠野仙蹤》第四十三回：「苗禿道：『我們有火腿和變蛋，亦足下酒。』」

《大詞典》（5卷532頁）舉《科學畫報》1983年第1期文句爲例。

14. 【暴發戶】

突然發財得勢的人家。明人陳鐸《滑稽餘韻・雁兒落帶過得勝令・古董》：「周彝商鼎輞川圖，錯認常行數。脫貨求財暴發戶，強支吾。」

《大詞典》（5卷828頁）舉清代小說《儒林外史》第五三回和《官場現形記》第一回爲例。

15. 【油炸鬼】

即油炸果。清人華廣生編《白雪遺音・八角鼓・兩口變臉》：「清晨起來不耐煩，你不梳頭不洗臉，甜醬粥一大碗，油炸鬼一大串。」

《大詞典》（5卷1075頁）舉老舍《駱駝祥子》書中例。

16. 【油雞】

雞的一個品種。清人王廷紹編《霓裳續譜・數岔・罵雞王奶奶住在街西》：「公雞打鳴，還有些油雞，牝雞下蛋，還會孚雞。」

《大詞典》（5卷1081頁）該條義項②舉魯迅《彷徨・傷逝》文中例。

17. 【湯糰】

同「湯圓」。宋人吳自牧《夢粱錄》卷十三：「又沿街叫賣小兒諸般食件……

麻團、湯糰、水團……。」又卷十六:「及沿街巷陌盤賣點心:……元子、湯糰、水團、蒸糍、粟粽、裹蒸、米食等點心。」

《大詞典》(5 卷 1462 頁)舉明人劉若愚《酌中志》及《警世通言》、《官場現形記》三書文例為證。

18.【湯圓】

即湯糰。清人王廷紹編《霓裳續譜·寄生草·女大思春》夾白:「罷啊,隨我後頭吃個湯圓點心去罷。」

《大詞典》(5 卷 1462 頁)首舉稍晚的《二十年目睹之怪現狀》第五二回為例。

19.【溜瞅】

謂眼睛轉來轉去地看。《紅樓夢》第二十六回:「那賈芸口裏和寶玉說話,眼睛卻溜瞅那丫鬟:細挑身材,容長臉面,穿著銀紅襖兒,青緞背心,白綾細折裙。」清人王廷紹編《霓裳續譜·平岔·雲散雨收》:「雲散雨收,呀呀喲,有一個女孩在房簷底下溜瞅,口口聲聲叫水牛。」

《大詞典》(6 卷 30 頁)舉管樺《烙餅》和《人民文學》1976 年第 1 期文句為例。

20.【打胎】

人工流產。《警世通言·況太守斷死孩兒》:「支助道:『打胎只是一次,若一次打不下,再不能打。……』」清人華廣生編《白雪遺音》卷三「南詞」有《打胎》篇:「待我去買服靈丹妙藥來吃下去,落了胎,也無禍來也無災。」又其二:「喚多嬌,些須小事犯急躁,卑人早已安排定,母子分離藥一包,吃下去,打掉了,風不吹來樹不搖。」可知文中「打胎」與今義同。

《大詞典》(6 卷 319 頁)舉茅盾《清明前後》第二幕為例。

21.【打閃】

天空發出閃電亮光。清人李光庭《鄉言解頤·天部·電》:「鄉人有閃電娘娘之稱,且不謂之閃電,直曰打閃。」

《大詞典》(6 卷 322 頁)該條義項①舉和谷岩《楓》、郭小川《平爐王出鋼記》詩句為例。

22. 【扤】

猶扤。掐住。明人馮惟敏《歸田小令・玉江引・農家苦》：「倒了房宅，堪憐生計蹙。沖了田園，難將雙手扤。」

《大詞典》（6 卷 341 頁）舉清代袁枚《新齊諧・王莽時蛇冤》為例。

23. 【拉倒】

算了；作罷。清人華廣生編《白雪遺音・馬頭調・寂寞尋春》：「不算誰，放出他來就拉倒罷，省的磨牙。」

《大詞典》（6 卷 499 頁）首舉魯迅《華蓋集續編・馬上支日記》為例。

24. 【掇】

量詞。猶撮。明人陳鐸《滑稽餘韻・雁兒落帶過得勝令・捏塑匠》：「一掇兒爛泥，幾笤兒冷水，紙分兩麻斤力，成形作象費心機，在手多生意。」

《大詞典》（6 卷 731 頁）「掇」字該條義項⑯舉徐遲《祁連山下》為例。

25. 【毛房】

茅房，廁所。清人李百川《綠野仙蹤》第四十八回：「如玉冷笑道：『我還不是就近的毛房，任人家屎尿哩！』」第八十一回：「娃子道：『不是。這個牆，是我那邊毛房牆。』」又下文：「周璉道：『你那邊毛房有幾間？』」

《大詞典》（6 卷 1000 頁）舉沙汀《選災》為例。

26. 【毛腰】

方言。彎腰。清人王廷紹編《霓裳續譜・數岔・樹葉兒嬌》：「阿哥們吃了讀書高，老爺吃了增福延壽，老太太吃了不毛腰，瞎子吃了睜開眼，聾子吃了聽見了，啞巴吃了會說話，禿子吃了長出毛。」

《大詞典》（6 卷 1003 頁）首舉稍晚的《兒女英雄傳》第六回為例。

27. 【胰子】

皂莢或肥皂。《醒世姻緣傳》第六十二回：「雖然使肥皂擦洗，胰子退磨，也還告了兩個多月的假，不敢出門。」又清人王廷紹編《霓裳續譜・平岔・清晨早起》：「清晨早起，姐兒的性兒急。叫了聲丫鬟你討仔細，這兩日行動坐臥我看不上。你端了來的臉水，燙了我的手。肥皂胰子不知往那裡去。」

《大詞典》（6 卷 1244 頁）首舉稍晚的《兒女英雄傳》第十四回為例。

28. 【臉大】

臉皮厚，不害臊。多用於女子。清人王廷紹編《霓裳續譜‧楊柳調‧女大思春》：「人家孩子臉大，沒有我們孩子臉大。」又下文：「哨哨街坊家，看看兩鄰家，誰家女孩子不似過他。他又不害羞，臉有這麼大。」

《大詞典》（6 卷 1385 頁）該條義項①舉老舍《老張的哲學》第十二和冰心《冬兒姑娘》為例。

29. 【烙餅】

烙成的麵餅。清人李百川《綠野仙蹤》第八十三回：「不意龐氏出恭，素日在午未時分，昨日吃了些烙餅，大腸乾燥了，便不出恭。」

《大詞典》（7 卷 61 頁）首舉較晚的《二十年目睹之怪現狀》第一〇八回為例。

30. 【私孩子】

猶言私生子。《醒世姻緣傳》第五十六回：「（素姐）又叫狄周媳婦趕上攔阻他。不惟不肯回來，且說：『你叫他休要扯淡，情管替他兒生不下私孩子。』」清人李百川《綠野仙蹤》第五十八回：「他就想到『不是埋東西，定是埋私孩子。』」《二十年目睹之怪現狀》第二十五回：「（那鄉下人）才說道：『……我忙著去撮了兩服，趕到家去，一氣一個死，原來他的肚子痛不是病，我趕到了家時，他的私孩子已經下地了！』」

《大詞典》（8 卷 18 頁）舉今時《安徽婦女歌謠‧訴苦歌》為例。

31. 【窟竉】

窟窿。宋人普濟編《五燈會元》卷二十《南嶽下十六世‧徑山杲禪師法嗣‧玉泉曇懿禪師》：「慧曰：『我不似雲門老人，將虛空剜窟竉。』」

《大詞典》（8 卷 455 頁）舉《警世通言‧桂員外途窮懺悔》為例。

32. 【老江湖】

指經歷多而非常世故圓滑的人。明人馮夢龍《掛枝兒‧船》：「船兒船兒，你放出老江湖的手段，迎來送往，經過了萬萬千。」

《大詞典》（8 卷 610 頁）首舉《二十年目睹之怪現狀》第五十回為例。

33. 【肉肉】

方言。表示疼愛的昵稱。清人李百川《綠野仙蹤》第五十一回：「苗禿子

笑道：『我的小肉肉，你和我也惱了！我替你捨死忘生請了一回，你也不與我請個安。』」又同書第六十一回：「老頭兒尋覓兒孫，錯抱定敲磬沙彌，拍拍打打叫肉肉；小娃子悲呼父母，緊摟住送生小鬼，親親熱熱喚媽媽。」

《大詞典》（8卷1061頁）舉張賢亮《綠化樹》二九為例。

34. 【補藥】

滋補身體的藥物。明人馮夢龍《山歌・鑊子》：「我那間吃氣弗過，生子介個肚漏，身體熱了又燒破了嘴唇。補藥吃來無用，看看性命難存。」《警世通言・況太守斷死孩子》：「（支助）去尋得貴說道：『我要合補藥，必用一血孩子。你主母今當臨月，生下孩子必然不養，或男或女，可將來送我。』」又下文：「得貴道：『……他說要血孩合補藥，我好不奉他？誰知他不懷好意！』」

《大詞典》（9卷93頁）首舉《儒林外史》第二一回為例。

35. 【花椒】

一種調料。《西遊記》第一百回：「花椒煮萊菔，芥末攔瓜絲。」

《大詞典》（9卷299頁）舉今人侯金鏡《漫遊小五臺・神遊》為例。

36. 【草頭】

也叫草字頭。漢字的偏旁。清人李百川《綠野仙蹤》第七十九回：「童生道：『《易經》上有「拔茅連茹」，「茹」字怎麼寫？』，周璉道：『草頭下著一如字便是。』」又清人張春帆《九尾龜》第一九二回：「孫松道：『你這個「殺草」的兩個字雖然可以用得，但是這個「芥」字，拆了開來，上面的草頭是不成字的。』」

《大詞典》（9卷376頁）該條義項②舉《新華文摘》1981年第4期文句為例。

37. 【結記】

惦記。清人李百川《綠野仙蹤》第四回：「于冰道：『只有一子，今年才十四歲了。』獻述道：『好極，好極。這是我頭一件結記你處。』」又同書第九回：「不意次日仍是大雪，于冰著急之至，晚間結記的連覺也睡不著。」

《大詞典》（9卷807頁）舉魏巍《東方》第一部第五章、梁斌《紅旗譜》二四為例。

38.【繞口令】

一種語言遊戲，也叫拗口令、急口令、吃口令等。清人王廷紹編《霓裳續譜・數岔・聽我胡謅》：「像是這樣的繞口令兒繞繞嘴了，若是一六不六挵瓜栽跟頭。」

《大詞典》（9 卷 1014 頁）該條義項①舉柯岩《奇異的書簡・船長》爲例。

39.【鄉下人】

生長居住在農村的人。明人馮夢龍《山歌・燒香娘娘》：「鄉下人一味老實，城裏人十分介輕狂。」同書《鄉下人》：「鄉下人弗識枷裏人，忽然看見只捉舌頭伸。」又馮夢龍《掛枝兒・鄉下夫妻》：「俏娘兒遇清明，把先塋來上。鄉下人看見了，手腳都忙。若不是小腳，就認做觀音樣。」

《大詞典》（10 卷 660 頁）首舉《兒女英雄傳》第十二回爲例。

40.【近視眼】

眼睛近視。《儒林外史》第十七回：「那人看書出神，又是個近視眼，不曾見有人進來。」清人李百川《綠野仙蹤》第七回：「額大而凸，三縷段有紅有紫；鼻寬而凹，近視眼半閉半開。」同回下文：「先生得意之至，把兩隻近視眼笑的只有一線之闊，掀著鬍子說道……」又下文：「原來近視眼看詩文最費力，這先生將一本賦掀來掀去，幾乎把鼻孔磨破，方尋得出來，付與于冰。」

《大詞典》（10 卷 736 頁）首舉晚出的陳森《品花寶鑒》第六回爲例。

41.【青年】

指年輕人。明刊《風月錦囊・摘彙奇妙續全家錦囊姜女寒衣記》：「寄語青年，上和下睦須行善。」

《大詞典》（11 卷 521 頁）該條義項②舉毛澤東《〈中國農村的社會主義高潮〉的按語》及丁玲、趙樹理作品用例爲證。

42.【閘草】

即苲草。指金魚藻等水生植物。清人華廣生編《白雪遺音・馬頭調・夏景》：「青的是閘草，紅白是藕蓮。」又同書《馬頭調・佳人獨坐》：「恨將起，推倒石頭，鏟斷了閘草，墊平了魚池，掐弔了荷葉，手捧起魚兒，趕散了鴛鴦。」

《大詞典》（12 卷 99 頁）舉老舍《龍鬚溝》第一幕爲例。

43.【馬蜂窩】

即馬峰的窩。清人李百川《綠野仙蹤》第四十八回：「（苗秃子）唱道：『你好似蓮蓬座，你好似馬蜂窩，你好似穿壞的鞋底繩頭兒落。』」又下文：「只是這金姐臉上，也有幾個麻子，你就罵，也該平和些兒。怎麼必定是石榴皮、馬蜂窩、羊肚子、擦腳石，罵的傷情利害到這步田地！」

《大詞典》（12卷780頁）該條義項①舉周立波《暴風驟雨》書中例。

二、書證疏漏

1.【不中聽】

使人不喜歡聽。《西遊記》第七十一回：「妖王走出宮門，只見那幾個傳報的小妖慌張張的磕頭道：『外面有人叫罵，要金聖宮娘娘哩！若說半個不字，他就說出無數的歪話，甚不中聽。……』」《醒世姻緣傳》第六十七回：「艾回子道：『……只怕是我那清早醉了，說了甚麼不中聽的話。……』」清人王廷紹編《霓裳續譜・銀紐絲・鄉里親家我睄睄親家》：「親家母說話不中聽，惱人的心。」清人華廣生編《白雪遺音・銀紐絲・兩親家頂嘴》亦收此句。

《大詞典》（1卷399頁）該條無例。

2.【兜兜】

口語。兜肚。清人王廷紹編《霓裳續譜・剪靛華・姐在房中織綿紬》：「姐在房中織綿紬，忽聽的才郎要兜兜，又添一番愁。你要兜兜奴這裡有，兜兜上面繡九州。」

《大詞典》（2卷278頁）該條義項②無例。

3.【尿胞】

即尿脬。《西遊記》七十一回：「可憐！真是貓咬尿胞空歡喜！」清人王廷紹編《霓裳續譜・劈破玉・正盼佳期》：「吱溜溜將門開放，卻原來是貓咬尿胞，只當是冤家，不承望是捎書的人到。」

《大詞典》（4卷13頁）無例。

4.【栽跟頭】

摔交，跌交。亦以比喻失敗或受挫折。清人王廷紹編《霓裳續譜・數岔・聽我胡謅》：「像是這樣的繞口令兒繞繞嘴了，若是一六不六捭瓜栽跟頭。」

《大詞典》（4卷963頁）該條為自造例句，無書證。

5. 【胡蜂】

昆蟲。通稱馬蜂。唐人李賀《惱公》詩：「弄珠驚漢燕，燒蜜引胡蜂。」宋人賾藏主編《古尊宿語錄‧智門祚禪師語錄‧網宗歌》卷三十九：「胡蜂不戀舊時窠。猛將那肯家中死。」明人陳鐸《秋碧軒稿‧梁州第七‧禿子自敘》：「逞不的強，賭不的氣，行動胡蜂繞定了飛，急躲著虧。」明人李時珍《本草綱目‧蟲一‧大黃蜂》：「〔釋名〕黑色者名胡蜂，……時珍曰：『凡物黑色者謂之胡。』」又明人馮夢龍《掛枝兒‧門子》：「蜻蜓身不大，胡蜂刺又多，尋一個蚊子也，搭救搭救我。」

《大詞典》（6 卷 1217 頁）該條無例。

另，「胡蜂」亦作「胡蠭」。宋人羅願《爾雅翼‧釋蟲》：「蠭之最大者，螫人致死，能食蜘蛛。……《方言》曰：『蠭大而蜜謂之壺蠭。』今人亦呼爲胡蠭。」

《詞典》未收「胡蠭」。

6. 【礱糠】

稻穀經過礱磨脫下的殼。明人馮夢龍《山歌‧撇青》：「姐見郎來便閃開，偖個人前要賣乖。郎道姐兒呀，濕礱糠種火慢慢裏煨著子你，只怕雨打泥牆自倒來。」又下文：「容貌嬌姿奴奪魁，同郎有意只無媒，爾是站垜踏車逐腳上，水濕礱糠慢慢煨。」

《大詞典》（7 卷 1122 頁）該條爲自造例句，無書證。

7. 【皮蛋】

即松花蛋。清人李百川《綠野仙蹤》第五十回：「如玉看了看，是五六十個皮蛋，一壇糟鰣魚，四包百花糕，八小瓶兒雙黏酒，貼著紅紙簽兒。」清人毛祥麟《墨餘錄》卷六《奸商通盜》：「一日，某行中發挑皮蛋數千，自浦下船。內有好飲擔夫，息肩酒肆，擬以擔中蛋下所沽。乃取一枚去其殼，不意內皆火藥，遍驗皆然。」

《大詞典》（8 卷 521 頁）未舉例。

8. 【著】

方言。用於應答，表示同意。清人李百川《綠野仙蹤》第二十八回：「文煒道『老伯吩咐，小姪今後再不說斯文話。』桂芳點頭道：『著，這就是了。』」又同書第二十九回：「林岱道：『孩子也要同他去走遭，往返不過八九天即回。

若他令兄有可惡處，也好與朱兄弟做個幫手。』桂芳連連點頭道：『著，著。……』」

《大詞典》（9 卷 168 頁）著[2] 義項④僅自造一例。

9. 【紙條】

長條形的紙。元人王實甫《西廂記》第一本第三折：「窗兒外淅零零的風兒透疏櫺，忒楞楞的紙條兒鳴。」又同書第三本第一折：「他可敢嗤、嗤的扯做了紙條兒。」

《大詞典》（9 卷 769 頁）該條義項①未舉例。

10. 【野花】

喻指男子的外遇。明人馮夢龍《夾竹桃・絕勝煙柳》：「姐道我郎啊，小阿奴奴雖是一朵野花，從弗曾經個蜂蝶採，絕勝煙柳滿皇都。」馮夢龍《掛枝兒・野花》：「綠邊紅膝褲，越看越風騷。酒醉人多也，野花兒偏滋味好。」清人華廣生編《白雪遺音・七香車・十二月》：「他在外邊貪戀著野花，回頭就把那堂客罵。」

《大詞典》（10 卷 406 頁）該條義項②為自造例句，無書證。

（原載《東南大學學報》2003 年第 2 期，與王本靈合作）

《漢語大詞典》書證訂補

　　《漢語大詞典》（以下簡稱《大詞典》）是一部大型的歷史性的漢語語文工具書。它收詞量大，釋義確切，例證豐富，取得了突出的成就。但由於詞目浩繁，難免也有一些疏失。單就書證而言，有的明顯滯後，有的漏略失收，有的還出現差錯。爲使該書今後進一步修訂完善，特對近 40 個條目的書證徵引問題提出訂補意見，以供編者參考。每一部分詞語皆按《大詞典》卷頁數順次排列。

一、書證晚出

　　1. 刀豆　豆科植物名。莢形似刀，故名。蔓生，花紫或白，似蛾形。嫩莢可供食用，成熟種子或殼可入藥。（2 卷 549 頁）

　　按：《大詞典》僅引明・李時珍《本草綱目・穀三・刀豆》例。宋代已有用例。吳自牧《夢粱錄・物產・穀之品》：「豆：大黑，大紫，大白，大黃……白豌，刀豆。」[1]

　　2. 刨花水　用桐木刨花浸泡而稍帶黏性的水。舊時婦女常用以梳理頭髮，使之光潔柔潤。（2 卷 644 頁）

　　按：《大詞典》引巴金《憶・最初的回憶》例。清代已有用例。孫家振《海上繁華夢》（後集）第十二回：「回到寓中叫了個剃髮匠，把劉海髮剪去，只剩半寸不到留在頂上，不用刨花水刷他下來，一條鬆三股辮子打得緊緊兒的……」

3. 玩具　供玩耍遊戲的器物。（4 卷 527 頁）

按：《大詞典》最早引例爲明·唐順之《重修涇縣儒學記》。宋代筆記已有用例。周密《武林舊事》：「效學西湖，鋪放珠翠、花朵、玩具、匹帛及花籃、鬧竿、市食等，許從內人關撲。」[2]

4. 桐油　油桐果實榨出的油。有毒。是質量很好的乾性油，可製油漆、油墨，又可作防水防腐之用。（4 卷 974 頁）

按：《大詞典》僅引明·宋應星《天工開物·膏液》例。王宣武《漢語大詞典拾補》（貴州人民出版社，1999 年）已舉宋末張世南《遊宦紀聞·驗眞桐油之法》一例。今再補一例。宋·李誡《營造法式·彩畫作制度·煉桐油》：「用文武火煎桐油令清，先煠膠令焦，取出不用，次下松脂，攪候化。」

5. 洋人　外國人（泛指西洋人）。（5 卷 1181 頁）

按：《大詞典》最早引清·鄭觀應《盛世危言·稅則》例。明代小說已有用例。羅懋登《三寶太監西洋記通俗演義》第八回：「鴻臚寺報名說道：『外國洋人進貢。』傳宣的問道：『外邦進貢的可有文表麼？』各洋人的通事說道：『俱各有文表。』」[3]

6. 手勢　①用手作的表示意思的各種姿勢。（6 卷 302 頁）

按：《大詞典》首引現代作家徐遲《不過，好日子哪天有？》例。清初已有用例。李漁《無聲戲》第六回：「瑞郎疼痛之極，說不出話，只做手勢，教他不要如此。」又《十二樓·合影樓》：「想到此處，就不好辜其來意，也要弄些手勢答他。」[4]

7. 紮營　謂軍隊安營駐紮。（6 卷 309 頁）

按：《大詞典》最早引清·昭槤《嘯亭雜錄·緬甸歸城本末》例。明代已有用例。羅懋登《三寶太監西洋記通俗演義》第二十五回：「唐英道：『依我學生之愚見，紮立軍營，在此伺候。』眾將道：『伺候便罷，何必紮營。』唐狀元道：『……我和你紮營在此，天師下來，便於救應……』」[3]

8. 打手　②邪惡勢力豢養的用以直接欺壓人民群眾的爪牙。（6 卷 311 頁）

按：《大詞典》首引現代作家曹禺《日出》第一幕爲例。清初已有用例。李漁《十二樓·奪錦樓》：「那兩姓人家，果然依了此計，不上一兩日，就選定婚

期，雇了許多打手，隨著轎子前來，指望做個萬人之敵。」[4]

9. **打榾子** 用棍子打人，攔路搶劫。比喻奪取別人的利益。（6卷315頁）

按：《大詞典》僅引現代作家梁斌《紅旗譜》三四回例。清代已有用例。石玉昆《龍圖耳錄》第七十四回：「這是你出去打榾子呢，好嗎，把行路的都趕到家裏來了！若不虧老娘將他們藥倒，你明日打不了的官司！」[5]

10. **折氣** 猶屈服。（6卷380頁）

按：《大詞典》最早引清·李漁《十二樓·三與樓》二回例。明代筆記已有用例。李詡《戒庵老人漫筆》卷六：「貧麗六極，揚韓二儒所欲逐而送之者也，而士人緣此折氣卑卑不自好者不少，君不幸生即罹之·厥守彌堅，竟其生無一鄙瑣行。」

11. **把手** ②器物上供手執握之處。（6卷422頁）

按：《大詞典》最早例爲清·鄭觀應《盛世危言·火器》。宋代筆記已見用例。吳自牧《夢粱錄·皇帝初九日聖節》：「其御宴酒盞皆屈卮，如茱碗樣，有把手。」[1]

12. **掌鞋** 謂用皮、車胎等釘補鞋底。（6卷633頁）

按：《大詞典》引當代作家李洪偉《掌鞋》例。宋以來實多有用例。孟元老《東京夢華錄·諸色雜賣》：「其錮路、釘鉸、箍桶、修整動使、掌鞋、刷腰帶、修襆頭……」[6] 馮夢龍《笑府·皮匠掌鞋》：「凡替人掌鞋，出門必落，輒尾其後，拾取以爲本錢。」

13. **掌權** 指掌握權力。（6卷634頁）

按：《大詞典》僅引現代作家趙樹理《小二黑結婚》例。清代已有用例。《海公大紅袍全傳》第十回：「今有內城通政司嚴府掌權的嚴二先生，他要娶一房妻子，不拘聘金。」

14. **擡價** 提高價格。（6卷934頁）

按：《大詞典》僅引梁啟超《中國改革財政私案》例。清代已有用例。李漁《無聲戲》第八回：「要還就還，這個帳是冷不得的，任你田產屋業，我們都要，只不許擡價。」

15. **火叉** ①撥火或添炭用的鐵叉。（7 卷 2 頁）

按：《大詞典》最早引吳承恩《西遊記》第七回例。宋代已有用例。孟元老《東京夢華錄·防火》：「下有官屋數間，屯駐軍兵百餘人，及有救火家事，謂如大小桶、灑子、麻搭、斧鋸、梯子、火叉、大索、鐵貓兒之類。」〔6〕

16. **感冒** ②一種傳染病，多因氣候變化，人體抵抗力減弱時爲病毒感染所致。（7 卷 611 頁）

按：《大詞典》引清·吳趼人《二十年目睹之怪現狀》例。郭芹納《釋「感冒」》（《陝西師範大學學報》1995 年第 3 期）引用清《蜃樓志》第五回：「世兄此症，因風寒感冒，加以書史帶神，至成外感內傷之症……沖和湯乃四時感冒之要藥……」指出第二個「感冒」即②義。彭磊《「感冒」小考》（《漢字文化》2001 年第 3 期）指出作爲名詞的「感冒」首見於清《醫宗金鑒·幼科雜病心法要訣·感冒》，即「肺主皮毛感邪風，發熱憎寒頭疼痛。」但我們發現明代羅懋登《三寶太監西洋記通俗演義》裏已見此用法。如第四十回：「多勞你們了！我昨天在途路上，感冒了些風寒暑濕，多得你們這一場修養，我的感冒好多了。」〔3〕第二個「感冒」即是。

17. **祖國** ①祖先以來所居之地。（7 卷 851 頁）

按：《大詞典》僅引清·魏源《聖武記》卷六例。明代已有用例。羅懋登《三寶太監西洋記通俗演義》第八十六回：「元帥道：『賢王俱奉回回教門，回回可有個祖國麼？』番王道：『極西上有一個祖國，叫做天堂極樂之國。』」〔3〕

18. **聲嗓** 嗓音。（8 卷 693 頁）

按：《大詞典》引梁斌《紅旗譜》例。田照軍、蕭嵐《〈漢語大詞典〉近代漢語條目溯源》（載〔香港〕《語文建設通訊》2002 年第 70 期）引用蒲松齡《聊齋俚曲·蓬萊宴》第四回：「仔細端詳，仔細端詳，耳大頭圓好聲嗓，雪白的玉人兒，就有個福像。」實明代已習用。如《三寶太監西洋記通俗演義》第五十三回：「到了定更時分，卻假裝一個番兵的聲嗓，歎一口氣說道：『這等一池的水，怎麼要個人來看他。』」

19. **船幫** ①船身的側面。（9 卷 8 頁）

按：《大詞典》僅引《二刻拍案驚奇》卷二三例。實有稍早之用例，見《三

寶太監西洋記通俗演義》第九十六回：「篷還不曾落完，那魚王越發挨進船幫來了。」[3]

20. **綠豆**　豆科植物名。一年生草本。葉由三片葉組成，花小。綠黃色。……（9 卷 91 頁）

按：《大詞典》僅引李時珍《本草綱目·穀三·綠豆》例。宋代已有用例。孟元老《東京夢華錄·州橋夜市》：「夏月麻腐雞皮、麻飲細粉……綠豆、甘草冰雪涼水……皆用梅紅匣兒貯。」[6]又吳自牧《夢粱錄·物產·穀之品》：「豆：大黑，大紫，大白，大黃，大青，白扁，黑扁，白小，赤小，綠豆……白豌，刀豆。」[1]

21. **芋頭**　即芋母。指芋芶塊莖之大者。與「芋子」相對。（9 卷 274 頁）

按：《大詞典》引明·李時珍《本草綱目·菜二·芋》例。宋代已有用例。《西湖老人繁勝錄》：「蓋江南地暖如此，蔬菜一年不絕，此月有臺心菜、黃芽菜、矮菜、甘露子、菠菜、芋頭、芋芶、山藥之類，蔥韭尤多。」

22. **蒸籠**　用竹篾、木片等製作的蒸食物用的器具。（9 卷 532 頁）

按：《大詞典》最早引《紅樓夢》例。王宣武《漢語大詞典拾補》引明代沈榜《宛署雜記·經費下·鄉會試武舉》：「中蒸籠八副，小蒸籠八副，飯甑十八副。」其實宋代筆記已有用例。吳自牧《夢粱錄·諸色雜貨》：「家生動事如桌、凳、涼床、交椅、兀子……竹笊籬、蒸籠……」[1]

23. **豆棚**　用竹木搭成棚架，供蔓生豆藤攀附生長。房前屋後的豆棚，夏日爲納涼佳處。（9 卷 1342 頁）

按：《大詞典》僅引清·艾衲居士《豆棚閒話·朝奉郎揮金倡霸》例。明代已有用例。曹臣《舌華錄》：「張靈嗜酒傲物，或造之者，張方坐豆棚下舉杯自酬，目不少顧。」

24. **雞冠**　②草本植物名。一年生，花狀如雞首之肉冠。（11 卷 862 頁）

按：《大詞典》引明·李時珍《本草綱目·草四·雞冠》等例。宋代筆記已有用例。吳自牧《夢粱錄·物產·花之品》：「紫荊花。雞冠，有三色。鳳仙。杜鵑。」[1]《東京夢華錄·中元節》：「又賣雞冠花，謂之『洗手花』。」[6]

25. **頭拳**　指腦袋。以腦袋代替拳頭撞擊他人，故稱。（12 卷 304 頁）

按:《大詞典》僅引清·陶貞懷《天雨花》第二回例。明代羅懋登《三寶太監西洋記通俗演義》中不乏用例。如第四十七回:「銅頭宮主聽得胡都司的鸞鈴,看看近著他,撲地裏兜轉馬來,一頭拳正撞著胡都司的臉。」第八十五回:「進不得門不至緊,卻在船艙板上撞了一個頭拳,把個船艙頭上的燈早已打陰了。」〔3〕

26. 風箏　①玩具。通常以竹篾為骨架糊以紙、絹而成。用長線繫之,能乘風高飛。(12 卷 619 頁)

按:《大詞典》引明·陳沂《詢蒭錄》等例。宋代已有用例。周密《武林舊事·西湖遊事》:「至於吹彈、舞拍、雜劇、雜扮……風箏,不可指數,總謂之『趕趁人』,蓋耳目不暇給焉。」〔2〕

27. 黃芽　②大白菜的一種。(12 卷 975 頁)

按:《大詞典》引清·富查敦崇《燕京歲時記·大白菜》例。宋代已有用例。吳自牧《夢粱錄·物產·菜之品》:「黃芽,冬至取巨菜,覆以草,即久而去腐葉,以黃白纖瑩者,故名之。」〔1〕

28.黃芽菜　大白菜的一種。(12 卷 975 頁)

按:《大詞典》引清·汪灝《廣群芳譜·蔬譜上·白菜》例。宋代已有用例。《西湖老人繁勝錄》:「蓋江南地暖如此,蔬菜一年不絕,此月有臺心菜、黃芽菜、矮菜、甘露子、菠菜、芋頭、芋艿、山藥之類,蔥韭尤多。」

二、漏收書證

1. 修腳　修剪腳趾甲或削去腳上的趼子。(1 卷 1376 頁)

按:《大詞典》未收例證。元代早有用例。《朴通事》:「我說與你,湯錢五個錢,撓背兩個錢,梳頭五個錢,剃頭兩個錢,修腳五個錢,全做時只使得十九個錢……又入去洗一洗,卻出客位裏歇一會兒,梳刮頭,修了腳,涼完了身己時,卻穿衣服吃幾盞閉風酒,精神便別有。」

2. 八角　③植物名。也叫「八角茴香」。常綠灌木,初夏開花,果實為 8-9 個木蓇葖,輪生呈星芒狀的,香氣濃烈。可作香料、佐料。(2 卷 7 頁)

按:《大詞典》未收例證。清代已見用例。蒲琳《清風閘》第二十一回:「再

言五爺到街上，打了些清醬油、木瓜酒、洋糖、花椒、八角等件家來，繫了一條圍裙：『等我來。』」〔7〕

3. **圍桌** 舊時辦婚喪事或祭祀時垂掛在桌前的遮蔽物，多用布或綢緞製成，現在有些戲曲演出時仍使用。（3卷851頁）

按：《大詞典》未收例證。清代《龍圖耳錄》已有用例。如第二十一回：「（展昭）左右看了看，復又低頭，見有圍桌，便扯下一塊來，將木頭人兒包好，攜在懷內……」〔7〕

4. **成氣候** 比喻有成就或有發展前途。多用於否定式。如：不成氣候。（5卷200頁）

按：《大詞典》未收例證。清代已有用例。陳廷焯《白雨齋詞話》五‧一：「洪稚存經術湛深，而詩多魔道；詞稍勝於詩，然亦不成氣候。」

5. **水芹** 傘形科。多年生水生宿根草木。有匍匐莖，莖節易生根。（5卷861頁）

按：《大詞典》未收例證。宋代已有用例。吳自牧《夢粱錄‧物產‧菜之品》：「芥菜、生菜……甘露子、水芹、蘆筍、雞頭菜、藕條菜、薑、薑芽、新芽、老芽。」〔1〕

6. **篾片** ②竹子劈成的薄片。（8卷1238頁）

按：《大詞典》未收例證。清代已有用例。遊戲主人《笑林廣記》卷之七「開路神」：「開路神曰：『阿哥不知，我只圖得些口腹耳。若論穿著，全然不濟，剝去一層遮羞皮，渾身都是篾片了。』」又《躋春臺》卷三《比目魚》：「父責你無非是拿塊篾片，忤逆子一見了就撈尖擔。」

7. **薹臺** 某些花科蔬菜植物的花莖，如油菜薹、芥菜薹。（9卷447頁）

按：《大詞典》未收例證。清代已見用例。蒲琳《清風閘》第二十四回：「次日，五爺起來，叫鍋上到街上打肉，買菜薹子。那曉得下鍋認爲他是個完庫肉，開他八十五文一斤，還只得十四兩秤；菜薹開他三分一斤‧十六兩秤。」〔7〕

8. **菠菜** 蔬菜名。又名菠薐菜。一年生或二年生草本植物，葉子略呈三角形，根略帶紅色，花黃綠色，莖和葉子可食，富鐵質。（9卷452頁）

按：《大詞典》未收例證。王宣武《漢語大詞典拾補》舉《醒世姻緣傳》第八十八回一例，亦晚出，實際宋代已有用例。《西湖老人繁勝錄》：「蓋江南地暖如此，蔬菜一年不絕，此月有臺心菜、黃芽菜、矮菜、甘露子、菠菜、芋頭、芋艿、山藥之類，蔥韭尤多。」

三、書證有誤

1. 戛戛　③獨特貌。……清紀昀《閱微草堂筆記・姑妄言之四》：「冠瀛為文，喜戛戛生造，硬語盤空。」（5 卷 226 頁）

按：《大詞典》所引書證有誤。「姑妄言之」應作「姑妄聽之」。《閱微草堂筆記》卷十五「姑妄聽之（一）」有「觀弈道人自題」之引言，末句云「以多得諸傳聞也，遂採莊子之語名曰《姑妄聽之》。」可證。又《大詞典》同卷 231 頁「戢景」條亦引紀昀筆記作「姑妄言之」，並誤。

2. **挨靠**　依靠。金董解元《西廂記諸宮調》卷三：「小生客寄，沒個人挨靠。」（6 卷 629 頁）

按：《大詞典》所引書證卷數有誤。「卷三」無「小生客寄……」一語，此語實出自「卷六」。《大詞典》同卷 642 頁「捱靠」條亦引《董西廂》卷六「小生客寄，沒個人捱靠」語，卷數不誤。

參考文獻

〔1〕〔宋〕吳自牧，《夢粱錄》，浙江人民出版社，1984 年版。
〔2〕〔宋〕周密，《武林舊事》，中華書局，1991 年版。
〔3〕〔明〕羅懋登，《三寶太監西洋記通俗演義》，上海古籍出版社，1987 年版。
〔4〕〔清〕李漁，《十二樓》，上海古籍出版社，1986 年版。
〔5〕〔清〕石玉昆，《龍圖耳錄》，上海古籍出版社，1981 年版。
〔6〕〔宋〕孟元老，《東京夢華錄》，中華書局，1985 年版。
〔7〕〔清〕浦琳，《清風閘》，上海古籍出版社，1990 年版。

（原載《徐州師範大學學報》2003 年第 4 期，與王祖霞合作）

從筆記詞語看《漢語大詞典》書證的闕失

　　《漢語大詞典》（下簡稱《大詞典》），是一部大型的歷史性的漢語語文工具書，它收詞量大，釋義確切，引證豐富，取得了突出的成績。但由於詞目浩繁、書成眾手等原因，難免有一些疏虞。單就書證而言，有的明顯滯後，有的漏略失收，有的重源輕流。造成這些問題的原因之一是編者採擷書證時，雖然也參考了不少筆記資料，但對這一類文獻重視的程度還不夠，大量有價值的書證材料還沒有挖掘出來。為使這部影響巨大的權威性辭書今後進一步修訂完善，現利用唐五代宋元筆記資料為一百多個條目提前或增補了書證，以供編者和使用者參考，每一部分詞語皆按《大詞典》卷頁數依次排列。

一、書證滯後

　　1. 不可枚舉　無法一個個列舉。形容數量之多。首引《醒世恒言・灌園叟晚逢仙女》例。（1 卷 402 頁）

　　按：元代已有用例。陶宗儀《南村輟耕錄》卷十三：「中間徇私敗政，不可枚舉。」

　　2. 不由人　禁不住，不由自主地。首引《西廂記》第二本第一折例。（1 卷 404 頁）

按：五代已有用例。宋·李昉等編《太平廣記》卷三十一引杜光庭《仙傳拾遺·許老翁》：「而竟爲裴丈所迷，似不由人可否也。」

3. **不作聲** 不說話。首引《老殘遊記》第十三回例。（1 卷 415 頁）

按：宋代已有用例。王明清《揮塵餘話》卷之二：「坐間，張太尉不作聲。」

4. **不覺** 想不到；無意之間。首引《水滸傳》第二回例。（1 卷 480 頁）

按：宋代已有用例。魏泰《東軒筆錄》卷十三：「一夕，夢朝太宗，面論以將有進用之意，石謝訖，將下殿，不覺鏘然有聲，顧視乃魚袋墜於墀上。」

5. **了** 〔1e〕助詞，表時態，表示動作或變化的完成（不論事實或虛擬，過去或未來）。首引《紅樓夢》第三十一回例。（1 卷 722 頁）

按：宋代已有用例。葉紹翁《四朝聞見錄·乙集》卷二：「子之鄉橐，只是賣了一座武夷山，我之鄉橐，卻賣了三座山。」

6. **厨子** 「厨」同「廚」（1 卷 935 頁），又 3 卷 1270 頁「廚子」條，意爲「舊時指廚師」，首引《儒林外史》第二十七回例。

按：唐代已有用例。張鷟《朝野僉載》卷二：「其夜，有厨子王老夜半起，忽聞外有人喚云：『王老不須起，房侍郎不上，後三日李侍郎上。』」

7. **人工** 指人力所爲的，與「天然」相對。首引《二刻拍案驚奇》卷十九例。（1 卷 1033 頁）

按：王宣武《漢語大詞典拾補》（貴州人民出版社，1991 年，下簡稱《拾補》）補明·海瑞《治安疏》一例。其實唐末五代已有用例。宋·李昉等編《太平廣記》卷五十四引杜光庭《仙傳拾遺·韓愈外甥》：「書勢精能，人工所不及；非神仙得道，立見先知，何以及於此？」

8. **以一當十** （當 dāng）一個人相當於十個人，形容鬥志極其旺盛。首引當代張南生《四顧長征·遵義會議的光芒》爲例。（1 卷 1083 頁）

按：宋代已有用例。方勺《泊宅編》卷第二：「崇寧更錢法，以一當十，小民嗜利……」

9. **化身** 使形體變換。首引明·劉基《猛虎行》。（1 卷 1111 頁）

按：唐代已有用例。牛僧孺《玄怪錄·袁洪兒誇郎》：「婢子日：『某王家二

十七娘子從嫁，本名翡翠，偶因化身遊行，便爲袁郎子羅得……』」

10. **做法**　義項②施展法術。首引《紅樓夢》第一一七回例。（1 卷 1250 頁）

按：王宣武《拾補》補宋・洪邁《夷堅三志壬・傅太常治祟》一例。其實唐代已有用例。宋・李昉等編《太平廣記》卷三百七十二引《博異志・張不疑》：「斥於室內，閉之，尊師焚香做法……」

11. **使**　使用；運用。首引元・馬致遠《青衫淚》例。（1 卷 1325 頁）

按：宋代已有用例。陶穀《清異錄》卷上：「道士王致一日：『我平生不曾使一文油錢，在家則爲扇子燈，出路則爲千里燭。』」

12. **侄女**　弟兄或其他同輩男性親屬的女兒。首舉清末小說《二十年目睹之怪現狀》例。（1 卷 1335 頁）

按：宋代已有用例。王銍《默記》：「王豐肥，舌短寡言，娶功臣李謙溥侄女。而王不喜之。」

13. **侄兒**　侄子。首引《初刻拍案驚奇》卷三例。（1 卷 1336 頁）

按：宋代已有用例。王銍《默記》：「曹利用與其侄兒謀叛。事理分明也，須早殺卻。」

14. **修補**　義項②修理破損之物使之完好。首引《元典章・工部・公廨》例。（1 卷 1378 頁）

按：唐代已有用例。張讀《宣室志》卷二：「向者袁生謂我曰：『師之病疾，赤水神爲之也。疾若愈，可修補其廟。』」

15. **保證**　擔保，擔保做到。首引現代丁玲《阿毛姑娘》例。（1 卷 1396 頁）

按：宋代已有用例。魏泰《東軒筆錄》卷之九：「中使大以爲然，遂自介親屬及門人姜潛已下並兇肆棺斂舁柩之人合數百狀。皆結罪保證。」

16. **借用**　借來使用。首引清・周中孚《鄭堂札記》例。（1 卷 1448 頁）

按：元代已有用例。陶宗儀《南村輟耕錄》卷二十三：「一帖云：我借用了，明日當還。次日，一大綿羊自外走入。」

17. **做媒** 給人介紹婚姻。首引《水滸傳》第三十四回例。（1 卷 1531 頁）

按：宋代已有用例。葉紹翁《四朝聞見錄‧乙集》卷二：「上扣其所以來，則曰：做媒來。臣爲陛下尋個好孫媳婦。」

18. **共**〔gòng〕 ⑤連詞。表示並列。猶和；與。首引金‧董解元《西廂記諸宮調》卷二例。（2 卷 83 頁）

按：宋代已有用例。周密《齊東野語》卷七：「從此爲宰相者，必將共宦寺結爲一片，天下皆在籠絡中矣。」

19. **坦夷** 坦率平易。首引清‧先著《張南村先生傳》例。（2 卷 1073 頁）

按：宋代已有用例。周輝《清波雜誌》卷四：「先人性坦夷，遇事即發，無一毫顧避。」

20. **垂簾** 義項③指垂下的簾子。首引明‧徐弘祖《徐霞客遊記‧粵西遊日記一》例。（2 卷 1085 頁）

按：唐代已有用例。牛僧孺《玄怪錄‧馬僕射總》：「入一二百步，有大衙門，正北百餘步有殿九間，垂簾下有大聲曰：『屈上階。』」

21. **天色** 義項①天空的顏色……借指時間早晚。首引清‧李漁《風箏誤‧囑鷂》例。（2 卷 1414 頁）

按：唐代已有用例，宋‧李昉等編《太平廣記》卷四百二十九引薛漁思《河東記‧申屠澄》：「澄坐良久，天色已晚，而風雪不止。」

22. **尚食** 官名。首引《金史‧海陵記》。（2 卷 1661 頁）

按：唐代已有用例，張讀《宣室志》卷七：「詔命將行，會尚食廚吏修御膳，以鼎烹雞卵……聲甚淒咽，似有所訴。尚食吏異之，具其事上聞。」

23. **喪偶** 謂配偶死亡。首引宋‧郭彖《睽車志》卷五例。（3 卷 410 頁）

按：唐代已有用例。牛僧孺《玄怪錄‧蕭志忠》：「余昨得滕六書。知己喪偶。又聞索泉家第五娘子爲歌姬……」

24. **嗔恨** 怨恨。首引明‧李贄《代常通病僧告文》例。（3 卷 458 頁）

按：宋代已有用例。王明清《投轄錄》：「我但不生嗔恨，冤自消釋。」

25. **行人** 義項⑤媒人。首引宋‧王欽臣《甲申雜記》例。（3 卷 887 頁）

按：唐代已有用例。牛僧孺《玄怪錄‧袁洪兒誇郎》：「封生曰：『君誠能結同心，僕便請爲行人。拙室有姨，美淑善音，請袁君思之。』」

26. **行戶**　宋以後稱加入商行的商戶。首引《明史‧李廷機傳》例。（3 卷 890 頁）

按：宋代已有用例。周輝《清波雜誌》卷二：「資給過厚，常平所入殆不能支，致侵擾行戶。」

27. **冬青**　①常綠喬木……種子和樹皮可入藥。首引明‧張寧《方洲雜言》例（3 卷 1196 頁）

按：宋代已有用例。方勺《泊宅編》卷第一：「答曰：『萬年枝，冬青木也。太平雀，頻伽鳥也。』」

28. **孑遺**　義項②殘存者。遺民。首引《明史‧忠義傳四‧徐世淳》例。（4 卷 177 頁）

按：宋代已有用例。周密《癸辛雜識別集》上：「任（人名）亦領略，亦作酒以報，眾使醉飽，任縱兵盡殺之，靡有孑遺。」

29. **榜示**　義項①文告，告示。首引元‧施惠《幽閨記‧士女隨遷》例。（4 卷 223 頁）

按：宋代已有用例。魏泰《東軒筆錄》卷之二：「始改茶法，而晉公之規模漸革，向之榜示稍稍除削。」

30. **孫子**　義項②兒子的兒子。首引宋‧王讜《唐語林‧豪爽》例。（4 卷 234 頁）

按：唐代已有用例。張鷟《朝野僉載》卷一：「恒課口腹自供，未曾設客，孫子將一鴨私用，祐以擅破家資，鞭二十。」

31. **姨婆**　一般稱父母的姨母。亦以稱父母的姐妹。猶姨母。首引《清平山堂話本‧洛陽三怪記》例。（4 卷 339 頁）

按：唐代已有用例。牛僧孺《玄怪錄‧劉諷》：「願三姨婆壽等祗果山。六姨姨與三姨婆壽等……」

32. **村野**　指鄉村。首引宋‧陶穀《清異錄‧女及第》例。（4 卷 764 頁）

按：唐代已有用例。牛僧孺《玄怪錄・齊饒州》：「先生曰：『某乃村野鄙愚，門人相竟……』」

33. **散子**　義項②散藥。首引金・董解元《西廂記諸宮調》卷五例。（5 卷 473 頁）

按：宋代已有用例。方勺《泊宅編》卷一：「詔賜一散子，數服而愈。仍喻只炒椿子熟末之飲下。」

34. **暴風驟雨**　義項①來勢急遽而猛烈的風雨。首引《西遊記》第六九回例。（5 卷 824 頁）

按：唐代已有用例。皇甫枚《三水小牘》卷下：「詢之父老，云：大中初，斯地忽暴風驟雨，襄丘陵震屋瓦，一夕而止，遂有茲山。」

35. **油麻**　即芝麻。首引宋・沈括《夢溪筆談・藥議》例。（5 卷 1077 頁）

按：唐代已有用例。張讀《宣室志》卷七：「衣出而聲不已，宣乃視其十指甲，有一點如油麻者，在右手小指上。」

36. **泥蝤**　亦作「泥鰍」。魚名。首引宋・梅堯臣《江鄰幾饌鰍》詩例。（5 卷 1110 頁）

按：唐代已有用例。裴鉶《傳奇・金剛仙》：「俄而水闊見底矣，以澡瓶張之，有一泥鰍魚。可長三寸許。躍入瓶中。」

37. **洞見**　很清楚地看到。首引宋・秦觀《兵法》例。（5 卷 1144 頁）

按：唐代已有用例。張讀《宣室志》卷十：「既而閒望，時風月澄霽，雖郊原數里，皆可洞見。」

38. **洞知**　清楚地知道。首引宋・洪邁《夷堅乙志・王俊明》例。（5 卷 1144 頁）

按：唐代已有用例。宋・李昉等編《太平廣記》卷六十八引《靈怪集・郭翰》：「因為翰指列宿分位，盡詳紀度。時人不悟著，翰遂洞知之。」

39. **海嘯**　亦稱「海吼」、「海唑」。由風暴或海底地震造成的海面惡浪並伴隨巨響的現象。首引明・楊慎《古今諺：吳諺・蜀諺・滇諺》例。（5 卷 1232 頁）

按：宋代已有用例。方勺《泊宅編》卷第四：「海溢又謂之海嘯，史文只云海毀。」

40. **清漲** 無雨而水自盈。首引明·宋濂《贛州聖濟廟碑》。（5 卷 1328 頁）

按：宋代已有用例。方勺《泊宅編》卷第三：「故無雨而漲，士人謂之清漲。」

41. **深根固蒂** 同「深根固柢」。首引《水滸傳》第九六回例。（5 卷 1428 頁）

按：唐代已有用例。牛僧孺《玄怪錄·巴邛人》：「又有一叟曰：『王先生許來，竟待不得！橘中之樂，不減商山。但不得深根固蒂，爲愚人摘下來。』」

42. **溲面** 以水和麵。首引宋·蘇軾《二月十九日攜白酒鱸魚過詹史君食槐葉冷淘》詩。（5 卷 1492 頁。）

按：唐代已有用例。皇甫枚《三水小牘》卷下：「存紿之曰：『某庖人也。』乃命溲面煎油……」

43. **漿洗** 洗淨並漿挺衣物。首引《西遊記》第七一回例。（6 卷 47 頁）

按：宋代已有用例。周密《癸辛雜識別集》下：「（銀花）縫補、漿洗、烘焙替換衣服，時其寒暖之節，夜亦如之。」

44. **折壽** 折損壽數。首引《警世通言·王安石三難蘇學士》例。（6 卷 383 頁）

按：唐代已有用例。宋·李昉等編《太平廣記》卷三百八十引《博異記·鄭潔》：「此人好受金帛，今被折壽，已欲盡也，然更有官。」

45. **招手** 打手勢招呼或向人問候、致意。首引清·陳大章《九江夜泊》詩例。（6 卷 512 頁）

按：唐代已有用例。宋·李昉等編《太平廣記》卷六十八引《靈怪集·郭翰》：「以七寶碗一留贈，言明年某日，當有書相問，翰答以玉環一雙，便履空而去，回顧招手，良久方滅。」

46. **提防** 義項②防備。首引元·張可久《醉太平·無題》例。（6 卷 742 頁）

按：宋代已有用例。張師正《括異志》卷第十：「富人之女欲以書訴於家，

則提防甚密，無由可達。」

47. **攀摘** 採摘；摘取。首引清・蒲松齡《聊齋誌異・劉姓》例。（6 卷 952
頁）

按：唐代已有用例。牛僧孺《玄怪錄・巴邛人》：「……巴人異之，即令攀
摘。」

48. **版行**〔xíng〕 出版發行。首引清・劉獻廷《廣陽雜記》卷三例。（6
卷 1042 頁）

按：宋代已有用例。周輝《清波雜誌》卷七：「語畢。端坐而逝。（書偈）
筆勢遒勁，其家版行。」

49. **腳後跟** 腳跟，腳的後部。首引《水滸傳》第三二回例。（6 卷 1275
頁）

按：王宣武《拾補》已舉宋・無名氏《張協狀元》戲文第三二回一例。今
再補一例。周密《癸辛雜識續集》上：「女膝穴在足後跟，俗言『丈母腹痛，灸
女婿腳後跟』，乃舛而至此。」

50. **欺騙** 以虛假的言行掩蓋事實眞相，使人上當。首引清・黃六鴻《福
惠全書・庶政・禁造假銀》例。（6 卷 1452 頁）

按：元代已有用例。孔齊《至正直記》卷三：「既而欲訟之官以欺騙事，眾
皆知其誣妄。」

51. **毆打** 打，擊打。首引元・楊梓《敬德不服老》第一折例。（6 卷 1507
頁）

按：唐代已有用例。范攄《雲溪友議卷上・江都事》：「初貧，遊無錫惠山
寺，累以佛經爲文稿，致主藏僧毆打，終身所憾焉。」

52. **火柴頭** 燃燒著的木頭。首引《水滸傳》第十回例。（7 卷 12 頁）

按：唐代已有用例。宋・李昉等編《太平廣記》卷三百七十三引《博異志・
劉希昂》：「希昂不信，自去觀之，無所見，唯有一火柴頭在廁門前。」

53. **惡作劇** 令人難堪的戲弄。首引宋・楊萬里《宿潭石步》詩例。（7 卷
555 頁）

按：唐代已有用例。段成式《酉陽雜俎前集卷九・盜俠》：「僧初若不覺，凡五發中之，僧始捫中處。徐曰：『郎君莫惡作劇。』」

54. **情願** 義項②心裏願意。首引元・楊梓《霍光鬼諫》第一折例。（7卷586頁）

按：唐代已有用例。張鷟《朝野僉載》卷三：「景暘問曰：『主人即如此快活，何爲不罷惡事』會曰：『……非情願也，分合如此。』」

55. **破帽** 破舊之帽。首引宋・蘇軾《南鄉子・重九涵輝樓呈徐君猷》詞例。（7卷1035頁）

按：唐代已有用例。牛僧孺《玄怪錄・齊饒州》：「良久，一人戴破帽，曳木屐而來，形狀醜穢之極。」

56. **破壞** 破損；損壞。首引元・張光祖《言行龜鑒》例。（7卷1040例）

按：唐代已有用例。牛僧孺《玄怪錄・齊饒州》：「案吏咨曰：『齊氏宅舍破壞，回無歸所。』」

57. **睹物思人** 看到他人留下的東西或死者的遺物，就想到這個人。首引明・李昌祺《剪燈餘話・訪琵琶亭記》例。（7卷1224頁）

按：唐代已有用例。裴鉶《傳奇・顏濬》：「貴妃贈闕塵犀簪一枚，曰：『異日睹物思人。昨宵值客多，未盡歡情。別日更當一小會，然需咨祈幽府。』」

58. **矮子** 身材短小的人。首引《水滸傳》第二四回例。（7卷1547頁）

按：元代已有用例。孔齊《至正直記》卷二：「諺云：『五子最惡。』謂瞎子、啞子、駝子、癡子、矮子。此五者，性狠愎，不近人情。」

59. **稻子** 口語。即稻。首引《兒女英雄傳》第三三回例。（8卷124頁）

按：王宣武《拾補》例引明・劉若愚《明官史・內府職掌・內府供用庫》：「專司皇城內二十四衙門、山陵等處內官食米。每員每月四斗。神廟時，張明掌此印，插稻子或爛米，甚而至有三斗半者。」其實元代筆記已有用例。周達觀《眞臘風土記・三十器用》：「稻子不用礱磨，只用杵臼耳。」

60. **疥癬** 義項③比喻細微。有鄙視之意。首引《封神演義》第六九回例。（8卷287頁）

按：唐代已有用例，張鷟《朝野僉載》卷三：「則天曰：『我自有聖子。承嗣、三思是何疥癬！』承嗣等懼，掩耳而走。」

61. **病證** 病症。首引元・武漢臣《生金閣》第一折例。（8 卷 295 頁）

按：宋代筆記已有用例。葉紹翁《四朝聞見錄・丙集》卷三：「寧皇患痢，召曾醫入視，曾診御畢，方奏病證，未有所處。」

62. **皮袋** 皮製的袋。借喻人畜的軀體。猶言臭皮囊。首引元・宮天挺《七里灘》第一折例。（8 卷 521 頁）

按：王宣武《拾補》補宋・無名氏《張協狀元》戲文第二四齣一例。其實唐代已有用例。牛僧孺《玄怪錄・居延部落主》：「深數尺，於瓦礫下得一大檻，中有皮袋數千。」

63. **笑端** 義項①取笑的由頭；笑料。首引明・沈德符《野獲編・科場二・出題有他意》例。（8 卷第 1113 頁）

按：王宣武《拾補》補宋・孫光憲《北夢瑣言》一例。其實唐代已有用例。宋・李昉等編《太平廣記》卷二百六十一引《大唐新語・李秀才》：「於是再拜而走出。播復歎曰：『世間有如此人耶！』蘄間悉話為笑端。」

64. **筵會** 集會宴請賓客。宴請賓客的集會。首引宋・蘇轍《龍川別志》卷下例。（8 卷 1151 頁）

按：唐末五代已有用例。宋・李昉等編《太平廣記》卷三十一引杜光庭《仙傳拾遺・許老翁》：「裴兵曹者，亦即娶矣，而章仇公聞李姿美，欲窺覘之，乃令夫人特設筵會，屈府縣之妻，罔不畢集。」

65. **筆記** 義項③用筆記錄。亦指聽課、聽報告、讀書時所作的記錄。首引魯迅《故事新編・出關》例。（8 卷 1164 頁）

按：王宣武《拾補》例引明・余繼登《典故紀聞》卷三：「（朕）或量度民事，有當速行者，即次第筆記，待旦發遣。」其實元代已有用例。孔齊《至正直記・出納財貨》卷三：「人家掌事必記帳目，蓋懼其有更變，人有死亡，則筆記分明，雖百年猶可考也。」

66. **舅母** 舅父之妻。也稱舅媽。首引《兒女英雄傳》第三回例。（8 卷

1290頁）

　　按：唐代已有用例。宋・李昉等編《太平廣記》卷四百八十六引薛調《無雙傳》：「又旬日，仙客遣老嫗，以求親之事聞於舅母。」

　　67. **船隻**　即船。水上主要運輸工具的總稱。首引元・無名氏《馮玉蘭》第一折例。（9卷7頁）

　　按：宋代已有用例。周密《癸辛雜識別集》下：「二十四日，以大使司賞格撫諭將士，一應船隻，並拖拽至高頭港口。」

　　68. **糯米**　糯稻碾出之米。富於黏性，可做糕點，亦可釀酒。首引宋・司馬光《涑水記聞》卷十三例。（9卷243頁）

　　按：唐代已有用例。宋・李昉等編《太平廣記》卷二百三十四引盧言《盧氏雜說・御廚》：「……每有設，據人數取鵝，燖去毛及五臟，釀以肉及糯米飯，五味調和。」

　　69. **芝麻**　義項②指芝麻所結的種子。首引《兒女英雄傳》第三三回例。（9卷279頁）

　　按：王宣武《拾補》最早引明・李詡《戒菴老人漫筆・宋學士詩文》：「大字如指頂，小字如芝麻，或行或楷，真有龍蟠鳳舞之象。」其實元代筆記已有用例。權衡《庚申外史》上卷：「芝麻李者，邳州人，值歲饑，其家惟有芝麻一倉，盡以賑人，故得此名。」

　　70. **若有所失**　好像丟了什麼東西似的。形容迷惘的神情。首引《紅樓夢》第六回例。（9卷329頁）

　　按：唐代已有用例。宋・李昉等編《太平廣記》卷二百七十四引《本事詩・崔護》：「父曰：『吾女笄年知書，未適人。自去年以來，常恍惚若有所失。比日與之出……得非君殺之耶？』」

　　71. **若有所思**　好像在思考什麼的樣子。首引現代作家傅澤《小姐妹們》例。（9卷329頁）

　　按：唐代已有用例。宋・李昉等編《太平廣記》卷四百八十六引陳鴻《長恨傳》：「玉妃茫然退立，若有所思……」

72. **莊家** 義項①莊稼人；農家。首引元・杜仁傑《耍孩兒・莊稼不識構闌》套曲例。（9 卷 426 頁）

按：王宣武《拾補》補宋・無名氏《張協狀元》一例。其實唐代已有用例。牛僧孺《玄怪錄・滕庭俊》：「遂投一道旁莊家，主人暫出未至。庭俊心無聊賴……」

73. **葫蘆** 植物名。也稱壺蘆、瓠瓜。果實像重疊的兩個圓球，嫩時可食，乾老後可作盛器或供玩賞。首引宋・歐陽修《歸田錄》例。（9 卷 457 頁）

按：唐代已有用例。宋・李昉等編《太平廣記》卷六十四引盧氏《逸史・太陰夫人》：「麻婆與杞歸，清齋七日，所地種藥，才種已蔓生，未頃刻，二葫蘆生於蔓上，漸大如兩斛翁。」

74. **轉食** 義項②謂外出求食。首引宋・無名氏《異聞總錄》卷三例。（9 卷 1319 頁）

按：唐代已有用例。牛僧孺《玄怪錄・齊饒州》：「至堂前，學徒曰：『先生轉食未歸。』」

75. **贊成** 義項②對他人的主張或行為表同意。首引宋沈括《夢溪筆談・人事一》例。（10 卷 294 頁）

按：唐代已有用例。宋・李昉等編《太平廣記》卷八十二引薛用弱《集異記・李子牟》：「因謂朋從曰：『吾吹笛一曲，能令萬眾寂爾無嘩。』於是同遊贊成起事。子牟即登樓，臨軒回奏，清聲一發，百戲皆停，行人駐愁（明抄本「愁」作「足」），坐者起聽。」

76. **道破** 猶言說穿。首引《水滸傳》第五三回例。（10 卷 1075 頁）

按：宋代已有用例。羅大經《鶴林玉露・甲編卷五》：「如『七月在野』以下，皆不道破，至『八月入我床下』，方言是蟋蟀。」

77. **誕辰** 生日（多用於所尊敬的人）。首引宋・范仲淹《紀送太傅相公歸闕》詩例。（11 卷 180 頁）

按：唐代已有用例。袁郊《甘澤謠・許雲封》：「天寶十四載六月日。時驪山駐蹕，是貴妃誕辰。」

78. **謊語** 義項①說謊話。首引宋・邵博《聞見後錄》卷二一例。（11 卷

403 頁）

按：唐代已有用例。皇甫枚《三水小牘》卷下：「乃命溲面煎油……賊酋怒曰：『這漢謾語。把劍來。』」

79. **隱瞞** 謂掩蓋真相不讓人知道。首引明・馮夢龍《警世通言・唐解元一笑姻緣》例。（11 卷 1130 頁）

按：宋代已有用例。宋鉉《稽神錄》卷之三：「問於地府，乃前生隱瞞阿姐錢一十萬。」

80. **骷髏** 無皮肉毛髮的全副死人骨骼或頭骨。首引《西遊記》第二七回例。（12 卷 405 頁）

按：唐代已有用例。牛僧孺《玄怪錄・張寵奴》：「又三數里，路隅有朽骷髏，旁有穿穴草生其中。」

81. **飄飄然** 義項①輕舉貌；飄揚貌。首引《四遊記・玉帝起賽寶通明會》例。（12 卷 649 頁）

按：唐代已有用例。裴鉶《傳奇・陶尹二君》：「未經數年，淩虛若有梯，步險如履地，飄飄然順風而翔，皓皓然隨雲而升。」

82. **鬥毆** 亦作「鬭毆」，爭鬥打架。首引《朱子語類》卷五七例。（12 卷 717 頁）

按：唐代已有用例。張讀《宣室志》卷九：「性狂悖，好屠犬彘，日與廣陵少年鬥毆，或醉臥道旁，廣陵人俱以惡之。」

二、書證漏略

1. **偏頭痛** 又稱偏頭風。陣發性的一側頭痛，由頭部血管舒縮障礙所引起，常反復發作，亦有經久不愈而目失明者。無書證。（1 卷 1571 頁）

按：宋代已有用例。張幫基《墨莊漫錄》卷之五：「王公安石爲相日，奏事殿中。忽覺偏頭痛不可忍，遽奏上請歸治疾。」

2. **傷寒** ①由傷寒桿菌引起的急性傳染病……。無書證。（1 卷 1640 頁）

按：宋代已有用例。蔡絛《鐵圍山叢談》卷第三：「元實亟持起書報二公，而二公是歲皆下世，元實亦爲其寵妾紅鸞所困，俄得傷寒，不數日殂，可傷哉。」

3. 大豆　一年生草本植物，花白或紫色，有根瘤，豆莢有毛。種子可食用，亦可榨油。亦以稱這種植物的種子。無書證。（2 卷 1341 頁）

按：元代已有用例。耶律楚材《西遊錄》卷上：「八穀中無黍糯大豆。餘皆有之。」

4. 刺蝟　哺乳動物。無書證。（2 卷 655 頁）

按：唐代已有用例。李綽《尚書故實》：「京國頃歲街陌中有聚觀戲場者，詢之，乃二刺蝟對打令，既合節奏，有中章程。」

5. 大黃　藥草名。無書證。（2 卷 1368 頁）

按：元代已有用例。孔齊《至正直記》卷三：「質之王韶卿，乃云：『獨不知大黃必候他藥將熟而旋投之，即傾服，亦取其氣能瀉也。』」

6. 小麥　義項②這種植物的子實。無書證。（2 卷 1620 頁）

按：宋代已有用例。莊綽《雞肋編》卷上：「陝西地既高寒，又土紋皆豎，官倉積穀，皆不以物藉，雖小麥最爲難久。」

7. 口瘡　口炎、口角炎等的統稱。無書證。（3 卷 14 頁）

按：宋代已有用例。莊綽《雞肋編》卷上：「以柳枝插棗糕置門楣，呼爲『子推』，留之經歲，云可以治口瘡。」

8. 果脯　蜜餞的一種。無書證。（4 卷 820 頁）

按：元代已有用例。孔齊《至正直記》卷一：「至酒畢，復候爲期。以客之多寡，用注之大小。酒不過三行，果脯惟見在易辦者。」

9. 明晨　義項②明天早上。無書證。（5 卷 609 頁）

按：唐代已有用例。宋・李昉等編《太平廣記》卷四百五十八引《博異志・李黃》：「今夜郎君豈暇領錢乎！不然。此有主人否？且歸主人，明晨不晚也。」

10. 瀉藥　內服後能引起下瀉的藥物。無書證。（6 卷 204 頁）

按：宋代已有用例。葉紹翁《四朝聞見錄・丙集》卷三：「有輕薄子以小楮帖其旁，云『本家皆施瀉藥』。」

11. 焦黑　物體燃燒後呈現的黑色。自造例句。（7 卷 166 頁）

按：王祖霞《史料筆記與〈漢語大詞典〉溯源》（《五邑大學學報》2003 年

第 4 期）補明・陸容《菽園雜記》卷二例和清・俞樾《右臺仙館筆記》例。其實唐代已有用例。宋・李昉等編《太平廣記》卷三百引《廣異記・三衛》：「雷火喧薄，遍山涸赤，久之方罷，及明，山色焦黑。」

12. **將作大臣** 官名。無書證。（7 卷 809 頁）

按：唐代已有用例。張鷟《朝野僉載》卷一：「文皇帝移長安城，將作大臣高頴常坐此樹下檢校。」又卷二：「楊務廉，孝和時造長寧、安樂宅倉庫成，特受將作大臣，坐贓數千萬免官。」

13. **硫磺** 義項①即硫。詳「硫」。無書證。（7 卷 1053 頁）

按：宋代已有用例。方勺《泊宅編》卷第五：「吳興吳景淵刑部服硫磺，人罕有知。」

14. **穿山甲** 哺乳動物。無書證。（8 卷 432 頁）

按：宋代已有用例。莊綽《雞肋編》卷下：「信州冬月，又以紅糟煮鯪鯉肉賣。鯪鯉，乃穿山甲也。」

15. **莧菜** 一年生草本植物。無書證。（9 卷 417 頁）

按：元代已有用例。周達觀《眞臘風土記・二十五蔬菜》：「蔬菜有蔥、芥、韭、茄、西瓜、冬瓜、王瓜、莧菜。」

16. **蘆葦** 多年生草本植物。生於濕地或淺水。葉子披針型，莖中空，光滑，花紫色。無書證。（9 卷 616 頁）

按：唐代已有用例。宋・李昉等編《太平廣記》卷二百三十九引胡璩《譚賓錄・裴延齡》：「京西有污池卑濕處，蘆葦叢生焉。不過數畝。」

17. **翠鳥** 鳥名。頭小，體大嘴強而直。羽毛以翠綠色爲主。生活在水邊，吃蟲蝦等。在我國分佈甚廣。無書證。（9 卷 661 頁）

按：唐代已有用例。牛僧孺《玄怪錄・袁洪兒誇郎》：「嘗野見翠鳥，命羅得之。」

18. **鄱陽湖** 我國最大的淡水湖。無書證。（10 卷 684 頁）

按：元代已有用例。劉敏中《平宋錄》：「或言於丞相曰：『鄱陽湖內大孤山神祠請禱之。』」

19. **過夜** 經過一夜的時光。如：天氣炎熱，飯菜過夜就餿。無書證。（10卷 954 頁）

按：宋代已有用例。袁採《世範》卷下：「烘焙物色過夜，多致遺火。」

20. **麥片** 食品。是用燕麥或大麥粒壓成的小片。無書證。（12 卷 1015 頁）

按：宋代已有用例。范成大《桂海虞衡志・志金石》：「（生金）大者如麥粒，小者如麥片，便鍛作服用，但色差淡耳。」

三、書證「斷流」

1. **吾子** 義項②對對方的敬愛之稱，一般用在男子之間。舉《左傳・隱公三年》、《儀禮・士冠禮》與南朝・梁・沈約《報王雲筠書》爲例。（3 卷 200 頁）

按：宋筆記尚有用例。如司馬光《涑水紀聞》卷二：「萊公喜，起執其手曰：『元之雖文章冠天下，至於深識遠慮，則不能勝吾子也。』」

2. **外祖父** 母親的父親。俗稱外公。舉《漢書・外戚傳上・孝宜許宣後》爲例。（3 卷 1158 頁。）

按：唐代亦有用例。如張讀《宣室志》卷一：「里中有老父八十餘者，顧謂人曰：『吾孩提時，嘗見李翁言，李翁，吾外祖父也……』」近現代均有例而概未補。

3. **孤幼** 年幼的孤兒。舉《左傳・昭公十四年》、《東觀漢紀・順帝紀》與唐・孟雲卿《傷情》詩爲例。（4 卷 215 頁）

按：宋筆記尚有用例。如吳處厚《青箱雜記》卷五：「陛下哀臣孤幼，任之州縣，唯陛下辨而明之。」

4. **王后** 義項②天子的嫡妻。亦稱「皇后」。舉《周禮・天官・內宰》、漢・班固《白虎通・嫁娶》與《三國志・魏志・后妃傳序》爲例。（4 卷 457 頁）

按：唐筆記尚有用例。如裴鉶《傳奇・張無頗》：「見貴主，復切脈次，左右云：『王后至。』無頗降階，聞環佩之響，宮人侍衛羅列，見一女子，可三十許，服飾如后妃。」

5. **昧死** 冒死。舉《韓非子・初見秦》與漢・蔡邕《獨斷》爲例。（5 卷 657 頁）

按：宋筆記尚有用例。如邵博《邵氏聞見後錄》卷第三：「光對曰：『陛下容臣不識忌諱，臣乃敢昧死言之。』」

6. **滿中** 謂其中充滿。僅舉《百喻經·寶篋鏡喻》為例。（6卷58頁）

按：宋筆記尚有用例。如何薳《春渚紀聞·記研》卷九：「每注水滿中，置蜍研仄，不假人力而蜍口出泡，泡殞則滴水入研。」

7. **無限** 義項①不加節制，沒有限制。舉《韓非子·解老》、《東觀漢紀·光武帝紀》與《宋書·王敬弘傳》為例。（7卷122頁）

按：宋筆記尚有用例。如邵伯溫《邵氏聞見錄》卷第十：「其後司馬公與數公又為真率會，有約，酒不過五行，食不過五味，惟菜無限。」

8. **焦螟** 亦作「焦冥」。傳說中一種極小的蟲。舉《晏子春秋·外篇下十四》、《列子·湯問》與晉·葛洪《抱朴子·逸民》為例。（7卷168頁）

按：唐筆記尚有用例。如牛僧孺《玄怪錄·張左》：「軍曹曰：『君長二三寸，豈復耳有國土。倘若有之，國人當盡焦螟耳。』」

9. **目疾** 眼病。舉《後漢書·文苑傳上·杜篤》和《晉書·苻生載記》為例。（7卷1128頁）

按：宋筆記尚有用例。如洪皓《松漠紀聞續》：「鄱陽有久困目疾者，曝乾服之而愈，蓋其性冷故也。」

10. **稍** 義項⑦副詞〈1〉漸，逐漸。舉《史記·項羽本紀》和南朝·梁·劉勰《文心雕龍》為例。（8卷82頁）

按：宋筆記尚有用例。如司馬光《涑水紀聞》卷十四：「師正事晦叔甚恭，久之，晦叔亦稍親之，議事頗相左。」

11. **處女** 義項①待在家中的女子。僅舉《管子·輕重己》為例。（8卷837頁）

按：宋筆記尚有用例。如張師正《括異志·張郎中》卷第九：「山東風俗，遇正月，取五姓處女年十餘歲者，共臥一榻，覆之以衾，四面以箕扇之。」

12. **舅姑** 稱夫之父母，俗稱公婆。舉《國語·魯語下》和唐·朱慶餘《近試上張籍水部》詩為例。（8卷1291頁）

按：宋筆記尙有用例。如文瑩《玉壺清話》卷第五：「荃執禮事舅姑益謹，閨壼有法。」

13. **賤種** 義項①卑賤的種族。常用作詈詞。僅舉唐・玄奘《大唐西域記・迦濕彌羅國》爲例。（10 卷 251 頁）

按：宋筆記尙有用例。如邵博《邵氏聞見後錄》卷第八：「突厥本西方賤種，姓阿史那氏，居金山之陽。爲柔然鐵工。」

14. **迓勞** 猶迎勞。僅舉唐・韓愈《送幽州李端公序》爲例。（10 卷 728 頁）

按：宋筆記尙有用例。如張師正《括異志・寇萊公》卷第八：「唐公驚愕，出郡迓勞，見其風神秀偉，便以公輔待之。」

15. **風毒** 指與所居處潮濕有關的致痛因素。舉三國・魏・嵇康《難〈宅無吉凶攝生論〉》例。（12 卷 603 頁）

按：宋筆記尙有用例。如方勺《泊宅編》卷第八：「發背非藥毒，即飲食毒，腳氣乃風毒，毒在內不可不攻，故先瀉之。」

參考文獻

〔1〕上海古籍出版社編，《唐五代筆記小説大觀》，上海古籍出版社，2000 年版。

〔2〕〔宋〕李昉等編，《太平廣記》，中華書局，1981 年版。

〔3〕上海古籍出版社編，《宋筆記小説大觀》，上海古籍出版社，2000 年版。

〔4〕〔宋〕范成大，《范成大筆記六種》，中華書局，2002 年版。

〔5〕〔宋〕袁採，《世範》，內蒙古人民出版社、上海書店，1982 年印行。

〔6〕〔元〕周達觀，《眞臘風土記》，中華書局，2000 年版。

〔7〕〔元〕權衡，《庚申外史》，中州古籍出版社，1991 年版。

〔8〕〔元〕耶律楚材，《西遊錄》，中華書局，2000 年版。

〔9〕〔元〕劉敏中，《平宋錄》，上海書店，1982 年印行。

（原載《河池學院學報》2006 年第 6 期，與于玉春、劉偉合作）

《漢語大詞典》義項失序問題研究

　　《漢語大詞典》作爲中國第一部「古今兼收，源流並重」的大型漢語歷史性語文詞典，不但在漢語詞典編纂史上成就卓著，也代表了當時漢語語言學理論和實踐，特別是詞彙語義學研究的最高水準。但就目前來看，因爲受當時編纂條件的制約，《大詞典》在編纂的多個程序上尚可改進。本文僅就其多義詞義項排列次序問題作些探討，談談我們對於漢語歷史詞典義項排列次序原則的觀點，以此來檢視《大詞典》義項編排上的問題，並提出改進的設想，以供業已啓動的第二版編纂修訂工作參考。

一、漢語大型歷史詞典義項次序的編排原則

　　一般來講，語文詞典義項排列的次序主要有三種類型：歷史順序（chronological（historical）ordering）、頻率順序（ordering by frequency（usage））、邏輯順序（logical ordering）。歷史順序是指「按各詞義在歷史上出現的先後次序排列」[1]，詞義出現的先後順序依據歷史文獻而定。這種順序一般爲採取歷史主義編寫原則的大中型詞典所採用，此種詞典的目的是從形體、含義、用法等角度，全面揭示各詞的起源、歷史演變和現狀。英語詞典中的《牛津英語大詞典》和《韋氏大學詞典》就聲稱按歷史主義原則排列詞典義項，漢語詞典中的《現代漢語規範詞典》也採用這種順序。頻率順序是指按使用頻率來排列義

項，最常用的義項排在最前面，罕用的義項排在後面。採用這種編排順序的詞典背後一般都有大規模的語料庫作爲統計頻率的根據。許多中型的共時詞典和學習型詞典都採用這種順序，如《朗文當代英語詞典》。邏輯順序是指「按詞義間的邏輯聯繫，以類相從排列」。定義中「邏輯聯繫」的含義非常模糊，但正反映了詞典編纂的實際情況，這也是我們引用這個定義的原因。按照 Robert Lew 的說法，邏輯順序至少包含以下幾個方面：〔2〕

- 從中心／核心意義到邊緣意義（from central／core to peripheral）
- 從一般意義到特殊意義（from general to specific）
- 從具體意義（空間、時間）到抽象意義（from concrete（spatial，temporal）to abstract）
- 從字面意義到隱喻意義（from literal to metaphorical）
- 從本義到引申義（from original to derived）

除了這三種傳統順序，詞典編纂文獻中還提到了文本／語用順序，提議按照從舊信息到新信息的順序安排義項，就跟說話行文的順序一樣〔3〕。但目前我們還沒有見到按照這種順序實際編纂出來的詞典。除了以上四種全局性的順序之外，還有一些順序可以用於詞典中一部分詞條，如句法順序、用於人的義項優先於用於事物的義項的順序、中性意義優先於褒貶意義等〔4〕。

《大詞典》並沒有對義項排列原則作明確說明，但從其「前言」的有關論述中，我們能找到一些線索：「（《大詞典》）著重從語詞的歷史演變過程加以全面闡釋。所收條目力求義項完備，釋義精確，層次清楚……符合辭書科學性、知識性、穩定性的要求。」要全面闡釋語詞歷史演變的全過程，從詞典的微觀結構看，就是要在義項排列上按歷史順序排序；要求釋義層次清楚，從義項排列看，則非按邏輯順序不可。這兩個要求是不是相互矛盾呢？這兩個原則《大詞典》的編纂者並沒有明確提出來，是否僅僅是我們的理解，而《大詞典》並不遵循呢？作爲《大詞典》編纂過程的親歷者，虞萬里先生寫到：「（《大詞典》）義項按本義—引申義—引申義的引申義依次排列，但漢語單字與詞彙詞義之發展並非依循直線鏈式引申，而是立體式多向度引申，猶如族譜的譜系，難以用序號反映在辭典式的序列中，最終也只能大致按本義—引申義排列。」〔5〕對照上文論及的幾種順序，《大詞典》採用的是邏輯順序中

的「本義到引申義」的順序。但這個順序也沒能得到很好的貫徹，最後只是把本義放在第一個義項，而其他引申義之間的邏輯聯繫就無暇顧及或者由於編排體例所限就不能顧及了。這可以說是虞萬里先生所揭示的《大詞典》「編纂過程中因歷史和人爲因素造成的種種缺失」[6]中很重要的一種了。可見，我們現在討論《大詞典》的義項排列問題是切中要害的。

那麼，《大詞典》到底應該按照哪種順序排列義項呢？現代詞典學研究者認爲，所謂好的義項排列次序是相對於詞典功能而言的。兹古斯塔《詞典學概論》中轉引雅努齊的話就很好地說明了這一點：「各種排列順序都是可能的，決定因素在於詞典爲誰而編，爲哪個用場或哪些用場而編。」[7] Robert Lew 說：「我認爲對於在所有情況下都是最佳的義項排列的唯一策略的期待是天眞和不切實際的。」[8]（I believe that an expectation that a single strategy might be optimal in all circumstances is naïve and unrealistic.）他提出了兩條理由：一是義項排列策略應該反映詞典的設計功能（design function（s）），二是詞典裏的某些詞條需要不同於一般詞條的特別處理。比如採用歷史順序的語文詞典其服務對象可能就是從事語言研究的專家。

《大詞典》當然不會只是語言學家在查閱，但是我們認爲凡是會查閱這樣的大型歷史詞典的讀者也會跟語言學家抱有類似的目的，即對語詞特別是其意義的發展演變歷史做比較系統全面的瞭解。如果僅僅是爲了獲得漢語某個發展階段中某些語詞的權威解釋，一般讀者大可不必費力查閱這種大型的詞典，因爲查閱《現代漢語詞典》、《王力古漢語字典》，包括各個時代的「語言詞典」和專書詞典要有效率得多。既然《大詞典》如其前言所述的宗旨是「古今兼收，源流並重」，那麼它就應該對每一個詞語的起源、歷史演變和現狀加以全面闡釋，在義項排列上首要策略應該是歷史順序策略。

但是，歷史順序並不意味著流水賬似的把語詞的意義按照在文獻中出現的先後排列出來，這樣做並不能準確反映語詞意義的歷史。一方面，語詞的意義變遷並不能完整的在文獻中展現出來，即使我們窮盡了所有傳世和出土文獻，也不能保證我們發現的最早的用例就是該意義在漢語中首次被使用。由於書面語和口語的不同步，故往往書面語中反映出來的詞語及其意義的變遷比口語實際要晚。甚至，我們也無法排除有些意義不在歷史文獻中出現的可能性。從這

一點上說，至少歷史文獻中反映出來的詞義變遷的先後，並不能作爲我們確定義項排列順序的唯一標準。另一方面，從讀者使用《大詞典》角度出發，單純按照文獻順序排列義項，往往會造成理解上的混亂，讓讀者抓不到詞義變化的眞正的歷史線索。詞典的編纂者在理解詞義發展歷史的同時必須考慮如何把這樣的歷史更好地呈現給讀者，以滿足讀者學習詞彙和瞭解詞彙歷史知識的需求，達成《大詞典》對科學性和知識性的追求。出於這兩方面的考慮，《大詞典》的多義詞義項還要採取另外一種原則，即邏輯順序，主要是其中的從本義到引申義的順序。只有這樣，我們才能眞正地達到預期的編寫目標，即在準確把握每一個語詞詞義系統的基礎上，把每一個語詞的歷史完整準確地傳遞給讀者。

所以，我們對於《大詞典》的義項排列順序的觀點是歷史順序和邏輯順序相結合。這裡要說明的是，這種策略在保證義項排列的科學性和知識性的同時，並不會導致穩定性的缺失。王力先生早在《理想的字典》中就說過：「本來，『明字義孳乳』就含有『分時代先後』在裏頭：本義最早，引申義次之，引申義的引申義又次之。」[9] 可見他認爲歷史順序和邏輯順序是一致的，並沒有衝突。從理論上來講，邏輯順序中的本義是引申義的源頭，在時間上也應該在引申義之前。所以，在最理想的情況下，歷史順序和邏輯順序應該完全一致。Kipfer 在論及邏輯順序時提到，Hiorth 的觀點就是在沒有文獻調查的情況下提出的關於意義演變的理論上的假設。[10] 所以，在這裡，邏輯順序可以看成是對詞義發展歷史的理論假設，歷史順序可以看成是對詞義發展歷史的文獻調查。只要理論假設能夠比較好地反映詞義發展的客觀規律，而歷史文獻又全面地反映了詞義發展的狀況，這兩種順序就會完全一致。這就是最理想的情況。可是在實踐中，一方面詞義演變理論在不斷進步，誰也不敢說已經找到了詞義演變的根本規律；另一方面文獻，即使像漢語這樣歷史文獻綿延不絕、極大豐富的語言，也不可能一點不落的將詞義演變的所有方面保存下來。所以，我們認識到要眞正做到準確全面系統地在詞典中記錄語詞意義發展的全部面貌是不可能的。

人們對於科學和知識的追求是無止境的，但是每一個人，即使專家對某方面的知識只能追求盡量的準確全面。詞典的編纂就是要在有限的理論和實踐條件下，盡可能達到編纂目標，盡可能滿足讀者需求。所以，在《大詞典》編纂

的實踐上，在理論和文獻都不足以獨立支撐大局的情況下，只有結合兩者的優長，在義項次序的編排中審慎的考慮到兩方面的情況，才能在現有條件下盡量準確反映語詞意義發展的「眞實」歷史。

二、《大詞典》義項排列失序問題舉例

本部分，我們試舉《大詞典》第二卷刀部和第八卷穴部一些多義實詞爲例，在分析歸納其詞義系統的基礎上，對其義項排列問題提出一些具體的修訂意見。先看「刀」部的六個詞：

（1）列　《大詞典》（二卷 609 頁）列有十六個義項，共有二十三義：

①「裂」的古字。分離；分裂。引申爲斬殺。②行列；位次。③屬類；範圍。④陳列；排列。⑤羅列。⑥收列；列入。⑦陳述。⑧大；顯。⑨眾；各。多用於有名位者。⑩市集。⑪田壟水渠。⑫量詞。⑬古星名。⑭通「烈」。⑮通「迾」。遮攔。⑯姓。

按：對其詞義系統進行梳理後，我們發現其義項的確立和排列皆有不當之處。《說文》：「列，分解也。」其本義爲分解、分裂，是「裂」的古字。引申爲斬殺。裂人即斬殺人。此即《大詞典》義項①。但「斬殺」與「分離，分裂」意義區別明顯，應分爲兩個義項。「分離；分裂」成條狀，即爲行列，因此引申爲「行列」。古人所居行列，即代表其所在位次，因此又引申爲「位次」，此兩義關係極近，可列爲一個義項，即《大詞典》義項②。由「行列」引申爲動詞「陳列，排列，羅列」，即義項④和⑤。其動詞意義可以是「列出來」，也可以是「列進來」，即義項⑥「收列；列入」。收列起來的事物可構成一個類屬，形成一定的範圍，又可引申出「屬類；範圍」義，即《大詞典》義項③。用語言「陳列，羅列」就是「陳述」，即《大詞典》義項⑦。「行列」中人數必眾，因此又引申爲「眾多」；指稱「行列」中的每一個，即「各」，此爲義項⑨。《大詞典》引《左傳·莊公十一年》例，孔穎達疏：「列國，謂大國也」，釋「列」爲「大；顯」，實乃隨文釋義，此處「列」完全可釋爲「各」，所以義項⑧應歸入⑨。由「行列」可以引申出排成列的事物：「市集」、「田壟水渠」，即義項⑩、⑪。「行列」義虛化，作爲量詞，用於成行的東西，即義項⑫。根據以上分析，「列」的詞義系統可以表示如下：

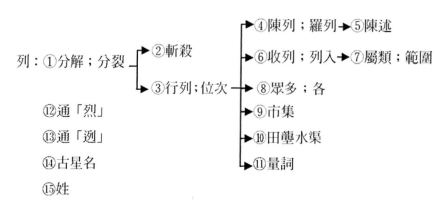

《大詞典》如按上表中次序排出「列」的義項，似更爲明晰。

（2）利　《大詞典》（二卷634頁）共列十七個義項：

①鋒利；銳利。②疾；迅猛。③利益；好處。④吉利；順利。⑤方便；適宜。⑥勝；勝過。⑦資源。⑧贏利；利息。⑨爵賞；利祿。⑩順應。⑪猶利用。⑫貪愛；喜好。⑬猶養，謂告祭時的供養。⑭指大小便。⑮通「離」。離開。⑯通「痢」。⑰姓。

按：其中前兩個義項分立、排列清楚明白，符合客觀實際。自第三個義項起，除⑬爲特殊用法，⑭「指大小便」是因「便」而生義，⑮、⑯爲通假，⑰爲專名以外，其餘義項均繫由「財利」義引申而來，而《大詞典》不僅義項繁雜，而且排列混亂，需要重新整理。「利」的「財利」義很明顯是存在於語言實際中的（參見《王力古漢語詞典》「利」字條）。以此爲起點，由「財利」引申爲一般的「利益；好處」。《大詞典》義項「⑦資源」所舉例爲《周禮·夏官·職方氏》：「掌天下之圖，以掌天下之地……周知其利害。」義項「⑨爵賞；利祿」所舉例爲《國語·晉語九》：「夫以城來者，必將求利於我。」《禮記·表記》：「事君大言入則望大利，小言入則望小利。」唐韓愈《酬盧門盧四兄雲夫院長望秋作》：「馳坑跨谷終未悔，爲利而止眞貪饞。」其中「利」皆係與「害」相對之「利益；好處」義，《大詞典》所立義項⑦、⑨均是未經概括的語境義，因此上兩個義項應歸入「③利益；好處」。從利益好處的獲得來說，獲得過程中沒有遇到阻礙，則爲「吉利；順利」，獲得過程不繁雜、不困難，則爲「方便；適宜」，即分別爲《大詞典》義項④、⑤。「利益；好處」用於比較，則爲「比……有利，比……好」，此可代替《大詞典》義項「⑥勝；勝過」。通過他人或他物獲得「利益；好處」即爲⑪利用，由此又引申爲「順應」。由「財利」又可

引申出貪愛財利的「貪財」，由此引申爲一般的「貪愛；喜好」，此即義項⑫。多餘的或賺取的「財利」即是「利潤；利息」，此爲義項⑧。由上面的分析整理，可將「利」的詞義系統歸納爲：

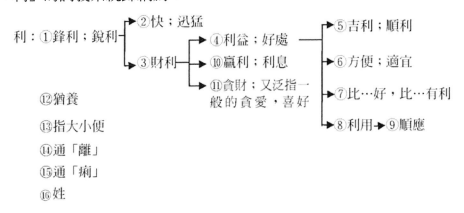

《大詞典》如按表中次序排列「利」的義項，則各義項之間的層次關係似更爲清楚。

（3）刺　《大詞典》（二卷 649 頁）列有二十個義項，凡三十義：

①以劍矛之刃向前直戳。亦泛指用刀劍等尖銳的東西刺入或穿過物體。②刺殺；殺死。後亦指暗殺。③諷刺。④謂指責、揭發。⑤探取；探取。⑥古代耕田器耒下連耜之前曲部分，本稱「疵」。……後用爲刨土、耕作之意。⑦刺探；偵探。⑧插入；鑽進。⑨刺激；激射。⑩兵器的鋒刃。⑪泛指尖利如針之物。亦喻令人難堪、棘手的言行。⑫書寫。⑬名片。⑭擔任州刺史或郡守，亦泛指出任。⑮刺繡。⑯刺配。⑰判決。⑱划船；撐船。⑲徵募兵卒的代稱。宋制，凡兵卒常刺字爲記，故稱。⑳一種橫網捕魚方式。

按：「刺」的中心意義爲「用刀劍矛之刃刺」，也可指「刺殺」。《說文》：「刺，直傷也。」《廣韻·昔韻》：「刺，穿也。」亦泛指用尖銳之物刺入或穿過物體。此即《大詞典》義項①。而「用刀劍矛之刃刺」的結果之一就是殺死。後又指暗殺活動。同時又活用爲名詞，引申爲兵器的鋒刃，即《大詞典》義項⑩，後又擴大泛指所有尖利的物體，即義項⑪。此乃動靜互用引申之結果。

因刺入或穿過的事物之不同，「刺」產生了不同的意義：「以詞譏之曰刺」，此用話語，可訓爲「諷刺；指責」。《大詞典》中「③諷刺」、「④謂指責；揭發」皆爲用「詞」刺，當合併爲「諷刺；指責」，所引眾例皆合。以篙等物刺水則爲「撐船」義，《莊子·漁父》：「（漁父）乃刺船而去，延緣葦間。」此即《大詞

典》義項⑱。「以筆刺簡之上也」則產生「書寫」義，即義項⑫。又由「畫姓名於奏上」引申爲「名帖」義，即今天所謂的名片，此即義項⑬。以「疪」刺地爲義項⑥。《玉篇・刀部》：「刺，針刺也。」此乃以針刺織物，則產生「刺繡」義，即義項⑮；有時又指刺繡品。以刀刺人時，因目的的不同而產生不同的意義：在面部刺字，表明地點、時間，則爲「刺配」，即義項⑯。刺配是定罪後施行的，故又引申爲「判決」，即義項⑰。在面部或其他部位刺字，僅是爲表明軍士身份，則爲宋代軍制，即義項⑲「徵募兵卒的代稱」。讓魚刺網則特指一種橫網捕魚方式，即義項⑳。以人「刺入」則產生「鑽入」義，此即義項⑧。因人鑽進的目的不同，《正字通・刀部》：「刺，偵伺。」指人鑽入團體中進行偵探活動，此爲「刺探」義，即義項⑦。在此意義上又進一步引申指以監督下屬官員爲目的，出任刺史，也即義項⑭。若鑽而取之，則爲「探取；採取」義，即義項⑤。

最後，由「尖銳之物刺入物體」又引申爲「刺激」，即義項⑨，此義係因果引申而來。

綜上，「刺」的詞義系統可歸納如下：

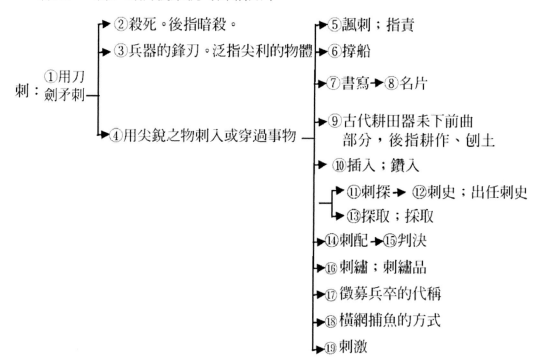

《大詞典》如按上列順序排列「刺」的義項，當可避免一些義項之間引申關係的顛倒、混亂。

（4）制　《大詞典》（二卷 661 頁）列有十六個義項：

①依式剪裁；斷切。②造作。③制裁；制服。④控制。⑤斷絕；禁止。⑥制定。⑦遵從。⑧著述；創作。⑨法度；制度。⑩體制；樣式。⑪指帝王的命令。⑫古代喪服的禮制。後指父母喪事。⑬古之長度單位。一丈八尺爲「制」。⑭古代農業生產的組織單位。⑮古邑名。⑯姓。

按：在對「制」的詞義系統的分析中，我們發現其具有很強的體系性。《說文》：「制，裁也。」《大詞典》所列的十六個義項，除「⑮古邑名」、「⑯姓」外，其他眾義皆由「剪裁」義引申而來。

就動作而言，《字彙・刀部》：「制，造也。」因製造他物與裁製衣服有相通之處，故由中心意義「剪裁」引申爲一般意義上的製造。《大詞典》將此義釋爲「造作」，頗爲不妥。「造作」（十卷，902 頁）共列有四個義項，用作訓釋詞難以辨別所對應的義項是哪一個，且《大詞典》「制②」下所引眾例皆爲「製作」義，故當取「製造；製作」作爲義項。「制」又具體指「著述」，即文章的創作，此仍爲「製作」義，當歸於「製作」。故《大詞典》中②、⑧應合而訓爲「製作；創作」。同時由於製作而成的事物總以一定形式而存在，由此「制」又進一步引申爲名詞「體制；式樣」，此即義項⑩。

就結果而言，「剪裁」又引申爲用強力使之馴服，即制服，從而掌控事物不使之任意活動或超過範圍，即控制住、抑制住。《大詞典》義項③、④即爲「控制；制服」。《說文・刀部》：「一曰止也。」《廣雅・釋詁四》：「制，禁止。」此時，「制」則訓爲「禁止」，此義係「制服；控制」的近引申義，實即「控制，抑制」義，當歸於「制服，控制」。

就目的而言，「剪裁」又進一步引申爲「制定」，即義項⑥。制定下來的東西就會對某個團體產生約束力，具有權威性，逐漸成爲法度、制度，此即義項⑨。因帝王的命令是「金口玉言」，也就具有權威性，就這一點而言，「制」又特指「帝王的命令」，即義項⑪，此義歸於義項⑨爲佳。就約束力而言，「制」又訓爲「喪服的禮制」，後又特指守父母之喪，此即義項⑫；又訓爲「古代長度單位」、「古代農業生產的組織單位」，此即義項⑬、⑭。上三義均有約束力、約定俗成的共同性質。又，法度、制度一旦產生，對全體成員都有約束力，全體成員必須遵守，由此又產生「遵從」義，即義項⑦。「制」既訓爲「制定」，又

訓爲「遵從」，此乃施受同詞現象，施受同詞引申乃詞義引申的重要方式之一。

「制」的詞義系統可歸納如下：

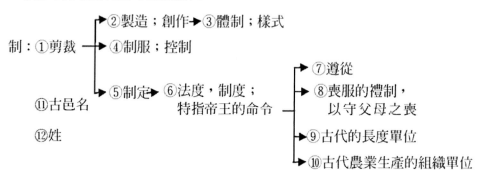

《大詞典》可按上表的次序對「制」的義項排列作適當調整。

（5）剝　《大詞典》（二卷713頁）列有十三個義項，共十五義：

①裂；撕裂。②削。③去掉外皮。引申爲扒去外層物。④脫落；侵蝕。⑤盤剝；掠奪。⑥罷免；革除。⑦傷害。⑧謂生硬套用別人作品的形式。⑨《易》卦名。……後謂時運不利爲剝。⑩衰微；減少。⑪裸露。⑫象聲詞。⑬通「駁」。

按：「剝」基本義爲「削，削皮」，此即《大詞典》之義項②、③。後由具體的「剝皮」義擴大引申爲一般意義上的去掉外層物。《大詞典》中除「⑫象聲詞」、「⑬通『駁』」外，餘下眾義皆係「去掉外層物」引申而來的，下面從三個方面作具體分析：

以外層物與事物本體的關係而言，「剝」這個動作的結果，使外層物與事物本體截然分開，由此產生「裂；撕裂」義，《說文・刀部》：「剝，裂也。」

對事物自身而言，外層物去掉後，原事物必受到損壞，便產生「傷害」義。此即義項⑦。又因外層物的喪失，原有事物呈現減少狀態，事物處於暴露狀態。此時「剝」可訓爲「減少」「裸露」，即《大詞典》義項⑩、⑪。「剝」訓爲「減少；衰微」時，又特指卦名，即義項⑨。

對外層物而言，「剝」有剝而去之、剝而取之之分。《廣雅・釋詁三》：「剝，落也。」《莊子・人間世》：「夫直梨橘柚果之屬，實熟則剝。」此「剝」訓爲「脫落」，即外層物被侵蝕，脫落下來。官員離開原有職位，其性質與外層物脫離事物相同，於是「剝」便產生引申義「罷免；革除」，此即義項⑥。上述兩個義項均爲剝而去之。「剝」又有剝而取之，目的在於剝取外層物時，則產生「掠奪」義；而套用別人作品的形式，其性質同於剝取外層物，同性質引申便產生義項

⑧。

附帶提到的是：《大詞典》：「⑫象聲詞。參見剝剝、剝啄¹。」我們檢看「剝啄¹」條，發現其未出現釋義爲「象聲詞」的，而「剝啄」條則釋爲象聲詞。

現將「剝」的詞義系統列表表示如下：

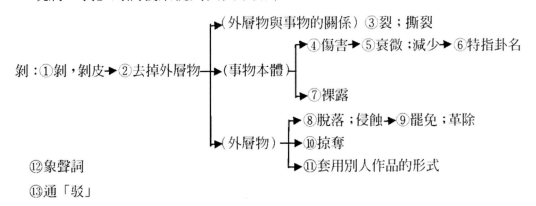

⑫象聲詞
⑬通「駁」

《大詞典》可按上表之次序排列「剝」的義項。

（6）**割**　《大詞典》（二卷 731 頁）共列十六個義項：

①用刀分解牲畜的骨肉。亦謂宰殺牲畜。②切割；截斷。亦指殺害。③指烹飪。④分割；劃分。⑤指裂土分封。⑥謂割據。⑦剝奪；奪取。⑧（刀口）傷缺。⑨斷絕；捨棄。⑩判斷；裁斷。⑪古代酷刑之一。截取男性生殖器。⑫數學術語。謂以直線通過圓周或其他曲線上的任意兩點。⑬方言。撕割；領取。⑭方言。製作。⑮象聲詞，猶豁。⑯通「害」。⑰通「曷」，何。

按：「割」義項排列較混亂，下面試作分析：《爾雅·釋言》：「割，裂也。」邢昺疏：「割，謂以刀裂之也。」「用刀割」是其本義。《大詞典》中義項①、②所引眾例皆可訓爲「用刀割」，當歸於一項。又《莊子·養生主》：「良庖歲更刀，割也；族庖月更刀，折也。」「割」、「折」均爲動作動詞，「割」亦當訓爲「用刀割」。《大詞典》釋爲「（刀口）傷缺」，似不確。又因「割烹煎和」常連用，故割牲畜肉又代替烹飪，即義項③。此乃相關引申。

用刀割的結果就會把整體分開，由此引申爲「分；劃分」。唐杜甫《望嶽》詩句：「造化終神秀，陰陽割昏曉。」及《續資治通鑒·元成宗大德元年》例，皆是。在「劃分」義基礎上轉爲數學術語，即義項⑫。由「劃分」又可引申爲「判斷」，即義項⑩。把事物分開因目的不同而產生不同意義：分而取之，則爲「領取」，即義項⑬。分他人之物而取之則爲「奪取；佔有」。此即義項⑥、⑦。

又有分而去之則引申爲裂土分封，即「分封」義。分己之物而去之，是極不情願的，迫不得已，則引申爲「割讓」。《戰國策・秦策》例、漢司馬相如《難蜀父老檄》例皆是。從迫不得已這一特點來講，又進一步引申爲「捨棄；斷絕」。在此義上，又特指古代一種酷刑，即義項⑪。

「割」的詞義系統可表示如下：

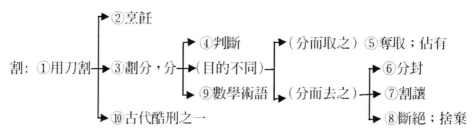

⑪方言，領取
⑫方言，製作
⑬象聲詞
⑭通「害」
⑮通「曷」

下面再看第八卷「穴」部的四個詞。

（7）窄　《大詞典》（八卷 439 頁）僅列有五個義項，共九義，但其詞義系統仍欠清晰：

①狹隘；狹小。②短缺。③緊迫；困難。也指窘迫。④不舒坦。⑤整齊；漂亮。

按：《字彙・穴部》：「窄，狹也。」本指橫向距離小，即「狹小」，引申爲一般意義上的「小；少」。也指心胸、氣量不寬廣，如《大詞典》所舉例：「心眼兒太窄」，此係比喻引申而來。「窄」之訓小、少，猶「狹」之訓小、少；「窄」之訓「心胸、氣量不寬廣」，猶「狹」之訓「心胸狹窄」。此乃同義詞的相同方向引申之理，即同步引申。同時一般意義上的「小；少」又引申爲「窘困，窘迫」，此乃因果方式的引申。「窘困，窘迫」又泛指心理上「窘」、「不舒服」，此即義項④。至於義項「⑤整齊；漂亮」，我們認爲是由通「乍」而得（《大詞典》（一卷 645 頁）：「乍，⑨形容俏麗的樣子。」元王實甫《西廂記》第二本第三折：「打扮的身子乍，準備著雲雨會巫峽。」）

「窄」的意義系統可歸納如下：

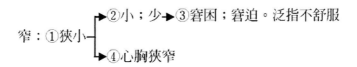

窄：①狹小

②小；少 ▶ ③窘困；窘迫。泛指不舒服

④心胸狹窄

⑤通「乍」。整齊，漂亮。

《大詞典》可按上列次序調整排列「窄」的義項。

（8）窠 《大詞典》（八卷 449 頁）列有十個義項，共十六義：

①動物的巢穴。亦借指簡陋的居所。②做窠。③物集中之所。④物聚集成團。⑤織物上的花紋式樣之一，即團花。⑥指凹陷低窪的地方。⑦指印文空白處。亦指刻印寫字的橫直界格。⑧洞；坑。⑨同「科」。（1）官；官職。引申爲做官。（2）章節。⑩量詞。（1）多用於一胎生或一次孵出的動物，亦用於一穴共時生長的植物。（2）用同「棵」。多用於植物。（3）用同「顆」。多用於顆粒狀物。

按：「窠」本指「鳥類、昆蟲類棲止處。」由此可借指人的居所。如宋孟元老《東京夢華錄・育子》：「浴兒畢，落胎髮，遍謝坐客，抱牙兒入他人房，謂之移窠。」此二義當分立爲佳。由「鳥類、昆蟲類棲止處」又活用爲動詞，引申爲「做窠」，即義項②，此係名動相因引申而來。事物聚集成團，與鳥類、昆蟲類把雜物堆織成巢性質相似，由之，「做窠」義進一步擴大引申爲一般事物聚集成團成簇。此即義項④。「窠」又訓爲「物集中之所」，此亦因性質相似引申而來。在此義上，又特指織物上的團花，此即義項⑤。由「鳥類、昆蟲類棲止處」進一步虛化爲量詞，即義項⑩的（1）義。

由「窠」多呈凹形，引申爲指「凹陷低窪處」，此即義項⑥。此義係由形狀相似引申而來。「坑」可訓爲「地上窪陷處」（《大詞典》二卷 1062 頁），「洞」訓爲「洞穴」，即深凹處（《大詞典》五卷 1143 頁）。「深凹處」、「地上窪陷處」皆爲「凹陷低窪處」。義項⑧當歸於義項⑥。且《大詞典》所引眾例皆爲此訓。「窠」之訓「物聚集成團。亦指物集中之所。」猶「窩」之訓「物成團或簇。亦指事物的聚集處。」「窠」之訓「凹陷低窪之處」，猶「窩」之訓「凹陷處」，均爲同步引申。印文空白處因印章上凹陷處未沾上印泥而造成，故在「凹陷低窪處」之義上，又引申指印文空白處，此乃同狀引申的結果，「刻印寫字的橫直格界」義的產生與之同理。此即義項⑦。

《廣韻》：「科」、「窠」皆「苦禾切」，音同而借用，故「窠」用同「科」，此即義項⑨。

「窠」的詞義系統可表示如下：

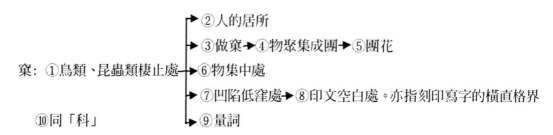

窠：①鳥類、昆蟲類棲止處
②人的居所
③做窠 ④物聚集成團 ⑤團花
⑥物集中處
⑦凹陷低窪處 ⑧印文空白處。亦指刻印寫字的橫直格界
⑩同「科」
⑨量詞

《大詞典》可按上列次序排列「窠」的義項。

（9）**窮** 《大詞典》（八卷 457 頁）共有二十二個義項，三十二義，名目之多，義項之繁，很難弄清這些意義之間的關係：

①盡，完。②終端；終極。③理屈；辭屈。④空。⑤貧苦。⑥困窘；窘急。⑦特指不得志。與「達」相對。⑧指鰥、寡、孤、獨四種無依靠的人。⑨不肖的人；惡人。⑩徹底推求；深入鑽研。⑪查究。⑫揭穿；識破。⑬止息；杜絕。⑭不足；缺陷。⑮荒僻；邊遠。⑯小；淺。⑰大。⑱高。⑲破舊；破爛。⑳副詞。最；非常。㉑通「穹」。㉒古國名。

按：經過重新整理，我們發現「窮」的義項實際並沒有如此複雜。「窮」的基本意義是「終端；終極」。由「終極」引申為動詞窮盡，即義項①。窮盡義又引申為無言以對或無理以對，此即義項③。「盡，完」也即「空」，故義項「④空」當歸於「窮盡」；由基本義又引申為動詞「窮究」。《易·說卦》：「窮理盡性，以至於命。」「窮」乃「深入鑽研」義。《漢書·張湯傳》：「及治淮南，衡山，江都反獄，皆窮根本。」「窮」乃「深入查究」義。此二義均為「窮究」，當並為一項。窮究之下，能發現人所未見之內幕並加以揭露，則「窮」又訓為「揭穿」，即義項⑫。

「終極」之義進一步引申為「困窘，不得志」，與「達」相反。《論語·衛靈公》：「君子固窮，小人窮斯濫矣。」《孟子·盡心上》：「窮則獨善其身，達則兼濟天下。」「窮寇莫追」均為此訓。在此義基礎上引申為財物缺少，即義項⑤。又特指生活上無依靠的人，即鰥寡孤獨之人。《大詞典》列出義項⑲「破舊；破爛」，並引例；又有「窮皮」條，「比喻破爛的衣服。」（460 頁）此乃由「⑤貧

苦」引申而得。由財物的缺少引申爲一般意義上的缺少、不足，即義項⑭。《大詞典》又訓「窮」爲「小；淺」（義項⑯），所收錄「窮流」、「窮徑」條之「窮」當歸於此義。困窘、不得志的人很有可能成爲不肖的人，甚至於惡人，此即義項⑨。

終端是事物發展的極點，事物會處於終止狀態。由此便產生「止；息」義。《禮記‧儒行》：「儒有博學而不窮，篤行而不倦。」孔穎達疏：「博學而不窮者，謂廣博學問而不止。」終端對始點而言是處於最邊緣，故「窮」又可訓爲「邊遠，荒僻」（義項⑮）。由此「窮」進一步虛化爲副詞「最，非常」（義項⑳）。《大詞典》訓「大」（義項⑰）所舉「窮怒」、「窮衄」之「窮」皆爲副詞，也即「非常」義，故當歸於「最，非常」（義項⑳）。

《廣韻》：「窮，渠弓切，平東，群。」「穹，去空切，平東，溪。」群母字爲全濁音，在全濁聲母清化過程中，因爲是平聲字，故變爲次清，也即「溪」母。故「窮」通「穹」。又《玉篇‧穴部》：「穹，高也。」且「窮陸」、「窮墉」之「窮」皆有「高」義，則「窮」訓爲「高」（義項⑱），是由於通爲「穹」所致。故「窮」通「穹」得二義：（1）見「穹廬」。（2）高。

如此梳理後，「窮」意義演變的線索就比較清楚了，建議《大詞典》按以下順序排列其義項：

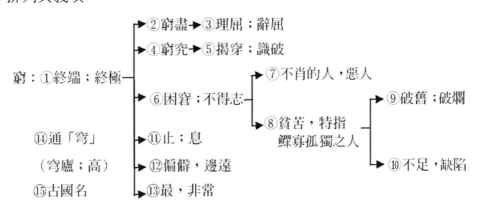

（10）**竊** 《大詞典》（八卷 489 頁）共列十三個義項：

①盜賊。②偷盜。③謂非其有而取之；不當受而受之。④見「竊轡」。⑤侵害；危害。⑥抄襲。⑦私下；私自。多用作謙詞。⑧男女私通。⑨切近。⑩副詞。偷偷地；暗暗地。⑪通「淺」（1）淡；（2）稍微。⑫通「踐」。⑬用同「察」。考察，觀察。

　　按：「竊」的本義爲偷盜，活用爲名詞，即從事偷盜活動的人，盜賊。「偷盜」一般指偷竊財物，也指把別人的創作成果竊爲己有。此「竊」爲「抄襲」義，即《大詞典》之義項⑥。「抄襲」也是一種「偷盜」，故此「抄襲」義可歸於「偷盜」。清俞正燮《癸巳存稿・律禁旁淫》：「非法旁淫曰通，曰盜，曰竊。」此「竊」當訓爲「男女私通」，即《大詞典》之義項⑧。該義係「非其有而取之」引申而來的。偷竊行爲的結果是據他人之物爲己物，對他人來說造成損失，由此「竊」又訓爲「損害」，即義項⑤。此乃因果引申而來的。《大詞典》義項④，「竊轡」之「竊」爲「偷盜」的比喻義。

　　《廣雅・釋詁四》：「竊，私也。」楊樹達《詞詮》卷六：「竊，表態副詞，私也。凡是不敢公然爲之者爲竊。」由此「竊」又訓爲「暗暗地」、「偷偷地」，此即義項⑩。清劉淇《助字辨略》卷五：「竊，凡云竊者，謙詞，不敢徑直以爲何如，故云竊也。」此「竊」爲表敬副詞「私自、私下」，即義項⑦。以上二者可合而爲一項：副詞：（1）暗暗地。（2）私下、私自。謙敬副詞。「竊」作爲「切」的同音借用字，可訓爲「切近」，即義項⑨。

　　「竊」的義項系統可表示如下：

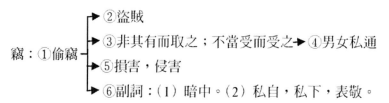

竊：①偷竊
　　　②盜賊
　　　③非其有而取之；不當受而受之 ➤ ④男女私通
　　　⑤損害，侵害
　　　⑥副詞：（1）暗中。（2）私自，私下，表敬。
　　⑦ 通「切」（切近）
　　⑧ 通「淺」
　　⑨ 通「踐」
　　⑩ 通「察」

　　《大詞典》可按上述次序排列「竊」的義項。

三、《大詞典》義項失序的類型及正確排序的策略

（一）《大詞典》義項失序的類型

　　從以上考察及相關研究中，我們發現《大詞典》有些多義詞的義項編排確實存在不少問題。概言之，主要是：

　　1. 基本意義不明。如上舉「竊」條，其本義應爲偷竊。《王力古漢語字典》

同條第一個義項即爲「盜竊」。《大詞典》卻將「盜賊」列爲首義，打亂了原本很規整的輻射式引申。又如「窮」條，本義應爲「終端；終極」，《大詞典》該條義項①爲「盡、完」，這樣的處理也使得引申系統不明。《王力古漢語字典》正以「終極」爲首義，似更確當。王力先生指出：「關於詞義的發展，最重要的是不能倒因爲果。」要做到這一點，本義的準確判定極爲關鍵。

2. 引申關係混亂。根據邏輯原則排列義項，依賴於對意義之間遠近關係的準確判斷。《大詞典》在義項排列上的問題此類居多。如「刺」條，本義是用刀劍矛之刃刺，「殺死」、「兵器的鋒刃」、「用尖銳之物刺入或穿過物體」顯然都是其直接引申義。而《大詞典》將後二義排在⑩和⑪；義項③～⑨都是本義的間接引申義，卻排在兩個直接引申義的前面，致使本義與直接引申義相距太遠。⑫～⑳也是間接引申義，卻被⑩和⑪攔腰切斷了與③～⑨的聯繫。一般說來，義項愈多愈容易產生排列混亂問題，其原因主要是意義系統較複雜，而編者又沒有下功夫去理清意義之間的關係。再如「窮」條，原義項排列較爲混亂，主要是未能辨識「困窘；不得志」、「不肖的人，惡人」、「貧苦，特指鰥寡孤獨之人」、「破舊」等意義之間的聯繫造成的。再如一卷 306 頁「下」條，義項「⑩對尊長表示謙遜之詞」應該排在「⑥身份、地位低」之後，《大詞典》卻將它們遠遠隔開了。

3. 義項漏略或分立不當。義項收錄全面和分立恰當是正確排列義項的前提。如果漏略了義項或者義項分立不當，則會導致義項之間的關係模糊不清，從而影響義項的恰當編排。如「利」條，由於《大詞典》的義項序列中缺少「財利」這一義項，其他義項之間的邏輯聯繫就難以梳理清楚，以致排列混亂。上文所舉「列」條，《大詞典》：「①『裂』的古字。分離；分裂。引申爲斬殺。」其中「斬殺」義與「分離；分裂」義區別已很明顯，故以單獨立爲義項②爲宜。同樣，例（8）「窠」條，《大詞典》將動物巢穴與人的陋居合爲一個義項，也似分立爲宜。而例（5）「剝」條，《大詞典》義項②「削」和義項③「去掉外皮」又可並爲一條：「削；削皮。」再如「窪」條，《大詞典》：「⑥指凹陷低窪的地方。……⑧洞，坑。」⑧亦可併入⑥。還有些義項是隨文釋義的，應予刪除，此不一一舉例。這些問題如不先行解決，就會直接影響義項順序的編排調整。

4. 將由於音同音近造成的文字借用所得的字義混入詞的引申系統。這是由於字詞不分，從而混同字的假借義與詞的引申義而引發的錯誤。如「窠」條義

項⑩「副詞」下列三個意義，只有第一個意義與其本義有意義聯繫，後面兩個意義分別用同「棵」和「顆」，是由於假借獲得的，不應該在「窠」這個詞的意義系統中列述，而《大詞典》卻將它們不加分別地放在一起。我們認爲後面兩個意義應該按體例分別單列爲通假義項爲妥。再如「竊」條義項⑨「切近」，我們認爲此義是「竊」與「切」通假而得，故也應單列爲通假義，而不應放在其引申系統中列述。

5. 書證晚出，導致義項排列失序。按照歷史順序排列義項，完全依賴於對義項出現時間的確定。每個義項的首證一般是編纂者所找到的最早書證，書證的時間就等於該義項在歷史上最早出現的時間。所以書證晚出就會導致義項失序問題。如例（8）「窠」條的幾個義項的排列就較爲典型。其義項⑥「指凹陷低窪的地方」，首證出自《朱子語類》；義項⑦「指印文空白處」，首證出自唐李賀詩；義項⑧「洞；坑」，首證出自唐岑參詩，致使唐代出現的義項⑦、⑧排在了宋代出現的義項⑥之後。又如例（9）「窮」條，本義應爲「終端；終極」，但《大詞典》該義項的首證引自《楚辭》，偏晚，導致在本義判定上的失誤。

（二）《大詞典》義項正確排序的策略

1. 處理好歷史原則和邏輯原則之間的關係，確立合理而可行的義項編排原則。我們認爲，這兩個原則雖然在理論上和理想狀態下是一致的，但是在詞典編纂的實踐中，應該以歷史原則爲主要原則，同時參考邏輯原則。歷史文獻是我們研究詞彙史的最主要依據，歷時詞典應該能夠反映每一個詞條在歷史文獻中的來龍去脈。但是因爲詞義的發展不是線性的，爲了理清詞義發展的脈絡，我們就不能只根據意義在文獻中出現的先後順序來排列義項，要兼顧邏輯原則。但是我們知道語義及其發展規則是非常難於把握的，語言學家們承認總體規律的存在，但是也不能否認每一條規律都可能有例外。比如有語法化，就有反語法化；詞義中的具體意義一般比抽象意義要出現得早，但是也有抽象意義先出現的情況，況且抽象和具體本身就是一個見仁見智的問題。所以，除非證據確鑿，不能輕易用邏輯原則否定歷史文獻所反映的先後順序。如「上、下」兩詞，都是由空間域概念隱喻投射到時間域上，這是認知規律，這個順序也反映在詞義發展上。但是「先」作爲一個時間域概念，也引申出了空間域概念。詞典編纂者要時刻牢記，邏輯原則的主要作用是梳理非線性發展的多個義項之

間關係的。義項編排原則應明確寫入前言或凡例之中，並將其貫徹於整個修訂工作的始終。

2. 利用大型漢語歷史語料庫，解決文獻調查的全面性和準確性的問題。解決失序問題的重要工作之一是要精確把握各個義項在文獻中出現的時代。這個工作光靠人工是難以完成的。隨著語言研究和語料庫技術的發展，全面、可靠的漢語歷時語料庫正在不斷建設中，有不少已經在漢語研究中發揮重要作用。《大詞典》的修訂，在技術上應跟上世界其他國家詞典編纂的前沿，充分發揮語料庫的作用。《大詞典》修訂時，可以整合現有漢語語料庫資源，建立更全面精確的語料庫，作爲編纂的依據。開發高效率的專用語料庫工具，以提高文獻調查的準確性和效率。

3. 釐清每個多義詞的詞義系統。修訂時，編纂者應從掌握多義詞的詞義系統出發，逐條覆核現有義項，釐清詞義演變的歷史和義項之間的關係，調整編排不當的義項順序，使之符合整部辭書義項編排的原則。當然，要理清每條詞語意義演變的線索殊非易事，可以說是歷史性語文辭書編纂的一大難點，但經過深入研究和努力探索，大部分多義詞還是能夠把握其詞義系統，梳理清楚各個義項之間的關係的。

4. 加強詞典編纂者的語言理論修養，及時跟蹤語言學理論，特別是詞彙語義學前沿。有兩類語言理論跟歷時詞典的編纂最爲相關，一是共時詞彙語義學，一是歷時語義學和歷時語用學（包括語法化研究）。共時詞彙語義學的分析方法，比如義素分析法、概念要素分析法（詳參蔣紹愚等先生的有關著作），可以爲分析義項間的異同提供精確而又可操作的方法。歷時語義學和語用學對於詞彙語義發展規律的研究，可以幫助我們更好地瞭解詞義發展的邏輯，是我們排列義項的重要參照。

5. 編纂者應充分吸收和利用漢語學界近 30 年的研究成果，特別是關於詞語具體意義的歷史演變和語法化方面的成果。漢語語法化研究，近 20 年來非常興盛，這方面的成果爲確定大量虛詞的義項順序提供了很好的參照。比如「著」（zhuó）作爲介詞，《大詞典》收錄了五種用法：（1）用；拿。舉唐白居易詩爲例。（2）被。舉宋袁去華詞爲例。（3）把，將。舉宋蘇軾詩爲例。（4）向，朝。舉宋袁去華和陳亮詞爲例。（5）在。表示處所。舉晉《博物志》和《百喻經》

等例。義項排列順序和其所列每個用法的首例的時間順序都不一致，義項排列的順序是混亂的。可是漢語語法史學者們已經對「著」的介詞用法有了大致一致的意見：六朝時產生了動作完成後的附著或到達的處所、動作發生的處所兩種用法，唐代出現了引進動作工具和方式的用法，宋代才有引進動作主動者的用法。根據吳福祥的研究，這幾個用法之間並沒有邏輯上的聯繫，它們分別是從「著」的不同實詞意義語法化而來的。(11) 因爲這幾個用法分別對應於《大詞典》該條的（4）、（5）、（1）、（2）、（3）這幾個義項，所以《大詞典》就可以參照此一順序排列義項。

6. 創新《大詞典》義項編排方式。多義詞的義項系統一般較爲繁複，其詞義引申方式多數是連鎖式和輻射式兼具的混合式。按照傳統詞典的形式，要想在《大詞典》中充分展現義項系統的複雜情況幾乎是不可能的。爲了充分反映漢語歷史詞彙學和詞典學研究的成果，必須進行義項排列形式的創新。我們有兩種建議：一是在傳統形式上適當增加對多義詞各個義項相互關係的說明，這就需要用一些固定的術語。例如連鎖式引申用「某義引申爲某義，又引申爲某義」，輻射式引申用「由某義引申出某義，並引申出某義」之類。二是設計一套有層級的義項順序符號，使義項排列層次更爲清晰。《大詞典》現在採用的是黑圈白字的「①②③④……」一種義項序號（少量義項下分（1）、（2））。這種符號對於那些呈連鎖式引申的義項是非常合適的。但大量多義詞是輻射式引申或輻射與連鎖式相結合相交錯的引申方式。僅採用原有的一套符號系統便很難顯示其詞義間複雜的引申關係。這也是造成義項排列混亂的一個客觀原因。因此不妨設想採用一種層級順序號，例如第一級用（一）（二）（三）……，第二級用㊀㊁㊂……，第三級用①②③……，等等，或許更有利於表示多向度引申的義項序列。

總之，我們希望修訂二版能將義項失序作爲此次修訂工作的一個重點，作爲提高全書質量的重要目標，並爲此採取有效措施，付出切實努力，從而使新版《大詞典》更爲精良，更加完善。

附 注

〔1〕黃建華，《詞典論》，上海辭書出版社，2001 年。

〔2〕Robert Lew. 2009. Towards variable function-dependent sense ordering in future dictionaries. In exicography at a Crossroads: Dictionaries and Encyclopedias Today, Lexicographical Tools Tomorrow. Bern: Peter Lang.

〔3〕Frawley, William. 1989. "The Dictionary as Text." International Journal of Lexicography.

〔4〕Robert Lew. 2009. Towards variable function-dependent sense ordering in future dictionaries. In Lexicography at a Crossroads: Dictionaries and Encyclopedias Today，Lexicographical Tools Tomorrow. Bern: Peter Lang.

〔5〕虞萬里，《〈漢語大詞典〉編纂瑣憶》，《辭書研究》2012 年第 2 期。

〔6〕虞萬里，《〈漢語大詞典〉編纂瑣憶》，出處同上。

〔7〕茲古斯塔，《詞典學概論》，林書武等譯，商務印書館，1983 年。

〔8〕Robert Lew. 2009. Towards variable function-dependent sense ordering in future dictionaries. In Lexicography at a Crossroads: Dictionaries and Encyclopedias Today, Lexicographical Tools Tomorrow. Bern: Peter Lang.

〔9〕王力，《理想的字典》，收入《王力文集》第 19 卷，山東教育出版社，1990 年。

〔10〕Kipfer, B. A. 1984. Methods of ordering senses within Entries. LEXeter '83 Proceedings. Tubingen: M. Niemeyer.

〔11〕吳福祥，《敦煌變文語法研究》，嶽麓書社，1996 年。

（《辭書研究》待刊，與陳國華合作）

《漢語大詞典》增補詞語類析

　　《漢語大詞典》（以下簡稱《大詞典》）是一部大型的、歷史性的漢語語文辭典，該書的編纂方針是「古今兼收，源流並重」，廣泛收錄古今漢語文獻中出現的一般語詞，共收詞目 37 萬餘條，從整體上歷史地反映了詞彙發展的面貌與詞義演變的軌迹。但古今文獻卷帙浩繁，詞語眾多，編纂者在收列條目時難免會有所漏略。至今已有不少成果指出漏收的諸多詞條。例如王宣武《漢語大詞典拾補》「收詞拾補」[1] 和王鍈《〈漢語大詞典〉商補》「立目商補」[2] 即各為之補充一百餘條。漢語大詞典編纂處《漢語大詞典訂補》也補收了大量的「新增條目」[3]。本書則擬從詞彙研究的角度，著重分析指出《大詞典》詞語失收的重要原因之一是對漢語詞彙的特點尤其是一些特殊現象關注不夠，故在許多方面造成系統性缺失，因此在二版編訂過程中應盡量予以彌補和避免新增條目此類問題發生。下分七類舉例說明。

一、羨餘詞語

　　語言文字包含的信息超出了實際需要的信息，語言學把語言的這種性質叫做羨餘性。羨餘性是語言的本質特徵之一，就漢語來說，它不僅存在於上古以來的每一個發展階段，而且漢語的各個要素都存在這種現象。但比較言之，詞彙羨餘更為普遍。[4] 例如「這般樣」，其構造就有一定的特殊性。它是由「這般」和「這樣」同義疊加並省掉一個相同的語素「這」構成的，而意義與後二

者相同，「樣」爲羨餘語素。《大詞典》收錄了不少這樣的詞語，除「這般樣」以外，還有「耳邊廂」、「兩邊廂」、「這壁廂」、「穩情取」、「這等樣」、「一般樣」、「欲待」、「料莫」、「尚兀自」、「擔驚忍怕」、「娘母子」、「措置」、「彎跧」等等。但仍有不少未收錄在內，尤其是近代漢語階段的很多羨餘性詞語。例如：

須索要 元楊景賢《西遊記》第二本第五齣：「今日奉聖旨，率領百官前往，須索要走一遭。」元無名氏《兩軍師隔江鬥智》第二折：「（甘寧云）小姐，到那裡須索要小心些。（梅香云）俺小姐不要你分付，他好不精細哩。」清青心才人《雙合歡》第九回：「今乃二十一，晚上他約來相會，須索要伺候他，經不得媽媽屋中有事耽擱哩。」「須索」就是「須要」，「索」有「要」義。「索要」乃同義連文。「要」爲羨餘語素。

一直迤 《金瓶梅詞話》第二回：「走出街上閒遊，一直迤趲入王婆茶坊裏來，便去裏邊水簾下坐了。」又第五十四回：「等了半日不見來，耐心不過，就一直迤奔到金蓮房裏來，喜得沒有人看見。」又第五十五回：「三人下馬訪問，一直迤到縣牌坊西門慶家府裏投下。」「迤」有「直」義，「一直迤」等於「一直」再加上一個「直」字。

爹老子 《金瓶梅詞話》第四十二回：「見他爹老子收了一盤子雜合的肉菜、一甌子酒和些元宵，拿到房裏，就問他娘一丈青討。」「爹」即「老子」，兩詞疊加，後者爲羨餘成分。該詞在現代作品中仍有用例，如周立波《蓋滿爹》：「尤其是楠森，要跟爹老子算賬，說小時候打過他，這是麼子話？」

依舊原 《水滸全傳》第二十四回：「那婦人道：『乾娘自便，相待大官人，奴卻不當。』依舊原不動身。」清坐花散人《風流悟》第三回：「卻說張靜芳，打聽得桃花社裏，依舊原選了王畹香等三人，他快活得了不得，即忙備了四個盒子，去望閨秀狀元情仙。」「原」有「依舊、仍然」義，爲羨餘成分。

停瞋息怒 《武王伐紂平話》卷上：「小臣之言逆王直諫，大王停瞋息怒，且免西伯之罪。」元紀君祥《趙氏孤兒》第一折：「告大人停瞋息怒，聽小人從頭分訴。」「停瞋」與「息怒」疊加，習用爲四字語。

較好些 元鄭光祖《倩女離魂》第三折：「梅香，你姐姐較好些麼？」《醒

世姻緣傳》第三十回：「晁夫人問說：『親家這些時較好些麼？』」又同書第四十八回：「我白日後晌的教道了這半月，實指望他較好些了，誰知他還這們強。」「較些」即好些，「好」爲羨餘語素。

其它還有「可煞是」（周密《南樓令》詞）、「自家身己」（《朱子語類》卷八）、「追朋趁友」（《怨家債主》第二折）、「拘管收拾」（《詐妮子調風月》第二折）、「目今現」（《五代秘史》第二十四回）、將就膿（《金瓶梅詞話》第四十一回）、「怪嗔道」（同上第十七回）、「霎眼挫」（同上第五十四回），等等。

這些詞語有的索解匪易，有的易生誤會，因《大詞典》和一般語文辭書均未收錄，使讀者無從查檢，束手無策。《大詞典》在修訂時當予收入。

二、「反詞同指」詞語

漢語中有一些詞語，從字面上看意義是相反相對的，但它們在句中表達的意義卻是相同的。例如：《左傳·宣公十二年》：「楚子又使求成於晉，晉人許之，盟有日矣。」又《僖公三十三年》：「武夫力而拘諸原，婦人暫而免諸國，墮軍實而長寇讎，亡無日矣！」兩句中的「有日」與「無日」都表示事情的發生不要很長時間了。又例如：《莊子·說劍》：「宰人上食，王三環之。」《呂氏春秋·報更》：「有餓人臥不能起者，宣孟止車，爲之下食，蠲而餔之。」兩句中的「上食」與「下食」同指送上食物。此種現象可統稱爲「反詞同指」現象。[5] 此種現象上古已見，中古以後日漸普遍，現代仍餘緒未斷。可以說這從一個方面反映出漢語的特點，顯示了漢語表達的豐富和詞語的變化。

《大詞典》分別收錄了以上「有日／無日」、「上食／下食」兩組詞語和其他一些同類型詞語，如「寒爐／暖爐」（同指天氣寒冷取暖用的火爐）、「抽頭／抽腳」（同指抽身，脫身），等等。但也漏收了一些，有的一組都沒收，有的一組漏收了某一個，有的雖然一組詞都收了，但缺少「同指」的義項。下面略舉數例：

上老實／下老實 明陸人龍《型世言》第六回：「兩個吃酒談笑，道：『好官，替我上老實處這一審，這時候不知在監裏仔麼樣苦裏。』」又，同書第五回：「一日在棋盤街，見一個漢子打小廝，下老實打。」「上老實」與「下老實」義均爲「著實用力地」。學者或不明於此，以致說解錯誤。二詞《大詞典》均未收

錄。

寒帽／暖帽，熱帽／涼帽 清蔡奭《官話彙解便覽》上卷：「寒帽，暖帽；熱帽，涼帽。」引例的兩組詞，其被釋詞與訓釋詞所指皆同一物。《大詞典》只收了其中的「暖帽」和「涼帽」，而未收錄相應的「寒帽」和「熱帽」。

減年／增年 一張《不眠之夜》：「後來詩人云：『身老怯增年』，『人道增年是減年』。」[6]就有限的生命而言，增一年就是減一年，故云「增年」是「減年」。宋蘇轍《辛丑除日寄子瞻》詩有「人心畏增年」句，其實所「畏」的也是「減年」。《大詞典》收錄「增年」而漏收「減年」。

三、縮略語

《大詞典》將「縮略語」解釋爲：「爲便利使用，由較長的語詞縮短省略而成的語詞。」縮略語是漢語詞彙的有機組成部分，也是一種古今常見的構詞現象。「羨餘詞語」是在原詞上增加一些成分，「縮略語」與之相反，是原詞語省掉一些成分。《大詞典》亦收錄了相當數量的縮略語，如：桑枌（桑梓和枌榆）、珠柙（珠襦玉柙）、事畜（仰事俯畜）、化魚（化魚爲龍）、頂門針（頂門上一針）、三八節（三八國際勞動婦女節）、博山（博山爐）、三青團（三民主義青年團）、汽機（蒸汽機或汽輪機）、秦房（秦阿房宮）、潛艇（潛水艇）、殿本（清代武英殿官刻本）、高知（高級知識分子）、釋迦（釋迦牟尼）、科諢（插科打諢）、山相（山中宰相），等等。但也有很多未收錄在內。例如：

山梲 山節藻梲的簡稱。古代天子的廟飾。參《大詞典》三卷 790 頁「山節藻梲」條。宋陸佃《陶山集‧廟制議》：「芝栭，山梲也，方小木爲之。」《禮記注疏》卷四十三：「山節薄櫨刻之爲山梲，侏儒柱畫之爲藻文。」

八怪 有二義：①揚州八怪的省稱。清劉鶚《老殘遊記續》第二回：「揚州本是名士的聚處，像那『八怪』的人物，現在總還有罷？」②指醜八怪。《醒世姻緣傳》第七十二回：「周龍皋又甚是好性，前邊那位娘子丑的似八怪似的，周大叔看著眼裏撥不出來，要得你這們個人兒，只好手心裏擎著，還怕弄出來哩。」義項①省略「揚州」，義項②省掉了「丑」。

班郢 古代巧匠公輸班和郢的合稱。比喻技藝超群的能手。唐柳宗元《王

氏伯仲唱和詩序》：「操斧於班郢之門，斯强顏耳。」《歸有光集・與陸武康》：「公家所謂班郢之門，不宜敢當重委，且平生不能爲八代間語，非時所好也。」

淡交 君子之交淡如水的略語。謂賢者之交誼，平淡如水，不尚虛華。唐白居易《贈皇甫賓客》詩：「始信淡交宜久遠，與君轉老轉相親。」宋范仲淹《淡交若水賦》：「伊淡交之相愛，諭柔水於前聞。」

夢婆 「春夢婆」之略。義參《大詞典》五卷 651 頁「春夢婆」條。清王浚卿《冷眼觀》第十回：「白衣蒼狗尋常事，都付人間一夢婆。」清施士潔《藝農、幼青……並謝諸君子》詩：「年年生日說東坡，磨蠍身宮奈命何。路鬼揶揄慚作郡，夢婆富貴笑登科。」

弓影 杯弓蛇影之略。唐王燾《外臺秘要方》卷五：「此病別有祈禱厭禳而瘥者，自是人心妄識，畏愛生病，亦猶弓影成蠱耳。」《明史紀事本末》卷五十六：「特以上下相蒙，弓影之疑蓄於中；恩信不著，投杼之說動於外也。」

秋播 秋季播種。《御製詩集》四集卷三十五《麥色》：「春連多雪膏爲渥，秋播夏收豐祝登。」

龜沙 地名，龜茲、流沙的合稱。泛指邊遠之地。唐武元衡《兵行褒斜谷作》詩：「古地接龜沙，邊風送征雁。」《文選・王僧達〈祭顏光祿文〉》：「才通漢魏，譽浹龜沙。」李善注：「漢書曰：龜茲國王治延城，去長安七千四百八十里。尚書曰：被於流沙。漢書，李陵歌曰：經萬里，度沙漠。說文曰：北方流沙。」

渠觀 石渠、東觀的合稱。古代帝王藏書的地方。參《大詞典》七卷 992 頁「石渠」、四卷 855 頁「東觀」條。宋王義山《對廳致語》：「我知府、運使、華文、國史、秘監、侍郎，渠觀聯輝，節麾迭組。」

拾唾 拾人涕唾的略語。也作拾唾餘、拾人唾餘。參《大詞典》六卷 565 頁「拾人涕唾」條。明羅洪先《念庵文集・與王龍溪》：「經綸與二氏不同，弟已勘破，今更不向此輩口中拾唾，兄亦當戒之。」

四、配套詞

「所謂配套詞，就是由在內容上密切相關、語義上相互補充、結構上相似

的詞所組成的一個聚合類（paradigmatic set）。」〔7〕配套詞自成體系，要收全收，要不收全不收，如果只收部分，那麼就無法形成一個完整的聚合類，條目之間也會失去照應。《大詞典》於此類詞語時有收錄不全，顧此失彼的現象。例如：

我國古六曆 已收：顓頊曆、夏曆、殷曆。失收：黃帝曆、周曆、魯曆。見《漢書‧律曆志上》。

西湖十景 已收：柳浪聞鶯、雷峰夕照、三潭印月。失收：蘇堤春曉、曲院風荷、平湖秋月、斷橋殘雪、花港觀魚、雙峰插雲、南屏晚鐘。見宋吳自牧《夢梁錄‧西湖》

漢樂府《鐃歌》十八曲 已收：《朱鷺》、《思悲翁》、《上之回》、《擁離》、《上陵》、《將進酒》、《芳樹》、《聖人出》、《上邪》、《遠如期》、《石留》。失收：《艾如張》、《戰城南》、《巫山高》、《君馬黃》、《有所思》、《雉子斑》、《臨高臺》。見《樂府詩集‧鼓吹曲辭一‧漢鐃歌》。

隋鼓吹四部 已收：棡鼓部。失收：鐃鼓部、大橫吹部、小橫吹部。見《樂府詩集‧橫吹曲辭》郭茂倩題解。

古九州 《尚書‧禹貢》九州為：冀州、豫州、雍州、揚州、兗州、徐州、梁州、青州、荊州；《爾雅‧釋地》九州無青州、梁州，有幽州、營州；《周禮‧夏官‧職方氏》九州無徐州、梁州，有幽州、并州。《大詞典》以上詞條失收「兗州」、「揚州」、「營州」，其它均收錄。

九仙 九類仙人。已收：上仙、高仙、玄仙、天仙、眞仙、神仙、靈仙。失收：火仙、至仙。九仙之名，見《雲笈七籤》卷三。

秦漢所祠八神 已收：天主、地主、兵主、陰主、陽主、月主、四時主。失收：日主。名見《史記‧封禪書》。

九畿 已收：侯畿、甸畿、男畿、采畿、衛畿、蠻畿、夷畿、鎮畿。失收：藩畿。見《周禮‧夏官‧大司馬》。

古人灼龜所得四種卜兆 已收：方兆、弓兆。失收：功兆、義兆。見《周禮‧春官‧卜師》。

古代九種祭儀 已收：命祭、衍祭、炮祭、周祭、振祭、擩祭、繚祭、共

祭。失收：絕祭。　見《周禮・春官・大祝》。

舜的七個友人　已收：雄陶、方回、伯陽、東不訾。未收：續牙、秦不虛、靈甫。見晉陶潛《聖賢群輔錄》。

明十三陵　已收：長陵、獻陵、景陵、裕陵、茂陵、泰陵、昭陵、定陵、明思陵。未收：慶陵、德陵、康陵、永陵。

為西王母取食的三青鳥　已收：大鷟、青鳥。未收：小鷟。見《山海經・大荒西經》。

春秋時殷民六族　已收：條氏、徐氏、蕭氏。未收：索氏、長勺氏、尾勺氏。見《左傳・定公四年》。

古代東方九夷　已收：畎夷、方夷、黃夷、白夷、玄夷、陽夷。未收：於夷、赤夷、風夷。見《後漢書・東夷傳》。

清朝內務府六庫　已收：炭庫。未收：木庫、鐵庫、房庫、器庫、薪庫。見《清史稿・職官志五》。

中醫九針　已收：鍉針、鈹針、毫針、鑱針。未收：員針、鋒針、員利針、長針、大針。見《靈樞經・九針十二原》。

傳說中的黃帝七輔　已收：風后、天老、五聖、知命、窺紀、力墨（亦作力牧、力黑）。未收：地典。見晉陶潛《集聖賢群輔錄》。

《詩經》三頌　已收：周頌、魯頌。未收：商頌。

五、同素逆序詞

所謂同素逆序詞，是指構詞語素相同，但語素序位互為倒置的一組雙音節詞。這一現象古已有之，它是漢語詞彙系統中一種特有的語言現象。《大詞典》收錄了不少倒序詞。如：腥膻／膻腥、拙笨／笨拙、齊整／整齊、煎熬／熬煎、細底／底細、典墳／墳典、魚魯／魯魚、鴻鱗／鱗鴻、青紫／紫青、錫飛／飛錫、毫管／管毫、鼎定／定鼎、楮墨／墨楮、紳冕／冕紳、蒼穹／穹蒼、胃口／口胃、黎黔／黔黎、算計／計算、熱鬧／鬧熱、人客／客人、常時／時常、鎮紙／紙鎮、緇黃／黃緇、荊棘／棘荊、鄰居／居鄰，等等。也有不少漏收的。

例如：

蕩搖　即搖蕩。唐溫庭筠《太液池歌》詩：「疊瀾不定照天井，倒影蕩搖晴翠長。」宋沈括《夢溪筆談・雜誌一》：「方家以磁石磨針鋒，則能指南，然常微偏東，不全南也。水浮多蕩搖。」清蒲松齡《聊齋誌異・孫必振》：「孫必振渡江，值大風雷，舟船蕩搖，同舟大恐。」

燒燃　即燃燒。元王楨《農書・糞田之宜篇第七》：「凡掃除之土，燒燃之灰，簸揚之糠，斷稿落葉，積而焚之，沃以糞汁，積之既久，不覺其多。」清褚人獲《堅瓠餘集・蛇吞鹿》：「蛇吞一鹿在於腹內，野火燒燃，墮於山下。」

條紙　即紙條，字條。清梁廷枏《夷氛聞記》卷一：「假學正考棚局而考之，卷夾條紙，開四事爲問。」清海上獨嘯子《女媧石》第十三回：「少時托出一盤紙煙，一副金絲眼鏡，一副麻雀牌來。取出一張條紙，一枝筆。」

樸願　同願樸。義爲樸實敦厚。清王士禎《香祖筆記》卷五：「亞薀者，廣東增城縣獄卒也，爲人樸願。」清紀昀《閱微草堂筆記・如是我聞一》：「衢洲言其鄉某甲，甚樸願，一生無妄爲。」

全曲　即曲全。義爲成全。明金木散人《鼓掌絕塵》第四回：「若得天意全曲，成就了百年姻眷，豈非紈扇一段奇功。」

頭除　即除頭。義爲扣頭，回扣。清東魯古狂生《醉醒石》第八回：「內中去了官的頭除，人役使用，已十不得三。」又第十回：「又預放去次年人役工食，一來示恩，二來也得些頭除，爲入覲之費。」

瘴煙　即煙瘴。瘴氣；煙瘴之地。唐白居易《遇微之於峽中》詩：「君還秦地辭炎徼，我向忠州入瘴煙。」宋張孝祥《水調歌頭・桂林集句》詞：「自是清涼國，莫遣瘴煙侵。」

巧湊　湊巧。清心遠主人《二刻醒世恒言》第七回：「卻好不東不西，巧湊行到那貧人所住古廟之下，只聽得怨氣呻吟，鬼哭不已。」清夏敬渠《野叟曝言》第一百四十二回：「文郎眞有心人也，求婚之意，已見於此。且此娥育恰合，這是天緣巧湊，不可當面錯過！」

細詳　詳細。細節；詳情。清陳端生《再生緣》第四回：「有何大事傳梆

報，快快當前稟細詳。」又第十一回：「丫鬟僕婦齊傳諭，喚上園丁問細詳。」

六、異形詞

異形詞也稱異體詞，指的是字形有異而讀音意義相同的詞。異形詞在漢語中是大量存在的，尤其是在古代漢語中，一詞數寫的情況就更爲多見。《大詞典》收錄了大量的異形詞，如：成材／成才，鍾馗／鍾葵，一圪塔／一圪堵／一圪垯／一圪堵／一各多／一各都，中壒／中野，呱唧／呱咭／呱嘰，呴俞／呴諭／呴喻，咋呼／咋唬／咋乎，等等。但由於文獻眾多，爬梳不易，很多異形詞沒有被收錄在內。茲舉數例如下：（括號內詞語《大詞典》已收錄）

悖理（背理）　違背天理或倫理；不合理。《漢書·張湯傳》：「驕逸悖理，與背畔無異，臣子之惡，莫大於是，不宜宿衛在位。」《魏書·刑罰志》：「弗究悖理之淺深，不詳損化之多少。」《金史·蒲察合住傳》：「尋爲御史所劾，初議笞贖，宰相以爲悖理，斬於開封府門之下。」

層迭（層疊）　重疊。明劉成德《唐司業張籍詩集序》：「變化莫測，起伏層迭。」明羅懋登《三寶太監西洋記通俗演義》第五十回：「形如多瓜，皮似栗子多刺，刺內有肉層迭，味最佳。」

狡滑（狡猾）　詭詐刁鑽。《初刻拍案驚奇》卷十三：「卻是爲他有錢財使用，又好結識那一班慘刻狡滑、沒天理的衙門中人，多只是奉承過去，那個敢與他一般見識？」《封神演義》第三十二回：「實指望斬草除根，絕你黃氏一脈，孰知你狡滑之徒，終多苟且。雖然如此，諒你也難出地網天羅！」清李百川《綠野仙蹤》第三十四回：「我知道你這小淫婦子，狡滑的了不得，朱文魁兒硬是你教調壞了。」

斤斗（筋斗）　跟頭。宋王安石《訴衷情·又和秀老》詞：「驀然打個斤斗，直跳過羲皇。」元王大學士《點絳唇》曲：「一個將斤斗番，一個將背拋打，一個響撲兒學咯牙。」清張春帆《九尾龜》第一百一十五回：「臨了兒更格外添出許多解數，翻出許多斤斗，只聽得臺下一片喝彩的聲音。」

撅嘴（噘嘴）　嘴唇圓合而向外凸出。《醒世姻緣傳》第九十五回：「滿臉哭喪仍撅嘴，雙眉攢蹙且拌唇。」清華廣生輯《白雪遺音·銀鈕絲·母女頂嘴》：

「女大思春果是真，撅嘴膀腮不稱心，扭鼻子扯臉就嘔死人。」

　　寧闕勿濫、寧缺勿濫（寧缺毋濫）　寧可短缺，不要不顧質量而一味求多。清李綠園《歧路燈》第五回：「喜詔上保舉賢良一事，是咱學校中事。即令寧闕勿濫，這開封是一省首府，祥符是開封首縣，卻是斷缺不得的。」蔡東藩《民國演義》第一百一十九回：「由全國各縣農工商會各會各舉一人，為初選所舉之人，不必以各本會為限。如無工商會，寧缺勿濫。」

　　撲咚、撲嗵（撲通、噗通、噗嗵）　象聲詞。形容重物落水或落地之聲。《水滸傳》第三十回：「這一個急待轉身，武松右腳早起，撲咚地也踢下水裏去。」《醒世恆言》卷二十：「二子身上疼痛，從醉夢中驚醒，掙扎不動，卻待喊叫，被楊洪、楊江扛起，向江中撲嗵的攛將下去。」常傑淼《雍正劍俠圖》第五十八回：「他以為是童林，沒敢攛頭，『撲嗵』跪在這磕頭。」

　　蒲茸（蒲絨）　香蒲的雌花穗上長的白絨毛，可以用來填充墊子或枕頭。唐劉象《早春池亭獨遊三首》詩：「蒲茸才簇岸，柳頰已遮樓。」宋林逋《送慈師北遊》詩：「郁郁蒲茸染水田，渡淮閒寄賈人船。」宋彭元遜《瑞鷓鴣》詞：「鷁鶒浪起蒲茸暖，翡翠風來柳絮低。」宋梅堯臣《和潘叔治早春遊何山》詩：「淺石長蒲茸，朝煙暖岩樹。」

　　清泠泠（清凌凌）　形容水清澈而有波紋。明王世貞《皇明異典述·賜群臣詩》：「歸榮遂爾追遠情，吳松江水清泠泠。」

　　拾遺補缺（拾遺補闕）　拾取遺漏，補正缺失。明劉元卿《賢弈編·官政》：「使臣拾遺補缺，裨贊朝廷則可。使臣掇拾臣下短長，以沽直名，則不能。」清李漁《閒情偶記·變調·變舊成新》：「尚有拾遺補缺之法，未語同人，茲請並終其說。」許慕羲《宋代宮闈史》第三十二回：「那李家明感激知遇，也就拾遺補缺，隨時納諫，挽救不少。」

　　是的（似的）　助詞，用在名詞、代詞或動詞後面，表示跟某種事物或情況相似。《醒世姻緣傳》第二回：「他高大爺先不敢在你手裏展爪，就是你那七大八，像個豆姑娘兒是的，你降他像鍾馗降小鬼的一般。」同書第四十九回：「周奶奶家姑姑娶了，這是周奶奶賞你的兩匹布，兩封錢，共是一千二百。他娘兒兩個喜的像甚麼是的。」又第九十八回：「周相公，你前日也不該

失口罵我，我也不該潑你那一下子。這些時悔的我像甚麼是的，我這裡替周相公賠禮。」

梳略（梳掠）　梳理頭髮，引申爲梳妝打扮。唐王梵志《觀內有婦人》詩：「觀內有婦人，各各能梳略。」

書柬（書簡）　書信。明劉若愚《酌中志·內板經書紀略》：「皇城中內相學問讀『四書』、《書經》、《詩經》；看性理、《通鑒》節要、《千家詩》、唐賢三體詩；習書柬活套，習作對聯；再加以古文眞寶，古文精粹盡之矣。」《金瓶梅詞話》第五十八回：「只因學生一個武官，粗俗不知文理，往來書柬，無人代筆。」明天然癡叟《石點頭·王孺人離合團魚夢》：「一日早春天氣，王從事治下看槤，差馳夫持書柬到縣，請王從古至爛柯山看梅花。」《醒世姻緣傳》第八十二回：「相爺合察院爺是同門同年，察院爺不曾散館的時節，沒有一日不在一處的。時常往來，書柬沒有兩三日不來往的。」

樹丫（樹椏）　樹杈。宋梅堯臣《次韻和酬永叔》詩：「閉門飲濁醪，秋轆繫樹丫。」元張可久《憑欄人·暮春即事》曲：「鳥啼芳樹丫，燕銜黃柳花。」清不題撰人《施公案》第二百一十九回：「天霸與鄧龍將他兩個身上帶子解下，四馬攢蹄的捆了，將刀割下一片衣襟，塞在口內，把他們提到樹林裏面，放在樹丫內夾著。」

死氣白賴（死乞白賴、死乞百賴）　謂糾纏不休。《醒世姻緣傳》第七十四回：「你公公又叫調羹死氣白賴拉著，甚麼是肯放！」常傑淼《雍正劍俠圖》第三十三回：「我不願意來，不是你們哥兒倆死氣白賴非讓我來嗎？」

五癆七傷（五勞七傷）　泛指各種疾病和致病因素。明朱橚《普濟方·瀉痢門·炙肝散》：「治脾胃虛弱，五癆七傷，肌體羸瘦。」明李時珍《本草綱目·草部·黃芩》引孫思邈《千金方》：「療男子五癆七傷，消渴不生肌肉，婦人帶下，手足寒熱，瀉五臟火。」清魏文中《繡雲閣》第七十回：「五癆七傷以及脾寒、擺子、跌打等症，件件能醫。」

丫杈（椏杈）　樹木分枝處。明羅貫中《平妖傳》第十回：「又盤上幾層，揀個大大的丫杈中，似烏鵲般做一堆兒蹲坐著。」清盧文弨《抱經堂文集·周忠介墨迹跋》：「余向於吳中見一小幅畫，亦公筆也，老樹丫杈中危坐一人，非

如釋家所畫羅漢相。」

押隊（壓隊）　跟在隊伍後面保護或監督。《宋史·儀衛志》：「弩四，弓矢十六，槊二十，左右金吾衛果毅都尉二人押隊。」明戚繼光《練兵實紀·練營陣》：「各隊長在前領隊，各旗總俱在後押隊，凡路上行走不齊，前後不分者，俱旗總之責。」明羅懋登《三寶太監西洋記通俗演義》第九十六回：「誠恐坐下一千孽畜貽害寶船，故此老身押隊而行，聊致護持之私。」

押車（壓車）　謂隨車保護或監守。清趙吉士《寄園所寄》卷一：「予笑命家人，押車運行李後至，即同二徐急策蹇。」清貪夢道人《彭公案》第十七回：「押車的還有一個少年之人，年約二十餘歲，身高八尺，頭戴新緯帽。」

其它還有：

一搾（一拃、一柞、一攟），大扠步（大踏步），半落（半拉），半札、半劄、半叉（半拆），唱惹（唱偌、唱喏），下三濫（下三爛），稱錢（趁錢），隔三岔五（隔三差五），絳紫（醬紫），喊哩喀嚓（喊哩喀喳），起航（啓航），氣乎乎（氣呼呼、氣虎虎），紐袢（紐襻、紐絆），暖乎乎（暖呼呼、暖忽忽），闢頭（劈頭），劈裏啪啦（劈裏啪啦、劈哩啪啦、劈嚦啪啦），唪喳（唪嚓），唪噠（唪嗒），磨得開（抹得開），雙簧（雙鎖），筤子（捆子），等等。

異形詞在現代漢語中是規範的對象，只保留其中一個，其它的作爲不規範字形加以排除。但作爲反映本民族語言全貌的大型歷史性工具書，《大詞典》應盡力將其收錄、收全，並完整客觀地描繪其使用情況。異形詞還有一個詞形出現早晚的問題。例如：「半攔腳」詞形出現早，《大詞典》未收；「半籃腳」出現晚，卻收錄了。「擔遲不擔錯」出現在後，收錄了；「耽遲不耽錯」出現在前，卻未收錄。這就影響了人們對一些詞語產生時代的準確認知。這是需要編纂者重視的。

七、別名異稱

漢語詞彙豐富，特別是古漢語中名物詞很發達。很多事物在正名之外，還有別名異稱。認識、瞭解這些詞語，對於人們閱讀古籍、考證名物無疑具有很大的幫助。以收詞宏富著稱的《大詞典》也收錄了很多事物的別名異稱。如：

月亮／素女／素娥／素舒／桂魄／桂輪／金蟾／素蟾／圓蟾／望舒／卿月／瑤

月／璧月／娥月／蟾桂，毛筆／玉管／毛穎／毛元銳／寸毫／毛錐子／鳳毫／兔管／寶帚／穎生，等等。但由於中國古代文獻眾多，異稱繁複，書中仍有不少沒有收錄。例如：

附支　通草的別名。又名丁公藤、丁翁。《神農本草經》卷二：「通草味辛平。……一名附支。生山谷。」明朱橚《普濟方‧本草藥性異名‧草部》：「通草，一名丁翁、附支。」《大詞典》已收通草、丁公藤、丁翁。

清明門　漢長安都城十二門之一，別名凱門。北魏酈道元《水經注‧渭水》：「第二門本名清明門，一曰凱門，王莽更名宣德門，布恩亭。」《三輔黃圖‧都城十二門》：「長安城東出第二門曰清明門，一曰籍田門，以門內有籍田倉；一曰凱門。」《大詞典》已收凱門。

青黏　即黃芝，又稱玉竹、葳蕤等。《三國志‧魏志‧樊阿傳》「青黏生於豐、沛、彭城及朝歌云」裴松之注引《華佗別傳》：「青黏者，一名地節，一名黃芝。」清李調元《南越筆記‧葳蕤》：「方家稱黃芝，亦曰青黏。以漆葉同為散，可以延壽。」《大詞典》僅收黃芝、玉竹、葳蕤。

牛遺　車前草。又名車前、當道、馬舃、蝦蟇衣等。《大詞典》以上均收錄，獨缺「牛遺」。宋鄭樵《通志‧昆蟲草木一》：「茉苢曰當道，曰蝦蟇衣，曰牛遺，曰勝舃，曰馬舃，車前也。」明李時珍《本草綱目‧草五‧車前》：「陸璣《詩疏》云：此草好生道邊及牛馬迹中，故有車前、當道、馬舃、牛遺之名。」

收香倒掛　即桐花鳳，鳥名。又名探花使、探花郎、綠毛麼鳳。元伊世珍《嫏嬛記》卷中：「桐花鳳小於玄鳥，春暮來集桐花，一名『收香倒掛』，又名『探花使』。」明王修《君子堂日詢手鏡》：「倒掛，小巧可愛，形色皆如綠鸚鵡而小，略大於瓦雀，好香，故名收香倒掛。」《大詞典》已收桐花鳳、探花使、探花郎。

翁離　即擁離。樂府鼓吹曲辭漢鐃歌之一。《樂府詩集‧鼓吹曲辭一‧漢鐃歌》引南朝陳智匠《古今樂錄》：「漢鼓吹鐃歌十八曲，字多訛誤。一曰《朱鷺》，二曰《思悲翁》，三曰《艾如張》，四曰《上之回》，五曰《擁離》……《擁離》亦曰《翁離》。」清黃宗羲《附閻爾梅詩》：「菊夜相憐題樂府，漢家

鐃吹有翁離。」《大詞典》僅收擁離。

赤芝 亦名丹芝，中藥名。《文選‧郭璞〈遊仙詩〉》：「臨源挹清波，陵崗掇丹黃。」李善注：「《本草經》曰：『赤芝，一名丹芝，食之延年。』」明朱橚《普濟方‧本草藥性異名‧草部》：「赤芝，一名丹芝。」《大詞典》僅收丹芝。

野木瓜、八月樝 即杵瓜。明朱橚《救荒本草‧木部》：「野木瓜，一名八月樝，又名杵瓜，出新鄭縣。」《大詞典》僅收杵瓜。

千葉桃 即碧桃。桃樹的一種。唐元稹《連昌宮詞》：「又有牆頭千葉桃，風動落花紅簌簌。」宋方勺《泊宅編》卷九：「先舍人頃寓太學，齋後千葉桃忽結子十八枚，其中一顆甚大。」《大詞典》僅收碧桃。

五鋒（鑅） 即五殘。星名。古代以爲凶星。《史記‧天官書》：「五殘星，出正東東方之野。」張守節正義：「五殘，一名五鋒……見則五分毀敗之征，大臣誅亡之象。」元郝經《續後漢書‧曆象》：「五殘星亦名五鋒，星表有氣如暈。」「鋒」亦作「鑅」。《晉書‧天文志中》：「十二曰五殘，一名五鑅，出正東，東方之星。」《大詞典》僅收五殘。

天螻 螻蛄的別名。《爾雅‧釋蟲》：「螜，天螻。」晉郭璞注：「螻蛄也。《夏小正》曰：『螜則鳴。』」宋黃庭堅《演雅》詩：「天螻伏隙錄人語，射工含沙須影過。」《大詞典》已收螻蛄、石鼠。

鉛精 水銀的別名。唐梅彪《石藥爾雅‧釋諸藥隱名‧水銀》：「水銀，一名汞，一名鉛精。」《全唐詩補編‧還丹歌》：「九煉鉛精大道成，我家何慮不長生。」《大詞典》已收水銀、汞。

胡王使者、奈何草 即藥草白頭翁。近根處有白茸，狀似白頭老翁，故名。又名「野丈人」。唐孫思邈《千金翼方‧草部下品之下》：「白頭翁……一名野丈人，一名胡王使者，一名奈何草。」宋鄭樵《通志‧昆蟲草木略一》：「白頭翁曰野丈人，曰胡王使者，曰奈何草，狀似白薇，葉生莖端，上有白毛，近根處有白茸，正似垂白之翁。」《大詞典》已收白頭翁、野丈人。

五色絲 舊俗端午時繫於臂上以祈福免災的五彩絲。亦稱長命縷、續命縷、闢兵繒。《太平廣記》卷二百九十一引南朝梁吳均《續齊諧記》：「今世人五月五日作粽，並帶楝葉及五色絲，皆汨羅水之遺風。」明謝肇淛《五雜俎‧

天部二》：「古人歲時之事，行於今者，獨端午爲多，競渡也，作粽也，繫五色絲也，飲菖蒲也，懸艾也，作艾虎也，佩符也，浴蘭湯也，鬥草也，採藥也，書儀方也。」《大詞典》已收長命縷、續命縷、闢兵繒。

其他還有：（括號內詞目《大詞典》已收錄）

離別草（思子蔓、懸腸草），丹螺（香螺厴），小銀臺（龍腦菊），享糖（獸糖），地髓（苄、地黃），上清華（虹映），冬生（女貞），鳳腿（鳳尾），熠耀、良鳥（螢火、耀夜、夜光、宵燭、景天），倭菊、新羅（玉梅），執移（貔），等等。

以上從七個方面指出《大詞典》詞語失收的問題。我們認爲，《大詞典》之「大」，應首先表現在「收詞量大」上，當收的詞語應盡量收齊收全。要做到這一點，就要大力加強對漢語詞彙的研究，包括專書詞彙、斷代詞彙和詞彙發展史的研究。特別要加強對漢語詞彙特點、詞義系統和特殊現象的研究。正如《法語寶庫》主編伊姆勃斯所言：「搞不好詞彙學也不能搞好詞典學。」[8] 趙振鐸先生說：「要把編寫工作和科學研究結合起來，要研究字典編纂工作存在的問題，總結理論來指導編寫實踐。」[9] 我們希望以上所做的一些總結，能夠有助於《大詞典》修訂二版的「收詞立目」工作。

附 注

〔1〕王宣武：《漢語大詞典拾補》，貴州人民出版社 1999 年版，第 293~303 頁。

〔2〕王鍈：《〈漢語大詞典〉商補》，黃山書社 2006 年版，第 1~26 頁。

〔3〕漢語大詞典編纂處：《漢語大詞典訂補》，上海辭書出版社 2010 年版，第 1~1377 頁。

〔4〕李申：《近代漢語詞語的羨餘現象》，《徐州師範大學學報》1998 年第 3 期。

〔5〕李申：《漢語「反詞同指」現象探析》，《語言教學與研究》2000 年第 4 期。

〔6〕一張：《不眠之夜》，《新民晚報》1984 年 2 月 1 日。

〔7〕趙剛：《試論漢英詞典中配套詞的處理》，《雙語詞典研究：2003 年第五屆全國雙語詞典學術研討會論文選》，上海外語教育出版社 2003 年版，第 265 頁。

〔8〕張志毅：《辭書強國——辭書人任重道遠的追求》，《辭書研究》，2012 年第 1 期。

〔9〕趙振鐸：《辭書學論文集·前言》，商務印書館 2006 年版，第 2 頁。

（收入《〈漢語大詞典〉研究》，商務印書館待出，與王本靈等合作）

徐州方言的詞綴

　　運用詞綴附加在詞干上構成新詞是漢語的一種構詞方法。這種方法的運用，在漢語的一些方言中比在普通話中更爲多樣化。徐州方言裏有很多詞就是用這種方法構成的。徐州方言比較常用的前綴是「老、小、第、初」等，「阿」除「阿姨」一詞外，很少用。這與普通話差不多。但是徐州方言的後綴和中綴卻比較豐富，除了常用的「子、兒、頭、裏」以外，有不少詞綴跟普通話有所不同。本文所談的內容即限於這一部分。至於「子、兒、頭」與普通話存在的差異本文暫不討論。

後　綴

1. 「—不唧的」[-pu‧| tɕi˥ ti‧|]

　　這一後綴表示「有點兒……」的意思，多用於貶義。例如：「這人說話盛不唧的」（有點兒盛氣凌人）。「這老頭兒脾氣怪不唧的」（有點兒怪）。下面再舉些例子：

　　賴不唧的　　孬不唧的　　壞不唧的　　能不唧的

　　楞不唧的　　蠢不唧的　　嫩不唧的　　瘦不唧的

　　熱不唧的

　　肉不唧的（脾氣有點兒強，不隨和）

索不唧的（有點兒不好意思，怪難爲情）

面不唧的（有點兒軟弱，強硬不起來）

趙元任先生在其所著《漢語口語語法》中列舉了「不唧的」（滑不唧的，黏不唧的，酸不唧的，甜不唧的，冷不唧的）這一後綴，並指出它「用於跟流體或半流體的東西有關或跟味道有關（以及這方面的引申義）的形容詞之後，帶有不喜歡、討厭的意思」，並且「不用在『大』、『長』等積極性質的形容詞之後」（見該書第四章《形態類型》，漢譯本 132 頁）。徐州話與此不同的是，這一詞綴不僅用於和「流體」「味道」有關的形容詞之後，如上所列舉，更多的倒是用在表示貶低評價的形容詞之後。而且也可以用於「大、長」之後。例如「這人大不唧的」（有點兒自高自大，擺架子）。「這人臉長不唧的，眞難看。」

2. 「—不乎兒的」[-pu˙| xur˥ti˙|]

黃不乎兒的	藍不乎兒的	苦不乎兒的	甜不乎兒的
酸不乎兒的	辣不乎兒的	臭不乎兒的	腥不乎兒的
冷不乎兒的	涼不乎兒的	熱不乎兒的	躁不乎兒的
犟不乎兒的	傻不乎兒的	怪不乎兒的	鬆不乎兒的
黏不乎兒的	硬不乎兒的	蔫不乎兒的（緩慢、拖沓）	

這一後綴的意思與上一類差不多，區別在於它往往只表示某種狀況，而不含有貶義。例如，問：「這菜辣不辣？」答：「辣不乎兒的。」僅在於客觀反映情況，而不包含個人的好惡。即使把它用在表示否定評價的形容詞之後，也不一定就帶貶義，如「俺的二丫頭傻不乎兒的」。這往往並不是嫌她眞的憨傻，而倒是高興她的不刁滑或對她不懂得用心計作出客觀的評價。如果說「這丫頭傻不唧的」，則具有明顯的討厭的意味。

另外，這一後綴是相當能產的，例如它不僅可以和「黃」「藍」搭配，而且可以附加在所有表示顏色的單音詞上：紅不乎兒的，白不乎兒的，灰不乎兒的，綠不乎兒的，紫不乎兒的，等等。帶這種後綴的詞可以做定語，如「冷不乎兒的天氣」「一股臭不乎兒的味兒」，但更多的是用作謂語。

3. 「—乎」[-xu˙|]

這個後綴多用於動詞和形容詞之後，沒有什麼實在的意義，主要作用是湊

足音節，把單音詞變成雙音詞。如：

擺乎（①擺弄：可別擺乎電燈！②作弄、摧殘：她是被歹徒活活擺乎死的。）

戳乎（挑撥，惹事端：她們婆媳關係不好，是有人戳乎的。）

扯乎（亂拉亂扯，胡說亂講。）

懸乎（危險：差點兒被車撞了，眞懸乎！）

匀乎（頭頭是道：你看他扯得多匀乎。）

攦乎（拉關係：這人到處瞎攦乎。）

不離乎（不錯，不差：不愧木匠門裏出身，手藝眞不離乎！）

洋乎（洋氣，漂亮：穿的洋乎。）

憋乎（故意使對方氣惱：他們合夥憋乎我。）

此外，還有「玄乎、買乎、邪乎、噓乎、眯乎、熟乎、熱乎、忙乎」等等。「乎」在口語中也是較能產的一種，決不限於「確乎、近乎、在乎、於是乎」等由古漢語而來的一些語詞。

4. 「—婁」[-lou‧l]

這是表動態的後綴，專門用於動詞之後。如：

眯[miㄧ]婁（①比劃：一邊說一邊用手眯婁。②測量、比較：你眯婁眯婁，兩根棍哪根長。）

調[t'iɔㄧ]婁（調唆：調婁人做壞事。）

都[tuↄ]婁（往下墜，向下滑動：他喝醉了，都婁到桌子底下去了。｜這人不識擡舉，你越往上拉他，他越往下都婁。）

嗲[tiəㄧ]婁（嬌氣，撒嬌：這孩子嗲婁得不像話。））

鋸—讀[tɕyㄧ]婁（鋸開，割斷：一刀沒把雞殺死，再鋸婁鋸婁。）

擱[kəㄧ]婁（攪拌，摻和：擱婁點兒面燒湯。）

這些詞大都是及物動詞，可帶賓語，如「擱婁面、都婁身子、眯婁眼」。「嗲婁」多用作自動詞，但也可作及物動詞用，如「你就會嗲婁她」，是嬌慣的意思。

5. 「一由」[-iou‧l]

也是動詞的後綴，是一個表示動作重複意義的形態單位。如：

搓由（搓來搓去：搓由紙，搓由手。）

晃由（晃動，晃來晃去：桌子亂晃由。）

團由（團來團去：衣服脫下來從來都不放好，都是亂團由。引申爲把人攏絡住：要想讓他按你的意思辦事，得先想法把他團由住。）

逛由（來回逛動：桌子一動；杯子裏的水也跟著亂逛由。）

磨由（磨來磨去，磨折：活兒倒不重，就是磨由人。）

6. 「一巴唧」[-pɑˋtɕi‧l]

表示某種狀況或狀態，大都用於否定性評價。如：

楞婁巴唧（楞頭楞腦）

猴婁巴唧（滑頭滑腦）

鞦婁巴唧（吱吱唔唔、似答非答或發出不滿的聲音）

娘了巴唧（說話很不禮貌，帶口頭語「娘」字）

能了巴唧（喜歡逞能，自以爲了不起）

蔫了巴唧（緩慢拖沓，亦作「蔫了不唧」）

7. 「一的鬨」[-ti˥xuŋ‧l]

渴的鬨	急的鬨	疼的鬨	冤的鬨	酸的鬨	甜的鬨
嚇的鬨	悶的鬨	壓的鬨	熱的鬨	憋的鬨	氣的鬨
累的鬨	脹的鬨	想的鬨	噎的鬨		

攢的鬨（急著要大小便）　　　　撐的鬨（吃得過飽）

這一後綴實際上等於普通話的「一的慌」，僅讀音不同而已，是日常應用極普遍的一種。

8. 「一不」[-pu‧l]

用於形容詞或動詞的末尾，表狀態。如：

歪不（歪斜的樣子）

斜不（歪斜的樣子）

擰[n̠iŋˊ]不（扭歪：脖子睡擰不了。）

捏不（捏來捏去：捏糖人的幾下就捏不出一個小動物。）

蔫不（萎縮：花蔫不了。）

瓦不（捲曲隴起：孫悟空手一瓦不搭了個涼棚。）

晃不（晃動）

瘸不（瘸腿走路的樣子：他一走一瘸不。）

癱不（癱瘓狀態：嚇癱不了。）

乾不（失去水份而乾縮）

瞎不（壞：事情辦瞎不了。｜小孩學瞎不了。）

沾不（沾光，得到好處：俺平日沒少沾不你們。）

握不（皺壞：書握不壞了。）

傻不（發呆、窘迫的樣子：寶玉一看新娘子不是黛玉，頓時傻不了。）

噏不（噏動的樣子、皺縮起來：衣服縫噏不了。｜雞剛拉過屎，腚眼子還一噏不一噏不的。）

楞不（楞住的樣子：大家快吃呀，別楞不著！）

受卡[tɕʻiɑˊ]不（受欺負，受氣）

上舉各詞大都作謂語用，但「不」前是形容詞的可作定語。如「歪不桌子、斜不眼、癱不身子、乾不狼[laŋˊ]子（徐州稱「黃鼠狼」爲「黃狼[laŋˊ]子」，用死後乾縮的黃鼠狼喻精瘦的人）、卡不氣」等。「瞎不」可作補語，見上例句。

9. 「一似」 [-s̩·l]

拿似（①擺佈、作弄：拿似人。②受拘束，不自在：乍到一個生地方，她渾身拿似的鬨。）

作似（有意糟蹋、敗壞：作似人。｜作似糧食。）

拋似（浪費、糟蹋：拋似錢。｜拋似東西。）

擡似（撫養、培育：他娘好不容易才把他擡似大。）

擱似（開玩笑時抓人怕癢處。）

得似（得罪：他說話不注意，不知得似多少人。）

發囈似（夢中驚呼起來。）

惡似（①使人討厭：拿這麼點兒東西來，還不夠惡似人的！②垃圾。）

透似（①舒服、痛快：洗個澡心裏眞透似。②聰明伶俐，通情達理：這孩子長的很透似。）

凡「似」構成的動詞大都是及物動詞。

10. 「—屁極的」[-p'i̍ʔtɕiʔ ti·l] ～「—屁溜兒的」[-p'i̍ʔliouʔ ti·l]

這個後綴相當於「……極了」，如「喜的屁極的、忙的屁極的、鬼的屁極的」（高興、興奮：老頭兒得了個大孫子，一天到晚兒鬼的屁極的）。「屁極的」有時又可以換成「屁溜兒的」，如「喜的屁溜兒的、鬼的屁溜兒的」。

中　綴

1. 「—婁—」[-lou·l-]

撲婁蛾子（泛指翅膀會撲動的蟲蛾）

皮婁駒子（調皮鬼，調皮大王）

花婁棒錘（一種木製玩具，中空有物，可以搖響）

滴婁金兒（兒童玩物，點著後火星四濺）

一忽婁群兒（一大群）

嗲婁嘴子（指嘴唇下翻的人。因小孩一哭好撇嘴，所以又常用來稱好哭的小孩子）

古[kuʔ]婁怪（性情古怪）

胎婁壞（即「胎裏壞」，罵人話）

猴婁蹦兒（小孩不老實，亂蹦亂跳）

稀婁泄歪（隨隨便便，沒有一點正經樣子）

囈婁巴掙（睡得糊裏糊塗，懵裏懵懂）

曲婁拐彎兒（彎彎曲曲）

胡婁半片（亂七八糟，或指事情只做到一半）

傻婁瓜唧（傻頭傻腦）

惡婁逮怪（難看，不順眼：這件衣服顏色惡婁逮怪的。｜這人長的惡婁

逮怪的。）

咕婁倒醬（嘴裏咕咕噥噥說些什麼）

正婁巴經（正正經經）

支婁爬擦（①不平整：口袋裏支婁爬擦的，不知裝些什麼。②指人言行不穩重，對人不和悅：這人支婁爬擦的。）

滴婁打掛（①掛滿：石榴樹上結棒槌——滴婁打掛的[歇後語]。②破爛不堪的樣子：衣服都爛的滴婁打掛的了。）

梯婁遢邋（鬆鬆垮垮或衣貌極不整潔的樣子）

嚇[xɛˇ]詐胡婁烹（連詐帶嚇）

大忽婁□[xɛˇ]（大，大量：剛才有個人一下子買走幾十斤梨，是個大忽婁□。）

這個中綴的運用相當普遍，是能產的，特點是造出來的詞大部分是四個字組成的，除了前五例是名詞而外，其餘基本上都是形容詞。

2. 「—不—」[-pu·l-]

假不扯（虛假的一套：你說的這一套全是假不扯！）

酸不賴歪（食物發酸難吃）

斜不梁（歪斜：這根木頭斜不梁的不好用。）

黑不楞燼（黑漆漆的）

業不黑兒（將近晚上：白天他不在家，每天都到業不黑兒才進家。）

瞎不日眼（眼不管用：這人瞎不日眼的，淨找錯門兒。）

破不將爛（破破爛爛）

憨不拉式（傻頭傻腦，呆裏呆氣）

憨不楞燼。（同「憨不拉式」）

可不腚星兒（勉強夠上：這塊布給你做衣裳，即使夠也是可不腚星兒的。）

左不拉子（習慣用左手做事的人）

馬不迭當（婆婆媽媽，多指男人帶女人氣）

「假不扯」實即「假扯」一詞被「不」連綴而成。「不」把兩個實詞素分開，

拉長音節，增強了否定語氣。在「瞎不日眼、憨不拉式、酸不賴歪、黑不楞燈」等詞中，詞義主要靠詞根即第一個詞素「瞎、憨、酸、黑」表達出來，「日眼、拉式、賴歪、楞燈」等單說都不成話，但「不」將其連綴成詞，則起著加強第一個詞素的程度，增強整個詞的語勢的作用。

3. 「一乎一」[-xu·l-]和「一似一」[-sʅ·l-]偶而也用作中綴。如：

血乎流拉（沾滿血迹）

悶似不吭（沉默不語）

4. 有時兩個詞綴可以配合起來用。如：

（1）甜不索的（臉皮厚或諂媚的樣子）　涼不涔的

笑不查的（似笑非笑的樣子）　灰不登兒的　苦不歪的

臭不閧的　硬不橛的　軟不丁當的

這些詞的共同特點是中心詞都是第一個詞素。後面成分有的說明狀態（笑不查的、灰不登兒的），有的表示程度（甜不索的，苦不歪的），有的增強詞語的形象性、生動性（硬不橛的——像木頭橛兒一樣硬）。

以上是中綴和後綴間隔用，構成「一不一的」[-pu·l-ti·l]式。

（2）楞婁巴唧　猴婁巴唧　韓婁巴唧

以上「婁」和「巴唧」兩個詞綴連用。

（3）有時「不」和「婁」也連用，如：「礙事不婁腳」（妨礙，累贅之意）。

（原載《中國語文》1981 年第 2 期）

徐州方言語法散劄

徐州方言屬於北方方言中的中原官話。從語法方面看，雖然總的說與普通話差別不是很大，但細加探究，仍有許多能反映其特色的現象值得注意。以下所記，多是以往有關著述中未加論及的。

一、幾種特定格式

1. 「無（沒）A 拉 B」式

　　　　無顏拉色｜無條拉道兒｜無滋拉味兒｜無日拉夜｜無大拉小｜
　無輕拉重

這種格式表示「沒有（或不分、不管）AB」的意義。「無滋拉味兒」即沒有滋味。例如：「感冒多天了，嘴裏無滋拉味兒的。」「發高燒，吃什麼都無滋拉味兒的。」「無大拉小」即不分大小，多用以批評對年長者不尊重的人。例如：「這孩子說話無大拉小的，一點兒禮貌都沒有！」「無日拉夜」（也說「無黑拉夜」），意即不管白天黑夜，多用來說人工作或玩耍時間無節制。例如：「爲了趕完這批活兒，一家人無日拉夜地幹了好幾天。」

以上格式中的「無」都可以用「沒」替換。說成「沒顏拉色」、「沒條拉道兒」、「沒輕拉重」等等。但「沒鼻子拉眼」（形容說話不留情面。例如：「這人太不像話，將才剛剛叫我逮著沒鼻子拉眼地訓了一頓。」）習慣上不說成「無鼻

子拉眼」。進入此種格式的 AB 或是一個名詞，如「顏色」_{喻指表情、光彩}，「條道兒」_{指教養、規矩}，「滋味」，「鼻子眼」_{代指臉面，引申爲情面。相當於一個名詞}等。或是一對反義形容詞，如「大小」、「輕重」等。

「沒有 AB」和「無 A 拉 B」雖同用於否定某種狀況的存在，但後者是更爲強調的說法，並且含有表示不滿意和不希望這種狀況出現的感情色彩。

從上舉例句可以看出。「無 A 拉 B」式在句中多作謂語和狀語。有時也用作定語。如「無條拉道兒的個孩子」。

2.「連 V₁ 帶（加）V₂」式

連拉帶扯｜連說帶罵｜連說帶勸｜連吃帶喝｜連吃帶拿｜連罵帶打｜連訛帶詐｜連吹帶捧｜連說帶比劃｜連讓[zɑŋ³⁵] [1] _{責備}帶嚇唬｜連諷刺帶打擊

普通話也有這種格式，《現代漢語八百詞》「連」條指出此一格式「表示兩種動作同時發生，不分先後，跟兩個單音節動詞組合，這兩個動詞性質相近」，舉的兩個例子是「他連說帶唱地表演了一段｜孩子們連蹦帶跳地跑了進來」。[2]但徐州話與之有些不同：（1）表示強調不僅有 V₁，而且還有 V₂ 發生。例如「連吃帶拿」，強調不僅「吃」了，而且還「拿」了。（2）V₂ 一般都重於 V₁。上面列舉的例子中，「罵」比「說」重；「打」比「罵」重：「嚇唬」比「讓」重：「打擊」比「諷刺」重。或者後一動作較前有所進展。例如用手「比劃」比只用嘴「說」又進一步。（3）「帶」均可以換成「加」。（4）與之組合的可以是雙音節動詞。例如徐州一句歇後語：「雞窩裏放屁──連風刺_{諷刺}帶打雞_{打擊}」。V₁V₂ 都是雙音節。（5）兩種動作可以同時，也可以分先後。例如「連罵帶打」，可以是邊罵邊打，也可以是先罵後打。「連吃帶拿」則「拿」一定在「吃」之後。[3]

3.「連 V 自 V」式

連說自說｜連跑自跑 [4]｜連走自走｜連吃自吃｜連熱_{加熱}自熱｜連看自看｜連檢查自檢查｜連交待自交待｜連比劃自比劃

此種格式表示某種動作進行的時間比較短暫。含有「V 著 V 著（很快）就……」、「V 著之間（很快）就……」的意義。在句中作狀語。例如：「（那地方）就在前邊不遠，連說自說就到了。」意即兩人邊走邊說，說著說著很快就

到地方了。

　　V 也可以是雙音節動詞。例如：「他暈倒在家，等發現送到醫院。連檢查自檢查人就不行了。」意即正在檢查之中人已經不行了。

　　同一個動詞在格式裏出現兩次，表示這個動作不是一次性的。從動作發生到其終止有一個過程，只不過這個過程相對短暫罷了。

二、雙音節歎詞

1. 呦耶 [iou⁴¹・iə⁴¹]

> 呦耶！怎麼[tsən⁴¹・mən・l]_{這麼，這樣}厲害！｜呦耶！你説的來！｜
>
> 呦耶！咋的你了！｜呦耶！誰怕誰！

　　此歎詞表示強烈不滿，並帶有故作驚奇的語氣，多用於否定對方所説的話。若單用「呦」則驚奇多於不滿，程度也較輕。

2. 喲好 [iɔ³⁵・xɔ³⁵]

> 喲好！你怎麼來了？｜喲好！你翅膀硬了！｜喲好！膽子還不
>
> 小來！｜喲好！我小瞧_{看輕}你了！｜喲好！他家裏還怪闊氣來！

　　「喲好」表示出乎意料之外。以上各例也可單用「喲」，但用「喲好」比單用「喲」語氣強烈，並隱含著對下面所説情況的不滿情緒。例如上舉「你怎麼來了」一例，如用「喲」，一般僅表單純的驚奇，對某人突然出現並無反感；如用「喲好」，除表示意外，還帶有不悅的感情色彩。

3. 噫唏 [i⁴¹・ɕi]

　（1）表示惋惜。例如：

> 噫唏，這麼好的東西你咋不要？｜噫唏，多好的機會讓你錯過
>
> 了！｜噫唏，你（這樣做）真傻！

　　以上各例中，「噫唏」均表示對某種狀況的惋惜態度。

　（2）表示不滿和懇求。例如：

> 噫唏，再給點兒！｜噫唏，再等會兒，急什麼！

　　以上兩例中，「噫唏」表示不滿意或不滿足，並向對方提出懇求。如果連用，則顯得更為急切和強烈。例如：噫唏，噫唏，太少了！｜噫唏，噫唏・走什麼

的！

三、語末助詞「起來的」

「起來的」[tɕ‘i³⁵ lɛ⁵⁵・ti]，在徐州話中使用相當頻繁，類似一種口頭語，用於短語或句子末尾，表達較強烈的不滿或厭惡。例如：

這個小東西起來的！｜這孩子_{可用於大人，表示輕侮}起來的！｜這個
娘們兒起來的！

最多的是跟在罵語之後，其憤恨情緒更加明顯：

媽拉個巴子起來的！｜小龜孫羔子起來的！｜這個狗日的起來
的！｜這個老不死的起來的！｜你個小舅子起來的！｜你個不要臉
的東西起來的！｜這個千刀剮、萬人揍的起來的！

四、語氣詞連用

句子語氣比較複雜時，句末有時不止一個語氣詞。徐州話常見的有以下兩組：

1. 「吧哈」 ［・pa・xa］
徐州祈使句末尾經常用「吧」，表示命令、催促等語氣。例如：

吃你的吧！｜睡你的吧！｜去你的吧！｜滾你的吧！｜咱拉倒
吧！｜了_{算了，完結}了吧！

以上各句「吧」後均可再加上一個語氣詞「哈」，說成：

吃你的吧哈！｜睡你的吧哈！｜去你的吧哈！｜滾你的吧
哈！｜咱拉倒吧哈！｜了了吧哈！

這個「哈」含有明顯的厭煩、不滿的語氣。連用「吧哈」，語氣不僅更加豐富，同時也增加了強度。語氣的重點是落在後一個語氣詞上的。

2. 「不來」 ［・pu・lɛ］
又有兩種情況：
（1）主要用在一些動詞及其 AA 重疊式後面。

如：幹不來｜做不來｜去不來｜走不來｜看看不來｜說說不

來｜試試不來

「不」，實際應作「罷」（由於語音弱化而音如「不」字〔5〕），表示同意；「來」表示無可奈何的語氣。也就是說這種同意是勉強的、被動的。例如：

①明知怎麼[tsən⁴¹·mən]這樣，如此幹不行，領導非要怎麼音、義同上幹，那就幹不來！

②叫咱走，咱就走不來！

(2)「不」表示限止，猶「罷了」、「而已」；「來」表示不滿的語氣。例如：

①哪恁麼 [nən⁴¹·mən]那樣，那麼容易辦到的，聽他說不來！

②他報畝產一萬斤，瞎吹不來！

「說不來」即說說而已。「瞎吹不來」即胡吹罷了。「來」，普通話中無對應的詞語，表達因懷疑、不信服而產生的不滿情緒。

「不來」的語氣是（1）還是（2），要看具體的語境。例如：

①領導非叫咱我說，那就說不來。

②他有恁麼大的本事？說不來！

前一句表達的是雖同意而無奈的語氣，後一句是限止和不滿的語氣。兩個「來」都是輕聲，但調值有高低，前者是4，後者是1。

五、程度副詞「甚」

「甚」作為程度副詞，在普通話和徐州話中意義和色彩均有不同。普通話用以表示程度深，相當於「很」、「非常」。例如「反映甚佳」、「來賓甚多」。〔6〕徐州話的「甚」[şə̂⁴¹]卻相當於「太」，表示因過頭兒、過分而失當。例如：

價錢別甚貴，甚貴了賣不出去。｜人老實點兒好，但甚老實就要受欺負。｜題目不能出甚難，甚難了都做不出來，會影響考試成績。

以上「甚」均表示超出正常情況和所能允許的範圍。句中常出現與之相應的否定詞「別」、「不」、「不能」等，亦可說明「甚」的失當。

普通話用「甚多」，帶有書面語色彩，口語不大說「甚佳」、「甚多」、「甚好」。但表示過頭兒的「甚」，在徐州話中完全是口語色彩，使用也較多。

六、動詞後綴「-拉」和「-登」

1.「一拉」 [- • la]

徐州方言中有一些帶後綴「一拉」的動詞。如：扯拉｜劃拉｜漓拉｜扒拉｜闖拉｜刮拉｜拉拉｜踏拉

這些動詞一般都帶有動作反復進行和隨便、不經意、不認真去做的附加意義。例如「闖拉」、「扒拉」是反復攪動、撥動。「別瞎闖拉！」「你也讓我扒拉兩口飯！」都有胡亂進行的意思，「拉拉」、「踏拉」形容很隨便地拖動。「扯拉」、「刮拉」也是隨意地拉扯、牽扯。「漓拉」是不經意地灑落、拋撒。例如：「讓他洗個碗，他把水給你漓拉一地！」「劃拉」是揮動、劃動，亦多用以指人隨便地寫、畫。例如：「他讓你寫，你孬好給他劃拉兩下不就完了嗎？」這是勸人不必那樣認真地幹，應付了事就可以了。[7]

2.「一登」[- • təŋ]

徐州方言中也有許多帶後綴「一登」的動詞。如：折登｜踢登｜倒登｜咕登｜掀登｜翻登｜撲登｜鬧登｜叨登｜拾登

這類動詞一般也有動作反復和隨意進行的附加意義。上舉例詞幾乎都可以受副詞「胡」、「瞎」及其連用的「瞎胡」的修飾，說成胡折登、瞎折登、瞎胡折登，胡踢登、瞎踢登、瞎胡踢登等等，使其附加之意更為顯豁。

「折登」、「踢登」、「倒登」、「掀登」之「登」，係來自於動詞「騰」。[8]徐州方言此一音節輕讀，構詞能力有所擴展，當已詞綴化。

以上兩個後綴是拙文《徐州方言的詞綴》[9]沒有收錄的，特補記如上。

七、特殊的獨詞句

現代漢語的獨詞句一般都是由實詞構成的。例如「飛機！」「對！」「喂！」等等。[10]徐州方言中有兩個由虛詞構成的獨詞句比較特殊：

1.「嗎兒？！」[mar⁴¹]

疑問語氣詞「嗎」兒化後可以單獨成句。專用於與小兒逗樂。玩時一個人躲藏起來然後突然出現，或用手等物遮臉又猛然露面，同時發出「嗎兒？！」的喊聲，以引起小兒注意，使之驚喜，這種動作往往反復進行多次。「嗎兒？！」的意思是「我不在這兒嗎？！」或「這不是我嗎？！」

2.「的兒！？」[tir^{55}]

助詞「的」兒化後也可以單獨成句。詢問人、物在何處時，如果目標在可視範圍之內，常用一個「的兒！？」回答。意思是「這（或「那」）不是的！？」發出聲音的同時多用手指向某處或使嘴巴向某個方向努起。

把一句話凝縮進句末最後一個單音虛詞裏，這的確是一種十分凝煉的特殊表達方式。

附　注

〔1〕徐州方言的聲韻調見拙文《徐州方言詞彙》開頭說明，載《方言》1980年第2期。

〔2〕商務印書館，1981年版。

〔3〕此種格式明清已習見。例如《金瓶梅詞話》第十四回：「（李瓶兒）連搭帶罵，罵得子虛閉口無言。」蒲松齡《聊齋俚曲集·姑婦曲》第一段：「何大娘連罵帶説，數喇一大陣，把于氏氣的臉兒焦黄。」

〔4〕《老殘遊記》中有「連跑是跑」。第十三回寫黄河決口時「那些村莊上的人，大半都還睡在屋裏，呼的一聲，水就進去，驚醒過來，連跑是跑，水已經過了屋檐。」這個「連跑是跑」就是徐州的「連跑自跑」。方言中「是」、「自」音常相混。《金瓶梅》中「金三事」（掏耳、剔牙等用的三件一套的小用具），又作「金三字」，「一事兒」又作「一自兒」。今徐州話把「一事兒」説成「一自兒」。

〔5〕徐州話輕聲音節中韻母a常弱化爲開口度小的u。例如「一巴」綴詞「拉巴、掐巴、乾巴、瞎巴」等都説成「拉不、掐不、乾不、瞎不」等。

〔6〕見《現代漢語規範字典》，語文出版社，1999年。

〔7〕《金瓶梅詞話》中有「刮拉」、「拉拉」。《醒世姻緣傳》中有「騎拉」、「劈拉」、「看拉」。詳拙著《金瓶梅方言俗語彙釋》（北京師範學院出版社，1992年）和《近代漢語釋詞叢稿》（江蘇教育出版社，1995年）。

〔8〕這幾個詞語元明以來的白話作品中習用。例如元曲《高祖還鄉》：「瞎王留引定夥喬男女，胡踢蹬吹笛擂鼓。」「胡踢蹬」即胡折騰。因字又寫作「踢蹬」、「剔蹬」而造成許多誤解。詳拙文《曲語考辨》（載《近代漢語釋詞叢稿》，江蘇教育出版社，1995年。）

〔9〕見《中國語文》1981年第2期。

〔10〕見《現代漢語》「非主謂句」，高等教育出版社，1991年版。

（原載《語文研究》2002年第1期）

徐州方言的幾個程度副詞

　　徐州方言的程度副詞數量比普通話要多。普通話的最、頂、極、太、非常、特別等，徐州也常用。徐州話的忒、稀、剔、血、透、□[n̩iŋ²¹³]等是普通話所沒有的。在用法上，徐州的一些程度副詞也很有特色。比如修飾大小、好壞的程度，上舉普通話的那些副詞都可以用於相對的幾個方面（如最大、最小、最好、最壞），而徐州的一些程度副詞有的專往大處說不往小處說，有的則專往小處說不往大處說，有的專門用於好的方面不用在壞的方面，有的則只能用在壞的方面不能用在好的方面（也有兩面都能用的），也就是說，其修飾作用具有一定的方向性，這與普通話顯然不同。這裡僅選主要的說幾個。

　　1. 稀 [çi²¹³]　經常修飾髒、臭、黑、暗、熱、冷、亂、沉、重、遠、辣等用於貶義的單音形容詞，表示程度深，大致與「很、怪」相當。也修飾少數向好的方面說的形容詞。如「稀好、稀俊、稀脆」。有的還用在詞組前頭。如「（活兒怪重），稀累人」，「（床不平），稀硌人」。

　　貶義的「稀X」，大都可嵌進一個「不」字，構成「稀不X」格式。如：

　　稀不髒、稀不累、稀不沉、稀不熱、稀不冷、稀不亂、稀不將爛、稀不破爛、稀不難看、稀不討厭

　　「不」與前面的「稀」連得緊一點兒。對後一個詞並不起否定作用。加「不」後增添了厭惡的色彩，語氣較「稀X」為重。

這種「稀 X」式的詞語，《現代漢語詞典》只收了「稀鬆、稀爛」兩條。「稀鬆」徐州少用。「稀爛」表示「極爛」（肉煮得稀爛）或「破碎到極點」（雞蛋掉到地上，摔了個稀爛）[1]。除此以外，徐州的「稀」一般都不表示那樣的高度。這是與普通話不同之處。

揚州話也有表示程度的「稀」，[2] 用法雖與徐州相近，但也有幾點區別：

（1）揚州話「稀 X」後必須加「的」。如果把「葡萄稀酸的」、「那條幾何稀難的」說成「葡萄稀酸」、「那條幾何稀難」，在揚州人聽來，這兩句話都還沒有說得完整。徐州則無須加「的」。例如「天稀熱，別任哪亂跑！」「衣服撕的稀爛。」

（2）揚州話，在表「好、積極」意義和表含有「喜愛」感情的句子裏，無論如何不能附加「稀」。而徐州則可以。例見前。

（3）揚州話裏有「稀裏不 X」的格式。如「稀裏不辣的、稀裏不遠的」等。徐州沒有。

如上（2）所說，由於徐州「稀」也可以用在好的方面，因而就造成了比較複雜的情況：就感情色彩看，「稀 X」可褒可貶（稀髒——稀好）；就形式變化看，有的「稀 X」可嵌「不」（稀不髒，稀不累），有的又不能（*稀不好、*稀不俊）。就總的情況說，只有含貶義的 X 前能加「不」，但就個別詞語來說，有的含褒義的「稀 X」如「稀甜」也有「稀不甜」的說法。只是兩者感情色彩迥然不同。試比較：

①冷水泡過的哈蜜瓜，真是冰涼稀甜！

②誰讓你在稀飯裏頭和恁麼多糖，稀不甜，我吃不慣！

①表示喜愛。②正相反，是厭煩的口氣。

上述情形列表似可以看得更清楚：

格 式	色 彩	舉		例
稀 X	褒	/	稀俊 稀好	稀甜
	貶	稀髒 稀累	/	/
稀不 X	貶	稀不髒 稀不累	/	稀不甜

2. □ [ȵiŋ²¹³] 與表示程度高的「很」相當，但只往小處說。如（為稱述方便，寫不出字來的只寫聲母代表。後同此）：

ȵ細	ȵ薄	ȵ碎	ȵ窄
ȵ短	ȵ近	ȵ瘦	ȵ淺

「ȵX」中的「X」僅限於一些表示細小、輕微的單音形容詞。雙音節的「ȵ單薄、ȵ細小」都不說。但可以重疊（重疊後，第二個 X 不管本來是什麼聲調，一律變高平調[55]），說成「ȵ細細、ȵ薄薄、ȵ碎碎、ȵ短短」等。這種形式表示程度上更小一級。有些 X 不重疊習慣上就不能受ȵ修飾。如：

*ȵ小　　　　　　ȵ小小

*ȵ點兒　　　　　ȵ點兒點兒[3]

「ȵX」多用於叫人不滿意的場合。如：

①這根木料 ȵ 細，不合用。

②紙 ȵ 薄薄，一點兒也不結實。

③荣 ȵ 點兒點兒，哪夠吃的？

不過也不是絕對的，像下面兩例就很難說有什麼不滿意：

①這肉 ȵ 瘦瘦，咋還不買？

②水 ȵ 淺，可以蹚過去。

所以有的還須結合句意才能確定。但是，如果在 ȵ 和 X 之間嵌進一個「不」，說成：

①這根木頭 ȵ 不細，管啥用？

②水 ȵ 不淺，哪能游泳？

③這張紙 ȵ 不薄，一遭（觸摸）就破。

這樣說，不僅一定是貶義的，而且不滿意，不喜歡的感情色彩要強烈得多。

3. 透 [tʻou⁴²]　義同「非常、十分」，只用於表示積極意義的形容詞前，表示讚美、欣賞和滿意。如：

　　　衣服透新、火透旺、人透好、俺倆搞的透熟，魚透活、撒的透

　　勻、吃的透胖、長的透白、年過的透肥、日子過的透得（舒服）、玩

　　的透恣兒（痛快）

雙音節的有「透聰明、透機靈、透活潑、透清楚、透明白」等。

句中用了「透」，一般總帶有一種輕鬆、愉悅的語感。即使用在「毒」之前，也是表示滿意的。如「透毒的太陽，哪會下雨？」「透毒的太陽，正好曬衣裳。」

《現代漢語八百詞》和《現代漢語詞典》「透」條均無此種用法。

4. 剔 [t'i²¹³]　也大多修飾表示積極意義的形容詞，相當於「非常、特別」。例如「剔圓、剔平、剔亮」。有的中間可嵌進中綴「嘍」，說成「剔嘍圓、剔嘍平」。[4]

「剔」有時還用在個別動詞前。例如「把個驢揍的剔蹦」，則相當於「直……」、「一個勁兒地……」，應歸入表示重複、連續的一類副詞中去。

5. 血 [çiə²¹³]　專用在貶義方面。表示壞的程度達到極點。主要修飾形容詞：

血酸、血苦、血澀、血壞、血尖訾（尖刻）、血白搭（無能、無用）、血白舍（同前）、血萬惡

也修飾少數幾個動詞或動詞性詞組：

血搗蛋、血調皮、血頂著、血不講理

這種形式如同「……透了」、「……極了」。「血酸」等於說「酸透了，酸極了」。「血頂著」，說明對抗已達到極其嚴重的地步。

「血」的比較特殊的用法是被嵌進一個詞裏頭。比如「倒黴」之極，粗俗一點常說成「倒血黴」（你跟這種人做鄰居，真算是倒了血黴了！）在粗話中，「血」也直接加在名詞前頭；如「血壞蛋、血混蛋、血龜孫」，都是罵人壞到極點的意思。

6. 挺 [t'iŋ³⁵]　表示程度極高。等於「……透了」、「……極了」。例子不太多。

挺濕、（渾身淋的～）、挺潮（地上～）、挺硬（什麼月餅，像石頭一樣～）、挺淌（把個褥子尿的～）

「淌」雖是動詞，也帶有形容性，是說水多到往下流淌的地步。

上面的「挺」與普通話「挺好、挺多」的「挺」很不相同。我們管後者叫「挺₁」，前者叫「挺₂」。並略加比較。

（1）「挺₁」比「很」程度低[5]，「挺₂」比「很」程度高。

（2）「挺₁」用於好的時候多。如「挺乾淨、挺生動、挺喜歡」等。「挺₂」則專門用在消極方面。

（3）「挺₁」的搭配能力比「挺₂」強得多。

（4）「挺₂」可嵌進「不」。說成「挺不濕、挺不硬」。表示厭惡。「挺₁」不行。

普通話的「挺好、挺多、挺高興」。徐州一般習慣說「怪好、怪多、怪高興」（或「才好、才多、才高興」）。老派徐州話是不大用這個「挺₁」的。

7. 怪 [kuɛ⁴²]　有表示程度相當高和程度過頭兩種作用。

（1）修飾形容詞、某些動詞（如「有」）和詞組。帶有評價、判斷意味，大致可以換成普通話的「是很……的」。如：

覺悟怪高＝覺悟是很高的

樣子怪神氣＝樣子是很神氣的

結局怪慘＝結局是很淒慘的

玩的怪恣兒＝玩的是很痛快的

桌面怪光滑＝桌面是很光滑的

她怪掛心＝她是很掛心的

人怪憨厚＝人是很憨厚的

這人怪有派頭＝這人是很有氣派的

（2）「怪」重讀（上加△號以示區別）。「怪×」後加「了」。則表示程度過頭，等於「太……了」、「過於……了」。例如說「三十多歲才結婚是晚了點兒，十六、七歲就結婚又怪早了。」「怪」≠「是很早的」。再比較：

① ⎰ 這人怪自覺。（是很自覺的）
　 ⎱ 這人怪自覺了。（未免太自覺了）

② ⎰ 有人分多，有人分少，怪不合理。（是很不合理的）
　 ⎱ 有人全得了，有人一點兒沒有，怪不合理了！（也太不合理了）

由上可知，徐州的「怪」是頗有特點的。它和普通話的「怪」有下面幾點區別：

（1）普通話中「怪」的使用範圍比「挺」小。可受「挺」修飾的「壞、對、普通、卑鄙、支持、願意」等，都不能受「怪」的修飾[6]。而徐州話「怪」的使用範圍要大得多。上舉「壞、卑鄙、支持、願意」等詞，都能與之搭配。

（2）普通話中「怪×」後邊必須用「的」。徐州話大都不用。如果把「怪好、怪髒」說成「怪好的、怪髒的」，徐州人聽起來是帶上「北京味」了。

（3）徐州話「怪」的第二種用法，不見於普通話。

8. **虛** [ɕy²¹³]　表示程度極高。常見的例子只有下面幾個：

　　　　虛綠（雲龍湖裏的水～）

　　　　虛紫（腿碰的～爛青的）

　　　　虛青（～的頭皮為啥往刀刃上碰）

　　　　虛尖（針頭兒～、眼～）

被修飾的僅限於幾個單音形容詞。前三例都是強調顏色極深的。

附　注

〔1〕釋義引自《現代漢語詞典》1218 頁。

〔2〕見劉培倫《揚州方言裏的程度副詞「蠻」和「稀」》，載《中國語文》1958 年第 1 期。下面引文同。

〔3〕「點兒」是量詞，重疊表示少，也受 n₁ 修飾。

〔4〕詳見拙文《元曲詞語今證》「剔」條，載《中國語文》1983 年第 5 期。

〔5〕〔6〕均見《現代漢語八百詞》。

（原載《彭城大學學報》1985 年第 1 期試刊號，又
收入《漢語方言語法類編》，青島出版社，1996 年）

徐州方言的 AAA 重疊式

　　現代漢語最簡單的重疊式是由單音節詞素重疊而成的 AA 式，如：人人、家家、門門、天天、處處；剛剛、常常、偏偏、漸漸、慢慢、輕輕、遠遠，等等。這種重疊式，無論在普通話裏還是在漢語各方言中都極爲普遍。至於 AAA 重疊式則很少見，只存在於某些方言中，詹伯慧《現代漢語方言》一書指出「閩方言中的廈門話和粵方言中的陽江話，單音形容詞除二疊式 AA 外，進一步還有三疊式 AAA」，如「紅紅紅（極紅）」、「白白白（很白很白）」。[1] 其實，除廈門和陽江外，徐州方言中也有這種 AAA 重疊式，運用相當普遍，而且不限於單音形容詞，有不少單音量詞、方位詞、副詞，甚至複音詞的一個詞素，也都能構成這種形式。例如開頭所舉的那些二疊詞就都可以三疊成爲：

　　人人人　家家家　門兒門兒門兒　天天天　處處處

　　剛剛剛　常常常　慢兒慢兒慢兒　漸漸漸　遠遠遠

　　這些三疊詞按其語法功能又可分爲兩類：一類是表示遍指的遍稱重疊（見第一行）。一類是表示極高等級或程度、帶有生動色彩的生動重疊（見第二行）。[2] 這種三疊詞不能認爲是修辭上的反復。「衝衝衝！我們是革命的工農！」（歌詞）裏的「衝衝衝」是修辭上的連續反復，是同一個詞的反復使用，應與三疊詞區分開。

　　下面即分類列舉徐州的一些常用的三疊詞，並談談這種三疊式的語法特

點。例詞後面附有例句，需要說明的地方用小字加注。

一、遍稱重疊

（一）由單音節量詞重疊成 AAA 式，大都兒化，且第二個音節多爲高平調。例如：

天ˇ 天⁻天ˇ 〔3〕 天天天來遲到｜這群野孩子天天天在一起瞎打胡鬧。

家ˇ 家⁻家ˇ 家家家都有一本難念的經。

回兒⁻回兒⁻回兒⁻ 他兩口子回兒回兒回兒爲了一點小事吵架。

盤兒⁻盤兒⁻盤兒⁻次 今晚打牌手氣不興，盤兒盤兒盤兒起孬牌。

門兒⁻門兒⁻門兒⁻ 一門兒兩門兒還好說，門兒門兒門兒不及格咋交代！

本兒ˊ本兒ˊ本兒ˊ 這些書本兒本兒本兒都是破的。

樣兒ˋ樣兒ˋ樣兒ˋ 十八般武藝，他是樣兒樣兒樣兒拿得起來｜樣兒樣兒樣兒都得我去辦！

處ˋ處ˋ處ˋ 她處處處給人不一樣｜他處處處找我的麻煩！

後兩個三疊詞的第二個音節都是降調，但也可以變爲高平調。「處處處」不兒化，「家家家」兒化、不兒化兩可。從普通話來看，一些詞重疊後是要帶上「兒」尾的，但缺少兒化韻連用的情況。而徐州的許多二疊詞和三疊詞的每一個音節都要兒化，這可以說是徐州話的一個很顯著的特點。

（二）有些 AABB 式也可以擴展爲 AAA、BBB 式。例如「上上下下」，有時說成「上上上、下下下」（如：上上上、下下下沒有一個不誇獎她的）。不過這種形式主要是用在表示列舉的時候，不如前面所舉的一些三疊詞運用得那樣普遍。

上述三疊詞都指某一事物的全體，帶有周遍性。雖然二疊也有周遍的意義，但徐州人往往自覺不自覺地再疊一次，以示強調。筆者曾記錄過當地一對夫婦的這樣幾句生活對話：

女：「你天天天來這麼晚，家裏的事樣樣樣都得我操辦，你就不能問一問？……」

男：「我天天來晚，不是忙嗎？我又沒在外頭幹壞事！家裏的事兒樣樣都是你辦，我不是不知道，你怎麼回兒回兒回兒給我叨叨個沒完？」

女：「怨我回兒回兒給你叨叨，你就不能顧點兒家嗎？」

雙方在對話中都既用了二疊詞也用了三疊詞，有趣的是，他們都在指責對方時用三疊，為自己申辯時用二疊，可見二疊多用於客觀反映情況，而三疊則具有明顯的主觀強調的意味。

表示遍指的三疊詞，在句中主要用作狀語（天天天，盤兒盤兒盤兒），有時也用作主語（家家家、門兒門兒門兒、樣兒樣兒樣兒）。趙元任先生指出：「遍稱重疊的一個重要的語法特點是，因為它們指一類事物的全體，因而是有定的性質，它們就必須佔據句子裏較前而不是較後的位置。」[4] 這說的是二疊詞。徐州的遍稱三疊詞在句中的位置也是這樣。另外，因為周遍的意義是由重疊形式產生的，所以這些遍指三疊詞中的 A 都是不能夠單用的。

二、生動重疊

構成這類重疊的有方位詞、副詞、形容詞及少數時間詞和量詞等，第二個音節也大都為高平調，其中方位詞、時間詞和部分形容詞也是每一個音節都兒化。例如：

（一）方位詞

尖兒ˇ 尖兒ˉ 尖兒ˇ　山的尖兒尖兒尖兒上站著一個人｜他的頭正巧碰在那塊石頭的尖兒尖兒尖兒上。

跟兒ˇ 跟兒ˉ 跟兒ˇ　我從來沒見過他，他就是站在我的跟兒跟兒跟兒我也認不出來呀！

邊兒ˇ 邊兒ˉ 邊兒ˇ　汽車已經開到河的邊兒邊兒邊兒上，幸虧停住了。

角兒ˇ 角兒ˉ 角兒ˇ　你整天說我好，其實我連你一個角兒角兒角兒也不如哇！

頭兒ˉ 頭兒ˉ 頭兒ˉ　俺家就住在那個巷口的頭兒頭兒頭兒。

頂兒ˊ頂兒ˉ 頂兒ˇ　爬到山的半啦腰就得把你給累喘，別説爬到頂兒頂兒頂兒了！

（二）副　詞

剛ˇ 剛ˉ 剛ˇ　咱娘剛剛剛走。

將ˇ 將ˉ 將ˇ_{義同上}　病人將將將才睡著｜俺倆將將將還提起你唻！

通ˇ 通ˉ 通ˇ　你們不是鬧著要分家嗎？行啊！你們都通通通地給我滾！

偏ˇ 偏ˉ 偏ˇ　你叫他這樣幹，他偏偏偏那樣幹！

匆ˇ 匆ˉ 匆ˇ　匆匆匆來了，又匆匆匆走了。

常ˉ 常ˉ 常ˉ　這人常常常説到做不到。

緊ˊ 緊ˉ 緊ˇ_{緊相當於「老」「老是」}　雨緊緊緊不停｜他緊緊緊不回來！

最ˋ 最ˋ 最ˋ　小英白她丈夫一眼，嗔道：「你最最最壞！」

漸ˋ 漸ˋ 漸ˋ　日子漸漸漸地好起來了｜病漸漸漸回頭了。

後兩個詞第二個音節也可變高平調。

（三）形容詞

乖ˇ 乖ˉ 乖ˇ　乖乖乖地跟我走｜要乖乖乖地玩兒！_{對小孩}

海ˇ 海ˉ 海ˇ_大　揀一個海海海的送給你！

輕ˇ 輕ˉ 輕ˇ　這東西一碰就爛，得輕輕輕地放。

光ˇ 光ˉ 光ˇ　還提那點菜，早吃的光光光的了！

空ˇ 空ˉ 空ˇ　大屋裏頭空空空的，啥也沒有。

多ˇ 多ˉ 多ˇ　多多多地拿，客氣啥？

滿ˊ 滿ˉ 滿ˇ　屋裏擺的滿滿滿的了。

好ˊ 好ˉ 好ˇ　她不是好好好的嗎？你怎麽説她病了｜青年人嘛，要好好好地幹！

飽兒ˊ／飽兒ˉ 飽兒ˇ　吃的飽兒飽兒飽兒的了。

白ˊ／白ˉ 白ˊ　把臉洗的白白白的！_{對小孩}

爛ˋ／爛ˉ 爛ˋ　把稀飯煮的爛爛爛的。

夠兒ˋ／夠兒ˉ 夠兒ˋ　我早在這裡呆的夠兒夠兒夠兒的了！

慢兒ˋ／慢兒ˉ 慢兒ˇ　慢兒慢兒慢兒地，別滑倒了！_{多用于對小孩}

或老人

　　此外還有清、渾、彎、直、稀、稠、香、臭、高、低、平、嫩、甜、硬、鬆、乾等，也可以這樣用。

　　（四）有些 AABB 式形容詞也可擴展為 AAA、BBB 式。例如「高高低低」，可以說成「高高高、低低低」（如：這是什麼爛地方？路高高高、低低低的！）有些 BA 式時間詞和數量詞的 A 也能二疊和三疊，例如：

一會兒──→ 一會兒ˉ 會兒ˉ ──→ 一會兒ˉ 會兒ˉ 會兒ˇ

一時兒_{義同上}──→ 一時兒ˉ 時兒 ──→ 一時兒ˉ 時兒ˉ 時兒ˉ

一　 滴──→ 一滴ˇ 滴ˉ ──→ 一滴ˇ 滴ˉ 滴ˇ

一點兒──→ 一點兒ˊ 點兒 ──→ 一點兒ˊ 點兒ˉ 一點兒ˇ

這種形式的三疊詞更顯得特別了。

　　上列種種三疊詞大都是表示時間、空間、數量或事物的性質狀態的。而時間、空間、數量或事物的性質狀態一般又是可以通過比較而分出等級或是程度的差別來的。在徐州方言中，二疊和三疊所表示的等級或者程度有所不同。試比較下列各組句子：

1. {
①汽車一直開到河邊兒。
②汽車一直開到河邊兒邊兒。
③汽車一直開到河的邊兒邊兒邊兒。
}

2. {
①他剛走。
②他剛剛走。
③他剛剛剛走。
}

3. ⎰ ①吃飽了。
    ②吃的飽兒飽兒的了。
    ③吃的飽兒飽兒飽兒的了。

4. ⎰ ①把漿子漿糊兒打的稠稠的。
    ②把漿子打的稠稠稠的。

「邊兒」所指的邊緣，實際上可以是一個有一定範圍的部分。在這個範圍內，「邊兒邊兒」相對地說要更靠外一點，而「邊兒邊兒邊兒」則是最靠外的。「剛走」較之二疊、三疊的說法，一個比一個時間更短暫。最後兩組中，「飽兒飽兒飽兒」與「稠稠稠」也都強調達到最高的程度，已經飽到難以再吃一口和稠到無法再稠的地步了。表示極高的等級和程度，可以說是這一類三疊詞的基本的語法意義。

此外，它們還有以下一些語法特點：①副詞和形容詞三疊式大都用作狀語或補語，後者也能作謂語，如「你硬硬硬的，看他拿你怎麼辦！」②形容詞三疊式充當狀語的句子多是祈使句，充當補語的句子多帶感歎意味。③方位詞、副詞和量詞三疊一般不必帶助詞「的」或「地」，而形容詞一般都帶「的」或「地」。④三疊式不再受程度修飾，不能說「最乖乖乖」，「很通通通」，「太偏偏偏」等等。方位詞二疊式是可以受程度副詞的修飾的，例如可說「最邊兒邊兒」，「緊_最頂兒頂兒」，「頂頭兒頭兒」或「緊頭兒頭兒」。而三疊後則不能再加「最」、「緊」、「頂」等字眼兒，因為「邊兒邊兒邊兒」已經是「最邊兒邊兒」，「頂兒頂兒頂兒」和「頭兒頭兒頭兒」也就等於「緊頂兒頂兒」和「緊頭兒頭兒」。

再從表達功能來看，這類詞大都是用來表示強調的，它們還具有生動的色彩。如上面例句中的三疊式，或極言其近（跟兒跟兒跟兒，邊兒邊兒邊兒），或極言其高（尖兒尖兒尖，頂兒頂兒頂兒），或極言其多（通通通，滿滿滿），或極言其短（剛剛剛，將將將，一會兒會兒會兒），或極言其少（一滴滴滴，一點兒點兒點兒），或極言其不平（高高高、低低低）等等，起到了渲染強化的作用。具有描繪性，使情境顯得更加真切，語言更為生動，這是此類三疊詞的一個重要功能。

有些三疊詞還含有美好的意義色彩，例如當地婦女給小孩兒梳洗打扮時常

· 346 ·

常說的：「把兩個小手洗的白白白的，把個小臉兒搽的香香香的，把個寶寶打扮的俊俊俊的！」每個三疊詞都含有這種色彩，幾個一起用，表達效果就更爲明顯了。但也有帶不好的意義色彩的，例如「把他搞的臭臭臭的！」就是。

附　注

〔1〕見該書第四章《漢語方言語法特點綜述》，62 頁。這種單音節形容詞的三疊式在閩方言的永春話裏也有，詳見林連通《永春話單音形容詞表程度的幾種形式》，載《中國語文》1982 年第 4 期。

〔2〕「遍稱重疊」和「生動重疊」兩個術語均見趙元任《漢語口語語法》。

〔3〕字右上角的符號表示徐州的聲調，ˇ爲陰平，ˉ爲陽平，ˊ爲上聲，ˋ爲去聲。這只是一個粗略的表示。

〔4〕見《漢語口語語法》第四章形態類型。

（原載《語言研究集刊》第 1 輯，江蘇教育出版社，1986 年）

徐州方言的省縮詞語例析

　　「省縮」既是一種詞彙現象，也是一種語法現象。趙元任《漢語口語語法》指出：「『非（要）』是強勢肯定副詞：他非要自己來。這實際是成套連詞『非──不──』的省縮。」〔1〕這是語法上的省縮現象。呂叔湘在《一不作，二不休》一文中說：「（「第一莫作，第二莫休」）這句話的『作』字原來也不作普通『作爲』講，乃是『作賊』的省說。『作賊』就是造反。」〔2〕呂先生所說的『省說』，實際上就是詞彙上的一種省縮現象。本書涉及的僅爲後者。

　　徐州方言詞彙中有很多經省縮而成的詞語。例如：「這人眞缺！」「缺很了！」「沒有比他再缺的了。」這幾句話中的「缺」即是「缺德」的省縮。狹義地說，徐州話中表示缺少的「缺」是與普通話共用的詞語，而表示缺德的「缺」才是特有的方言詞語。〔3〕

　　下面首先分類列舉徐州方言的此類詞語，然後再就有關問題作些探討分析。

一

按照原詞語省縮後音節的多少，可以將省縮詞語分成三類：

1.1　單音節省縮詞

1.1.1　雙音詞省縮為單音詞

（1）〔子兒〕　腰口袋裏一個～也沒有了｜怎麼_{這麼，如此。「怎」音 zèng}多錢，

他能花的一個～都不剩。

係「銅子兒」的省縮。代指錢。舊時使用的一種硬幣叫「銅板」，徐州又稱「銅子兒」。隨著舊事物的消亡，這兩個詞業已在語彙中消失，唯「子兒」仍見使用。

（2）〔水兒〕　你不過上了兩年學，肚裏能有多少～｜人家留過洋，

肚裏的～比你多｜這人眼裏可有～啦。

係「墨水兒」的省縮。代指文化、學問。舊稱學習文化為「喝墨水兒」。學習時間愈久，耗費的墨水就愈多。故以墨水的多少，衡量人文化程度的高低和學問的深淺。「眼裏有水兒」猶言學識不在肚子裏，都在眼面上。譏諷人會見風使舵，專門巴結對自己有利的人。

（3）〔才〕　～怎麼説的｜你～幹什麼去了｜把飯菜收好又要吃了，

～不吃的？

係「將才」的省縮，時間名詞，猶「剛才」。普通話中「才」是副詞。

（4）〔家〕　他才三十拉歲，就殤了～｜他殤～後就沒有再娶。

係「家屬」之省，代指妻子。

（5）〔老兒〕　俺～快八十了｜俺～最疼我。

徐州市附郭縣東鄉稱祖父為「老爺」，省為「老」，要兒化。

（6）〔掛〕　才三天，他就把那個小妞～上了｜今天～這個，明天～

那個。

男方找女方約會，談情說愛，叫「掛麗」。此詞一度在徐州青年學生中流行，後多省為「掛」。

（7）〔得〕　傢夥此指工具順手，幹起活兒來眞～｜吃的眞～｜～一會兒

是一會兒｜先讓他～一會兒，有空兒再找他算賬！

上舉數例中的「得」，分別是「得勁兒」（例句 1）、「得胃」（例句 2）和「得意」（例句 3、4）的省縮。其意義為由於能用上勁兒、合口味兒、滿足意願等原因而使人感到舒服、自在。

（8）〔買〕　我才不～他那一套來呢｜她能她的，誰～她！

係「買乎」買賬之省，義爲「在乎」，「把……看在眼裏」。

（9）〔謝〕　你上哪兒～去了｜上一邊兒～去｜還沒～夠嗎？

係「謝弔」之省。舊時喪儀，孝子於辦完喪事後至弔唁者家門一一拜謝，稱「謝弔」。家裏死了人則是不吉利的事情，故又借作詈辭。罵人久出不歸，就說「上哪兒謝弔去了？」讓討厭者走開，就說「上一邊兒謝弔去吧！」後多省作「謝」。

（10）〔作〕　你～就是了｜狠命拼命～｜看你還敢～不？！

係「作惡」或「作禍」之省。多用以指責孩子做壞事。

（11）〔號〕　我～準他了｜他有啥心思，你～一～。

係「號脈」之省。本指中醫切脈，徐州話又引申出揣摩人的性情或猜測其心思的意義。

（12）〔現〕　你別～了｜活～｜～啥的？

係「現眼」或「現世」之省。義爲現醜、出醜。[4]

（13）〔賣〕　她在男人跟前最會～了｜上一邊～去｜老～。

係「賣弄」之省。本多指女人賣弄風情，後擴大爲凡人自我賣弄都可稱其爲「賣」。「老賣」係惡稱慣於賣弄的人。

（14）〔照〕　南方人蹲馬子坐馬桶，旁邊的人～吃飯｜你批評他多少次，
　　　他～幹不誤｜你說的再厲害，他～不聽。

係「照舊」的省縮。「照舊」本謂按照原來的樣子，引申爲「依然」，「仍舊」。

（15）〔離〕　你越說越～｜話不能傳，越傳越～｜～很了。

係「離奇」之省。

（16）〔沾〕　要論打架，他不～｜讀書寫字我不行，燒菜做飯你可不
　　　～。

係「沾弦」之省。「沾弦」似爲「佔先」之訛，義本爲佔有優勢，又引申爲「行」、「可以」。「他不沾」即他不行，數不上他。

1.1.2　短語省縮爲單音詞

（17）〔亂〕　他最喜歡給人～｜你別～了好不好｜～的可不輕。

「亂」是動詞，意為隨便開（別人的）玩笑。之所以具有此種意義，是因其由「亂開玩笑」一語省縮而成。

（18）〔恩〕　自進怹你家門兒，我都是～著你的｜你～著誰了！

係「恩待」的省縮。「恩待」即有恩有義地對待，優厚、寬厚地對待。

（19）〔零〕　先～個饃｜帶點兒吃的去，餓了好～。

係「零星地吃（食物）」的省縮。意為在正餐之外臨時吃一點兒食物以充饑。

（20）〔壞〕　這孩子朝天整天在外戳禍兒，看我不～他家裏去｜他打你，你～他娘去｜他再欺負你，咱～他老師去。

乃「告發（某人所做的）壞事」之省。「壞」本為形容詞，省縮後變成動詞。「壞他娘去」即向他娘告發他所做的壞事。

（21）〔吸〕　這人最會偷～｜想當官你就得先學會～。

係「吸喋子」的省縮，義為巴結人，向人諂媚。「喋子」，徐州話指肛門，如脫肛叫「掉喋子」。巴結人叫「吸喋子」，與古語之「舐痔」義同。多省作「吸」。「偷吸」，即偷偷地巴結人，暗中巴結人。

1.2　雙音節省縮詞

1.2.1　三音節詞語省縮為雙音詞語

（22）〔豆腦兒〕　小孩最喜喝～｜來碗～。

係「豆腐腦兒」之省。口語中使用較普遍。

（23）〔豆乳〕　他喜歡吃紅～｜臭～，聞著臭，吃著香。

乃「豆腐乳」之省。「乳」聲母[z]，徐州混為[l]，音如「鹵」。

（24）〔一目兒〕　趁這會兒沒活兒，我先睡～｜十分鐘睡～覺｜～到天明。

係「一矇矓」的省縮，「矓」兒化後音訛如「目兒」。表示不長的一段時間。「一目兒到天明」，形容人酣睡不覺時間之長。

（25）〔頭來〕　～你咋說的，為啥又變了｜～不答應，後來答應了。

係「頭一來」之省。猶言「剛上來」，「剛開始」。

（26）〔第天〕　頭天來，～走｜頭天座談，～參觀。

係「第二天」的省縮。多與「頭天」對舉。

（27）〔竄稀〕　他腸胃不好，好～。

係「竄稀屎」之省，腹瀉的俗稱。

（28）〔趕走〕　馬上要遲到了，還不～｜～，～！沒看見我正忙來

　　嗎？！

普通話的「趕走」是驅逐，使離開的意思，為中補結構（趕〈走〉）；徐州話另有快走一義，用以催促他人行動，這個意義的「趕走」乃「趕力趕快走」或「趕緊走」之省，是狀中結構（〔趕〕走）。

（29）〔武頭兒〕　我哪有你那個～｜他～高。

「武頭兒」義為本領、能力。係由「武藝頭兒」省縮而成。

（30）〔疤眼兒〕　他是個～｜別的都好，就是一隻眼是個～。

係「疤瘌眼兒」的省縮，謂人眼皮上有疤痕。又說「疤瘌眼子」，亦可省為「疤眼子」。

1.2.2 三音節以上短語省縮為雙音詞語

（31）〔心話〕　我～沒多遠，誰知老走不到｜我～他還活著，誰知久早就死了｜我～他會等我的，誰知他不吱拉聲先走了。

由「心裏說的話」省縮而來。引申為「以為」，「認為」。「我心話」即我以為。

（32）〔白根兒〕　眼～～地，真嚇人｜眼一～，人沒有了。

乃「露出白眼根兒」的省縮。徐州話稱白眼球為「白眼根兒」。稱黑眼珠往上翻，露出白眼球來為「白根兒眼」。又引申為含有貶義的「死」，例如：他早白根兒了。「白根兒」是動詞，可單用或迭用，見上例。

（33）〔跟人〕　我有什麼不要臉的，我又沒～｜我～不～，累你哪點兒？！

乃「跟人睡覺」一語的省縮。專指女人與男人發生不正當性關係。

（34）〔等請〕　他幹了恁麼多壞事，不開除他～｜留著他～｜不揍他～！

乃「等著人來請（去幹某事）」之省。「不開除他等請」意為自己不主動開除他，還等著人來請你開除他才肯這麼做嗎？引申而有「幹啥」義。「不開除他等請」等於說「不開除他幹啥？」「留著他等請」等於說「留著他幹啥？」

（35）〔孬好〕　～給一點兒｜既然來了，～講幾句。

乃「不管孬的好的」之省。引申為「或多或少」，又偏於「少」，猶言「少許」，多用以強調後面的動作一定要發生。上例前句意為就是少給一點兒也要給，後句意為即使只講幾句也要講。

（36）〔趁早兒〕　你想咋著他？我看你還是～｜要想好，就～（俗諺）。

係「趁早兒拉倒」的省縮，勸人儘快罷手，放棄某種想法或做法。

（37）〔大份兒〕　這是給～的，二份兒的先不給｜～的昨天兩口子吵了一夜。

乃「大兒子這一份兒」之省。幾個成家的兒子，一家稱「一份兒」。「大兒子這一份」猶言「大兒子這一家」，用以稱大兒子及其媳婦和子女。依次類推，二兒子一家稱「二份兒」，三兒子一家稱「三份兒」。

1.2.3 重疊詞語或複用的短語省縮為雙音詞語

（38）〔慢兒慢兒〕　要不是搶救及時，～就完了｜剛上來，車就開了，～就趕不上了。

乃「慢一慢」（Ａ一Ａ重疊式）之省，意為「差一點兒」。此與表示動作遲緩的「慢慢」（慢慢走，慢慢幹）不同。為相區別，前者每一音節都兒化，說成 [mərˇ mərˇ]。

（39）〔看看〕　～病重了｜這孩子～不行了｜～走遠了。

乃「眼看著、眼看著」之省。省縮後為副詞，意為事情在面前程度越來越深地起著變化。此與普通話「隨便看看」之 AA 式動詞「看看」同形而異詞。語音上，普通話第二個「看」讀輕聲，徐州話第二個「看」是非輕聲。

1.3 複用詞語省縮為三音節詞語

（40）〔高低高〕　大家一再留他，他～還是走了｜男的～拗不過女的。

乃「高低、高低」之省。上兩例均可換成「高低高低」。意義引申為「到底」、「終究」。

（41）〔馬上馬〕　你等一下，我～就來｜車～就開了｜快了，～。

係連用的「馬上、馬上」之省。「馬上馬」比「馬上」時間更爲短暫。

二

分析上舉之例，我們對這一詞彙現象有幾點粗淺的認識。

2.1　省縮詞語是保留原詞語中一、二個（少數有三個）音節用字，同時又凝縮進原詞語意義而形成的，除了音節、字數與原詞語不同之外，還有一些值得注意的變化：

（1）部分省縮詞改變了詞性。例如「恩待」中「恩」是名詞，作「待」的狀語，但「恩著你」的「恩」是動詞。「亂開玩笑」是動詞性短語，其中「亂」是形容詞，但「別給我亂了」的「亂」是動詞。

（2）有些詞語省縮後在原義基礎上又有了引申。例如「等請」引申出「幹啥」義，「白根兒」引申出「死」義，等等。原詞語不止一個意義時，一般只在某一個意義上有省縮形式。例如「謝弔」本義爲拜謝弔唁者，又借作罵人話。省縮詞「謝」僅用作罵語，而沒有本義用法。

（3）省縮詞大多比原詞語搭配能力強。由於音節少，所以更便於同其他詞語組合。比如表示「告發（某人所做的）壞事」義的「壞」，後面可跟「老師」、「家長」等名詞和人稱代詞。上文「現」條所舉三個例句，只有前兩句能換成原詞語「現眼」，而「現眼啥的」則不說。因爲「現」是及物動詞，「現眼」是不及物動詞。

2.2　省縮詞和原詞語在使用上有三種情況：

（1）原詞語和省縮詞都常用。例如「現眼」和「現」，「豆腐腦兒」和「豆腦兒」等，每一對中兩個詞語都常用。這說明音節多的尚未被音節少的所取代。這種繁簡並存的狀況使方言詞彙更加豐富多樣。

（2）原詞語不用，只用省縮詞。這是因爲舊事物已經消亡，反映舊事物的詞語也隨之失去生命力。另外如果原來的說法太累贅，口說不便，也會被淘汰。如「眼看著眼看著」被雙音節的「看看」取代即如此。

（3）原詞語少用，省縮詞多用。例如「墨水兒」與「水兒」，「得胃」與「得」，「第二天」與「第天」等，前者的使用頻率都低於後者。這一類詞語多於兩者都常用的，說明省縮詞因其簡練的形式而在使用中自然佔據了優勢。

2.3 省縮現象產生的原因非止一端，大致有以下四個方面：

（1）語言的表達和運用要求以簡練、經濟為原則是省縮現象產生的主要原因。在徐州方言中，由複音詞語壓縮成單音詞的最多。這一情況表明，雖然詞語的雙音化是漢語詞彙（包括方言詞彙）發展的一個總趨勢，但在方言口語的實際運用中卻往往存在著一種逆向運動，這是由上述原則決定的。

（2）也存在「語急而省」的狀況。如「趕緊走」說快了就把「緊」吞掉了；「高低高低」歇掉了後一個「低」；「慢一慢」和「第二天」省去了中間的數字，大概都與此有關。

（3）出於避諱的需要。如呂先生所舉的「作」，顯然是因為諱言「賊」字。徐州的「跟人」也都省去了指稱性行為的不雅字眼。

（4）與詞類活用有關。例如以「恩」代替「恩待」，用「亂」代替「亂開玩笑」，都把原來的短語簡化成一個單音詞，這種古漢語詞類活用方式的沿用也造成一些省縮詞。

2.4 探討方言詞語的省縮現象至少有以下兩點意義：

（1）有助於瞭解方言口語中一些詞語形成的途徑和得義之由。現代漢語普通話中較多的是專有名詞或詞組的簡稱，如「人民代表大會」簡稱「人大」，「立體交叉橋」簡稱「立交橋」之類。而方言口語中較多的是動詞、形容詞及其短語形成的省縮詞語。外地人多不知其然，本地人也往往不知其所以然。如「現」何以有「現醜」義，「趕走」何以有「快走」義？如不從省縮的角度去觀察和分析，便很難加以解釋或得出正確的結論。

（2）有助於辭書收詞和釋義的完備。詞典應注意收釋省縮詞語及其意義。例如《漢語大詞典》第 1 卷「作」條即應補入「『作賊』的省縮，義即造反」一個義項。否則，「第一莫作」和「鼠輩但作」[5] 之「作」，即為該條現有義項無法涵賅。方言中的省縮詞語及其意義，自然也應當注意收入方言詞典，而就目前情況看，這一點似乎還沒能引起方言學者足夠的重視。

附 注

〔1〕見該書第八章 8.3 副詞，商務印書館，1979 年版。

〔2〕載《語文雜記》，上海教育出版社，1984 年版。

〔3〕準確地說，徐州方言詞「缺」有兩個意義：（1）缺少；（2）缺德。（1）與普通話相

同,（2）是普通話所無的。

〔4〕在徐州方言中,「現眼」和「現世」都是在世人眼前出醜、現醜之意。「現」由前者
　　還是後者省縮而來尚難確定。也可能這兩個詞語都省縮爲「現」。

〔5〕「第一莫作」出自唐・趙元一撰《奉天錄》卷四;「鼠輩但作」出自《南齊書》卷四
　　四《沈文季傳》,兩例俱爲《語文雜記》所引。

（原載《語言研究》2002 年第 4 期）

徐州音和北京音的異同

　　筆者係徐州市人，沒有在別的地方長期居住過，根據自己的說話和讀書音，並做了些調查，草成此篇，從聲母、韻母和聲調三個方面對徐州音和北京音加以分析比較，說明兩者的異同和對應規律。目的在給徐州市的中小學語文教師進行語音教學提供一點參考資料，並希望得到閱者的指正。

　　為了比較方便，標音用國際音標。

一、聲母的異同 〔1〕

　　（一）徐州音的聲母有二十三個（不算∅聲母）：

雙 唇 音	玻[p]	坡[pʻ]	摸[m]	
唇 齒 音	弗[f]	微[v]		
舌 尖 音	得[t]	特[tʻ]	訥[n]	勒[l]
舌 尖 前 音	資[ts]	雌[tsʻ]	思[s]	
舌 尖 後 音	知[tʂ]	吃[tʂʻ]	失[ʂ]	日[ʐ]
舌 面 音	基[tɕ]	欺[tɕʻ]	泥[ȵ]	希[ɕ]
舌 根 音	哥[k]	渴[kʻ]	喝[x]	

　　北京音的聲母只有二十一個，就是徐州音聲母中除了微[v]和泥[ȵ]以外的二十一個。

　　[v]是唇齒濁擦音，[ȵ]是舌面鼻音，這兩個音是徐州人學習北京音時要注意

改掉的。其餘的二十一個聲母都和北京音相同，因而徐州人就不必花太多功夫去學了。

（二）徐州音念下列聲母的字，北京音念相同的聲母：

徐州音	北京音	例　字	例　外　字
[p]	[p]	逼不巴標班幫	
[p‘]	[p‘]	邳撲怕拋排拼	「痹」北京念[pi⁴][2]。「捕哺」北京念[pu³]。
[m]	[m]	密毛滅棉民明	
[f]	[f]	飛夫發分方封	
[t]	[t]	低督刀多丟當	「飩」北京念[t‘uən⁴]。
[t‘]	[t‘]	踢突掏貼偷天	
[l]	[l]	拉列連侖龍	「嫩」北京念[nən⁴]。
[z]	[z]	入熱柔人扔容	
[tɕ]	[tɕ]	擊居交斤軍江	
[tɕ‘]	[tɕ‘]	區切缺秋韆窮	「瞅」北京念[tʂ‘ou³]。
[ɕ]	[ɕ]	西需雪休辛星	「宿」北京念[su⁴]。「畦」北京念[tɕ‘i²]。
[k]	[k]	沽瓜高勾官工	
[k‘]	[k‘]	枯誇開刊康空	
[x]	[x]	乎哈花灰歡荒	
[ø]	[ø]	衣安壓煙恩央	

這一條對應規律都可以反過來說，即北京音念[p]的字，徐州也念相同的聲母。這叫做完全對應。

（三）徐州音念下列聲母的字，北京音也念相同的聲母：

徐州音	北京音	例　字	例　外　字
[n]	[n]	拿腦諾乃內南	「卵」北京念[luan³]。「兩」北京念[liaŋ³]。
[tʂ]	[tʂ]	朱抓桌州針中	
[tʂ‘]	[tʂ‘]	出朝車吹川春	「深伸」北京念[ʂən¹]。
[ʂ]	[ʂ]	書刷說收申升	「所」北京念[suo³]。

這一條對應規律不能反過來說，即不能說北京音念[n]的字，徐州也念相同

的聲母。因為北京音以[n]、[tʂ]、[tʂ']、[ʂ]等為聲母的字,徐州音都分化為幾個聲母。見後《徐州音和北京音聲母對應表》。

（四）徐州音微[v]聲母的字,北京音一律念∅聲母,且韻母均為合口呼。如：

例 字	微	薇	惟	唯	維	未
徐州音	[vi]	[vi]	[vi]	[vi]	[vi]	[vi]
北京音	[uei]	[uei]	[uei]	[uei]	[uei]	[uei]

徐州音的[v]一般只跟舌尖元音[i]相拼,但也有人把「瓦、我、歪、溫、汪」等字讀成[vɑ]、[və]、[vɛ]、[və̃]、[vɑŋ]的,只是[v]念得不明顯。現在青年人不但「瓦、我,歪、溫、汪」等字不念[v],即使「微、惟、未」等字念[v]的也很少。

（五）徐州音泥[ɳ]聲母的字,北京音一律念[n]。如：

例 字	你	鳥	牛	年	寧	娘
徐州音	[ɳi]	[ɳiɔ]	[ɳiou]	[ɳiæ̃]	[ɳiŋ]	[ɳiɑŋ]
北京音	[ni]	[niao]	[niou]	[nian]	[niŋ]	[niaŋ]

徐州音念[ɳ]的字都是齊齒呼字,但也有個別撮口呼字念[ɳ]的,如「女」。

（六）徐州的[ts]、[ts']、[s]三個聲母的字,北京音分化為[ts]、[ts']、[s]和[tʂ]、[tʂ']、[ʂ]。如：

徐州音	北京音	例 字
[ts]	[ts]	姿 咨 資 茲 滋 孳 嗞 孜 淄 輜 緇 錙 滓 梓 厜 紫 秭 姊 子 仔 籽 字 自 恣 漬 　 租 足 卒 族 詛 祖 俎 阻 組 　 匝 咂 咋 砸 雜 紮 臢 　 糟 遭 早 棗 澡 藻 蚤 造 皂 竈 噪 燥 唕 　 作 昨 鑿 左 嗺 佐 撮 捽 做 坐 怍 酢 胙 　 　 栽 災 哉 載 宰 崽 在 再 　 責 嘖 則 仄 昃 澤 　 嘴 最 罪 醉 鯔 騶 鄒 走 奏 揍 　 簪 糌 咱 攢 暫 贊 鏨 瓚 　 鑽 　 纂 攢 　 怎 譖 　 尊 遵 樽 鱒 撙 　 臢 髒 臟 　 葬 藏 奘 　 曾 增 譄 贈 鋥 甑 憎 　 宗 鬃 棕 蹤 綜 　 總 傯 粽 縱	
	[tʂ]	芝 支 枝 肢 指 只 巵 跖 止 址 旨 紙 脂 咫 　 逐 築 祝 著 　 卓 琢 鐲 　 查 渣 楂 摣 劄 吒 鍘 闸 柵 眨 炸 蚱 詐 榨 乍 　 找 爪 罩 齋 寨 債 摘 窄 擇 賊 翟 宅 　 追 堆 　 騾 謫 皺 　 爭 睜 掙 崢 狰 諍 錚	

[ts']	[ts']	刺 差 茨 瓷 慈 磁 辭 詞 祠 此 疵 跐 次 伺　粗 促 蹴 簇 猝 醋 薼 擦 礤 嘁　　操 曹 漕 槽 草 糙　搓 蹉 磋 撮 措 錯 鉡 挫 厝　猜 才 財 裁 材 採 睬 踩 荣 蔡 側 測 策 冊 惻 廁　崔 摧 催 璀 淬 悴 瘁 萃 翠　脆 啐 粹 　湊 腠 輳　餐 參 驂 慘 黲 慚 殘 粲 璨 燦 屌 躥 攛 竄 攢 篡 聰 驄 樅 匆 蔥 從 叢 淙 琮 囪 層 增 蹭
	[tʂ']	嗤 眵 遲 匙 齒 翅 蚩　　差 插 鍤 叉 權 碴 察 茬 查 茶 搽 坼 袳 踔 詫 岔 刹 姹　　巢 晁 吵 炒 抄 超 鈔　差 釵 柴 豺　雛　炊　讒 饞 巉 產 鑱 攙 摻 屬　碴 襯　淳 醇 鶉 唇 純　撐 瞠 稱　重 寵 崇　愁
[s]	[s]	斯 澌 廝 撕 嘶 螄 思 鰓 私 司 絲 噝 鷥 死 四 泗 駟 俟 肆 嗣 飼 伺 巳 祀　蘇 率 酥 穌 宿 速 觫 俗 溯 塑 素 愫 嗦 粟 謖 訴 夙 肅　仁 撒 挱　騷 臊 搔 繅 掃 嫂 梭 蓑 唆 索 瑣 鎖 嗩　腮 鰓 塞 賽　澀 色 嗇 瑟 穡 雖 睢 濉 尿 邃 隋 隨 綏 髓 祟 邃 隧 碎 歲 穗 搜 鎪 餿 艘 叟 撒 嗾 藪 嗽　三 三 散 皸 傘　酸 狻 蒜 算　森 悚 殞 孫 蒜 猻 隼　喪 桑 磉 嗓　僧　嵩 松 淞 忪 凇 竦 慫 簨 宋 送 訟 頌 誦
	[ʂ]	師 獅 虱 屍 施 詩 時 屎 始 仕 士 事 是 嗜 市 柿 視 諡 示 試 篩 噬 氏 似　疏 蔬 束 戌 恕 庶 朔　沙 砂 紗 痧 鍛 杉 鯊 刾 煞 殺 廈　捎 艄 哨　篩 曬　誰　瘦　參 滲 葚　山 舢 衫 珊　生 牲 甥 笙 省

　　這裡需要特別加以注意的是[tʂ]「芝」、[tʂ']「嗤」、[ʂ]「師」三欄裏面的字（有二百多個），按北京音都是卷舌音，而徐州人都讀成了平舌音，這是需要一一糾正的。至於究竟有哪些字，只要查查這三欄就清楚了。

　　下面再列一徐州音和北京音聲母對應表（完全對應的不列）：

北京音 例字 徐州音	n	ts	ts'	s	tʂ	tʂ'	ʂ	∅
v								微
n	拿							
ts		資			支			
ts'			雌			遲		
s				思			師	
tʂ					汁			

tʂʻ						吃	
ʂ						失	
ȵ	你						

二、韻母的異同

（一）徐州音共有三十七個韻母：

開尾韻母	思[ɿ]	濕[ʅ]	衣[i]	屋[u]	迂[y]
	啊[ɑ]	呀[iɑ]	蛙[uɑ]		
	襖[ɔ]	腰[iɔ]			
	鵝[ə]	爺[iə]	握[uə]	約[yə]	
	哀[ɛ]	街[iɛ]	歪[uɛ]		
	欸[e]	威[ue]			
元音尾韻母	歐[ou]	優[iou]			
鼻化韻母	安[ã]	煙[iã]	彎[uã]	淵[yã]	
	恩[ə̃]	因[iə̃]	溫[uə̃]	暈[yə̃]	
鼻音尾韻母	昂[ɑŋ]	央[iɑŋ]	汪[uɑŋ]		
	亨[əŋ]	英[iŋ]	公[uŋ]	雍[yŋ]	
卷舌韻母	兒[ər]				

北京音共有三十九個韻母：

開尾韻母	思[ɿ]	濕[ʅ]	衣[i]	屋[u]	迂[y]
	啊[a]	呀[ia]	蛙[ua]		
	喔[o]	窩[uo]			
	鵝[ɤ]				
	欸[e]	耶[ie]	約[ye]		
元音尾韻母	哀[ai]	歪[uai]			
	欸[ei]	威[uei]			
	熬[au]	腰[iau]			
	歐[ou]	憂[iou]			
鼻音尾韻母	安[an]	煙[ian]	彎[uan]	冤[yan]

恩[en]　　因[in]　　溫[uən]　　暈[yn]

昂[aŋ]　　央[iaŋ]　　汪[uaŋ]

亨[əŋ]　　英[iŋ]　　翁[uəŋ]

公[uŋ]　　雍[yŋ]

卷舌韻母　　兒[ər]

徐州音和北京音相同的韻母，有[ʅ]、[ɿ]、[i]，[u]、[y]、[e]、[ou]、[iou]、[əŋ]、[iŋ]、[uŋ]、[yŋ]、[ər]十三個韻母。徐州音的[ɑ]、[iɑ]、[uɑ]、[ɑŋ]、[iɑŋ]、[uɑŋ]和北京音的[a]、[ia]、[ua]、[aŋ]、[iaŋ]、[uaŋ]近似，元音[a]較[ɑ]前。徐州音的[ə]和北京音的[ɤ]近似，較前一點。徐州沒有北京的[o]、[uo]、[ai]、[uai]、[au]、[iau]、[uəŋ]等韻母。徐州人學習北京語音就要學會北京音有而徐州音無的這些韻母。

徐州音有而北京音無的韻母，則要改讀和它們相應的北京音韻母。如[æ̃]、[iæ̃]、[uæ̃]、[yæ̃]、[ə̃]、[iə̃]、[uə̃]、[yə̃]等八個鼻化韻母，依次改讀為[an]、[ian]、[uan]、[yan]、[ən]、[in]、[uən]、[yn]。

（二）下列徐州各韻母裏的字完全歸入並列的北京各韻母裏去：

徐州音	北京音	例　字	例　外　字
[y]	[y]	綠律呂許徐於	「宿」北京念[su⁴]。
[ɑ]	[a]	巴爬拿拉雜哈	
[iɑ]	[ia]	家恰蝦壓下亞	
[uɑ]	[ua]	抓刷瓜誇花劃	
[ɔ]	[au]	包抛毛操燒高	「否」北京念[fou³]。
[iɔ]	[iau]	標漂苗條交消	
[yə]	[ye]	決缺學岳雪月	
[uɛ]	[uai]	揣衰乖懷外歪	
[iou]	[iou]	丟牛留赳秋休	
[æ̃]	[an]	班叛飯參煽刊	
[uæ̃]	[uan]	短團彎栓官寬	
[yæ̃]	[yan]	捐全宣遠冤勸	
[ə̃]	[ən]	奔噴分審忍狠	「妹」北京念[mei⁴]，「每」北京念[mei³]，「默」北京念[mɤ⁴]。
[uə̃]	[uən]	噸吞侖尊村坤	「嫩」北京念[nən⁴]，「閫」北京念[kuei¹]。

[iə̃]	[in]	賓拼民林親辛	
[yə̃]	[yn]	軍群旬雲熏均	「窘」北京念[tɕyŋ³]。
[ɑŋ]	[aŋ]	邦忙方堂掌康	
[iɑŋ]	[iaŋ]	娘涼江槍鄉羊	
[uɑŋ]	[uaŋ]	莊窗雙光匡荒	
[əŋ]	[əŋ]	迸蒙豐鄧曾升	「弄」北京念[nuŋ]，「偵」北京念[tʂən¹]。
[iŋ]	[iŋ]	兵平丁京青興	
[yŋ]	[yŋ]	迥窮兄永凶擁	
[ər]	[ər]	爾耳兒而二餌	

這一條對應規律，都可以反過來說，即北京音念[a]韻母的字，徐州音念[ɑ]。餘類推。

（三）下列徐州各韻母裏的字也完全歸入並列的北京各韻母裏去：

徐州音	北京音	例　字	例　外　字
[iə]	[ie]	憋滅貼烈接切	
[ɛ]	[ai]	敗排埋待來探	
[ou]	[ou]	都頭走插收肉	「褥」北京音念[ʐu⁴]。
[iæ]	[ian]	邊棉田奸千鮮	

但這一條對應規律都不能反過來說，即不能說北京音念[ie]韻母的字，徐州也都念[iə]。因為北京音念[ie]、[ai]、[ou]、[ian]韻母的字，徐州音都分化為幾個韻母。見後《徐州音和北京音韻母對應表》。

（四）徐州的思[ɿ]韻母的字，北京分化為[ɿ]和[ʅ]。如：

徐州音	北京音	例　字
思[ɿ]	[ɿ]	資梓子紫字自詞此思絲
	[ʅ]	支址翅遲匙屍師詩吃施

（五）徐州的衣[i]韻母字，北京分化為[i]，[ei]。如：

徐州音	北京音	例　字
衣[i]	[i]	皮邳低力迹妻西醫氣
	[ei]	飛妃非肥匪廢費肺沸

上舉北京音[ei]的例字，聲母全是[f]。因此徐州人學北京音，只要遇到自己口裏聲母是[f]，韻母是[i]的，一律要把[i]改為[ei]。但也有少數[p]聲母字，如「備、

倍、輩、僻、被、貝」等，雖然聲母不是[f]，但改讀北京音，也要把韻母[i]改爲[ei]。

（六）徐州的屋[u]韻母字，北京分化爲[u]，[ou]，[uo]。如：

徐州音	北京音	例　字
屋[u]	[u]	補撲目土主熟
	[ou]	謀眸鍪螻粥熟
	[uo]	唾縮捊倭齷

（七）徐州鵝[ə]韵母字，北京分化为[o]，[ɤ]。如：

徐州音	北京音	例　字
鵝[ə]	[o]	波潑摸漠臥婆麼泊
	[ɤ]	折車熱河哥扯舍賀

上舉北京音[o]的例字，聲母都是脣音或脣齒音。凡聲母是脣音或脣齒音的，鵝即改讀爲北京音[o]。

（八）徐州握[uə]韵母字，北京分化为[uo]，[ɤ]，[au]。如：

徐州音	北京音	例　字
握[uə]	[uo]	多拖羅作索說活
	[ɤ]	科顆棵蝌窠樂
	[au]	烙酪珞絡

上舉北京音[ɤ]的例字，聲母都是[kʻ]（只有「樂」例外）。只要遇到聲母[kʻ]，握就分化爲[ɤ]。

（九）徐州威[ue]韻母字，北京分化爲[uei]，[uo]。如：

徐州音	北京音	例　字
威[ue]	[uei]	追崔規虧揮圍
	[uo]	國幗或惑獲

上舉「國」「獲」兩字，由於長期受普通話的影響，現在徐州青少年已普遍按北京音念，但老年、壯年人一般仍讀[ue]。「或」和「惑」則大人小孩仍普遍讀[ue]。

（十）徐州街[iɛ]韻母字，北京分化爲[ie]，[ai]，[ian]。如：

徐州音	北京音	例　字
街[iɛ]	[ie]	階解稭皆介誡屆鞋
	[ai]	挨捱矮
	[ian]	遣譴

（十一）徐州欻[e]韵母字，北京分化爲[ei]，[ai]，[o]，[ɤ]。如：

徐州音	北京音	例　字
欻[e]	[ei]	悲沛美雷給淚肋
	[ai]	伯拍白麥擇摘
	[o]	魄迫墨
	[ɤ]	得特革責色格

「特」北京音[tʻɤ]，徐州音讀[te]（有的也讀[tʻe]），聲母韻母都不相同。另外上舉北京音[ai]、[o]、[ɤ]三韻母裏的例字都是古入聲字。因此凡是徐州欻[e]裏面的古入聲字，即分別讀爲北京的[ai]，[o]，[ɤ]。反轉來說，北京音[ai]、[o]、[ɤ]三韻母裏的古入聲字，徐州讀[e]。

（十二）徐州公[uŋ]韻母字，北京分化爲[uŋ]，[uəŋ]。如：

徐州音	北京音	例　字
公[uŋ]	[uŋ]	東通農龍宗松
	[uəŋ]	翁嗡甕鶲

下面列出徐州音和北京音韻母對應表（完全對應的不列）。

徐州音 ＼ 北京音	ɿ	ʅ	i	u	ia	o	uo	ɤ	ie	au	ai	ei	uei	ou	ian	uŋ	uəŋ
ɿ	資	支															
ʅ		汁															
i			皮									非					
u				目		縮								謀			
ə						波		折									
iə									別								
uə						多	科	烙									
ɛ											埋						
iɛ									階		挨				遣		
e						魄		得			白	悲					

ue				國			追		
ou							鬥		
iæ								邊	
uŋ									東 翁

三、聲調的異同

（一）徐州音有陰平、陽平、上聲、去聲四個聲調，它的調值與北京音四個聲調的調值的比較如下表：

調　類	例　字	徐州調值	北京調值
陰　平	工　心	˧˩ 213	˥ 55
陽　平	人　紅	˦˥ 45	˧˥ 35
上　聲	偉　眼	˧˥ 35	˨˩˦ 214
去　聲	大　亮	˦˨ 42	˥˩ 51

徐州入學習北京音，四個聲調都要按北京的調值去念 [3]。

（二）除古入聲字外，徐州音念陰平、陽平、上聲、去聲的字基本上也依次是北京音的陰平、陽平、上聲和去聲。例外字如下：

徐州念陰平而北京念陽平：茨、磋、皚、潛、祈

徐州念陰平而北京念上聲：矢、捕、窈、奄、偓、諷、湧

徐州念陰平而北京念去聲：幟，摯、鷙、雉、躓、熾、痹、佇、杼、婿、煦、旭、帕、醮、竄、浸、渲、擯

徐州念陽平而北京念陰平：濤，滔、芳、庸、慵、墉

徐州念陽平而北京念上聲：擬、綺、企、豈、暑、署、曙、黍、衩、酉、儼、紊、凜、廩、寢、倘、繈、騁、酩

徐州念陽平而北京念去聲：置、婢、跋、懿、迓、訝、嘩、樺、耗、紹、鐐、蔗、猞、佘、邃、彥、諺、焰、泛、炫、眩、苑、殉、濘

徐州念上聲而北京念陰平：疵、僖、嬉、依、銥、沮、咀、估、皋、疽、頗、哥、慷、庚、虞、羹、囟

徐州念上聲而北京念陽平：毗、籬、祈、脯、屠、濡、襦、輿、虞、臾、諛、唯、桅、違、婪、襤、蹁、岷、懲、崇

徐州念上聲而北京念去聲：睥、砒、譬、裔、喻、鼐、蟹、誨、晦、諱、

踐、浣、醞、蘊、慍、宕、檔、疢

　　徐州念去聲而北京念陰平：笤、祛、窪、犍、憎、晶、涇、莖、忡、舂、
供

　　徐州念去聲而北京念陽平：雌、馳、弛、頤、吾、娛、渝、愉、逾、隅、
瑜、揄、遨、鈾、讕、爛、遄、鈍、馴、扛、棱

　　徐州念去聲而北京念上聲：侈、牖、黝、緬、荏、儆、剄、頸

　　（三）古入聲字，徐州音與北京音都歸到陰平、陽平、上聲、去聲四個聲
調裏去了，但歸法大不相同，現根據六百多個古入聲字的兩地讀法歸類列表比
較如下：

徐州音 例字 北京音	陰平 389字	陽平 145字	上聲 15字	去聲 83字	（共計） 632字
陰平	八 103字	拙 2字	叔 7字		112字
陽平	格 78字	局 123字		沒 4字	205字
上聲	盡 23字	蜀 3字	眨 1字		27字
去聲	色 185字	畢 17字	必 7字	歷 79字	288字

　　從這個比較表來看，古入聲字在徐州音中大部分念陰平（389字），其次是
陽平（145字），再次是去聲（83字），念上聲的最少（15字）。但在北京音中，
古入聲字大部分念去聲（288字），其次是陽平（205字），再次是陰平（112字），
念上聲的也最少（27 字）。由於古入聲字在徐州、北京兩地四聲中的分配不一
樣，所以徐州人學習北京音聲調得花一些功夫。

　　下面是古入聲字表，收入了常用的古入聲字六百多個。從這個表裏，可以
看到有哪些常用的古入聲字以及它們在徐州音和北京音中念哪一個聲調。把現
在兩地調類不同的那些字記住，學習北京的聲調就沒有什麼困難了。

　　這個表先按徐州音的調類排列，每一類中再按北京音的調類排列。每個字
都注明它的讀音，徐州音在前，北京音在後，兩音相同的只注一個。

古入聲字表

徐州陰平字

徐州陰平一北京陰平

[pɑ] 八捌	[pə／po] 剝撥駁缽
[pi] 逼	[piə／pie] 憋鱉
[pʻe／pʻai] 拍	[pʻiə／pʻie] 撇
[pʻi] 霹	[pʻə／pʻo] 潑
[pʻu] 僕撲	[tɑ] 答搭
[ti] 滴鏑	[tiə／tie] 跌
[tu] 督	[tʻɑ] 塌
[tʻi] 剔踢	[tʻiə／tʻie] 貼
[tʻu] 禿	[tʻuə／tʻuo] 托託脫
[ȵiə／nie] 捏	[tsa／tʂa] 紮
[tse／tʂai] 摘	[tʂə／tʂɤ] 折
[tʂʅ] 只汁織	[tsuə／tʂuo] 卓捉
[tʂu／tʂou] 粥	[tsa] 匝
[tsʻɑ／tʂʻɑ] 插	[tʂʻuə／tʂʻuo] 撮
[tsʻɑ] 擦	[ʂʅ] 失
[ʂu] 倏	[su／suo] 縮
[kə／kɤ] 胳	[kuə／kuo] 郭蟈
[kuɑ] 刮	[kʻə／kʻɤ] 磕
[kʻu] 哭窟	[xu] 忽惚
[xə／xɤ] 喝	[xe／xei] 黑
[tɕi] 迹績擊緝激茇	[tɕiə／tɕie] 揭
[tɕiɛ／tɕie] 稽	[tɕiɑ] 浹
[tɕy] 掬	[tɕʻi] 七柒漆戚
[tɕʻiɑ] 掐	[tɕʻy] 曲屈
[tɕʻyə／tɕʻye]] 缺	[tɕʻiɔ／tɕʻiau] 橇

[ɕi] 熄汐析皙淅蜥悉窸錫吸昔惜　　[ɕiə／ɕie] 歇楔

[ɕiɑ] 瞎　　[ɕyə／ɕye] 薛削

[i] 一壹揖　　[iɑ] 壓鴨押

[iə／ie] 掖噎　　[yə／ye] 約

[və／uo] 喔　　[u] 屋

徐州陰平—北京陽平

[pə／po] 博搏箔　　[pe／po] 伯柏

[mə／mo] 摸　　[fu] 福幅蝠

[te／tɤ] 德得　　[ti] 嫡狄荻

[tʻu] 突凸　　[tse／tsɤ] 則責幘簀

[tsɑ／tʂɑ] 劄　　[tsə／tʂɤ] 哲

[tʂʅ] 執職躑　　[tʂu] 竹燭躅

[tsu／tʂu] 逐　　[tsu] 足

[ke／kɤ] 革格隔膈　　[kə／kɤ] 閣

[kue／kuo] 國幗　　[kʻə／kʻɤ] 咳

[tɕi] 瘠吉詰楫輯疾急級即　　[tɕiɑ] 頰鋏

[tɕyə／tɕye] 覺厥蹶攫角訣抉玦掘崛倔爵

[tɕiə／tɕie] 訐劫節竭孑拮頡結潔詰　　[tɕy] 菊橘

[ɕi] 襲　　[ɕyə／ɕye] 噱

[ɕiə／ɕie] 絜

徐州陰平—北京上聲

[pe／pai] 百佰　　[pe／pei] 北

[pe／pi] 筆　　[pu] 卜

[pʻi] 匹　　[fɑ] 法

[tʻɑ] 塔　　[tʻiə／tʻie] 鐵

[tse／tʂai] 窄　　[tʂə／tʂɤ] 褶

[tʂʻʅ] 尺　　[zu] 辱

[ku] 谷骨　　[kʻə／kʻɤ] 渴

[tɕi] 脊戟　　[tɕyə／tɕiau] 腳

[tɕʻi] 乞   [ɕyə／ɕye] 雪

[ɕiə／ɕye] 血   [i] 乙

徐州陰平—北京去聲

[pi] 僻   [pʻi／pi] 闢

[pu] 不   [pʻə／pʻo] 粕珀

[me／mai] 麥脈   [mu] 木沐目睦苜穆

[mə／mo] 莫末沫   [me／mo] 墨

[mə̃／mo] 默   [miə／mie] 滅蔑篾

[mi] 泌蜜密秘謐覓汨冪   [fu] 復腹蝮馥覆

[tʻɑ] 踏拓撻   [tʻiə／tʻie] 帖

[tʻi] 倜   [nɑ] 吶納鈉捺

[ȵiə／nie] 孽蘗聶涅   [yə／nye] 瘧虐

[lɑ] 臘蠟辣   [luə／lɤ] 樂

[le／Iɤ] 勒   [le] 肋

[luə／luo] 落烙絡駱珞   [luə／lau] 酪烙絡

[lu] 鹿漉轆麓祿碌   [li] 力立粒笠礫櫟栗

[liə／lie] 列烈冽裂獵   [ly] 律綠

[tsu／tʂu] 祝築   [tʂə／tʂɤ] 浙

[tʂʅ] 質櫛   [tsɑ／tʂa] 咋

[tsuə／tsuo] 作   [tsu／tʂʻu] 觸

[tʂʻʅ] 赤   [tʂʻə／tʂʻɤ] 掣徹澈撤

[tʂʻuə／tʂʻuo] 綽惙輟啜   [tsʻe／tsʻɤ] 側測策冊

[tsʻu] 蹙促蹴   [ʂə／ʂɤ] 設懾

[ȵiə／ʂɤ] 攝   [ʂʅ] 室適釋式拭軾飾

[su／ʂu] 束   [se／sɤ] 色嗇穡

[su] 肅速   [zə／zɤ] 熱

[zʅ] 日   [ʐu] 入

[zuə／zuo] 弱若   [kʻuə／kʻuo] 闊擴括廓

[kʻe／kʻɤ] 克刻客   [xə／xɤ] 鶴

[xe／xɤ] 赫　　　　　　　　　　　[tɕi] 寂稷鯽

[tɕ'yə／tɕ'ye] 卻確鵲闋雀榷　　[tɕ'i] 泣迄訖

[tɕ'iə／tɕ'ie] 切挈　　　　　　　[tɕ'iɑ] 洽

[ɕi] 變隙　　　　　　　　　　　[ɕy] 恤

[ɕy／su] 宿　　　　　　　　　　[ɕyə／ɕie] 屑

[ə／ɤ] 鱷鼉　　　　　　　　　　[iə／ie] 頁葉業鄴腋咽謁

[i] 抑　　　　　　　　　　　　　[y] 域浴獄

[yə／ye] 悅越閱岳樂月粵　　　　[yə／iau] 藥

[uə／uo] 握幄渥斡　　　　　　　[u] 兀勿物惡

[uɑ] 襪

徐州陽平字

徐州陽平—北京陰平

[tuə／tuo] 咄　　　　　　　　　[tʂuə／tʂuo] 拙

徐州陽平—北京陽平

[pɑ] 拔鈸跋　　　　　　　　　　[pe／pai] 白

[pə／pau] 薄　　　　　　　　　　[pə／po] 勃渤

[pi] 鼻荸　　　　　　　　　　　[piə／pie] 別

[mə／mo] 膜　　　　　　　　　　[fɑ] 罰伐筏垡閥乏

[fu] 伏洑茯佛拂匐　　　　　　　[tɑ] 妲怛

[ti] 笛敵滌迪　　　　　　　　　[tiə／tie] 疊迭牒諜蝶

[tuə／tuo] 奪掇度踱鐸　　　　　[tu] 毒獨讀犢瀆牘櫝黷

[tsɑ] 砸雜　　　　　　　　　　　[tse／tsɤ] 澤擇

[tse] 賊　　　　　　　　　　　　[tsu] 族

[tsuə／tsuo] 昨　　　　　　　　[tse／tʂai] 宅

[tʂu／tʂou] 軸　　　　　　　　　[tʂə／tʂɤ] 謫轍

[tʂʅ] 侄直　　　　　　　　　　　[tʂuə／tʂuo] 涅濁諑琢濯擢茁酌灼

[tsuə／tʂuo] 啄鐲　　　　　　　[ʂu] 孰塾贖

[ʂuə／ʂau] 勺芍　　　　　　　　[ʂʅ] 實十什食蝕石拾

[ʂə／ʂɤ] 舌　　　　　　　　　　[xu] 斛鵠

[xə／xɤ] 合翮劾　　　　　　　　　[xuə／xuo] 活

[xuɑ] 猾　　　　　　　　　　　　[xɛ／xɤ] 核

[tɕi] 藉籍瓲殛嫉集及汲極　　　　[tɕyə／tɕye] 絕嚼

[tɕiə／tɕie] 傑捷睫桀　　　　　　[tɕy] 局

[ɕi] 席習　　　　　　　　　　　[ɕia] 狎匣狹俠峽硤

[ɕiə／ɕie] 協脅攏　　　　　　　[ɕyə／ɕye] 學穴

[i] 嶷

徐州陽平一北京上聲

[mə／mo] 抹　　　　　　　　　　[ʂu] 蜀

[ke／tɕi] 給

徐州陽平一北京去聲

[pi] 嗶畢愎　　　　　　　　　　[pʻu] 瀑

[mə／mo] 漠寞驀　　　　　　　　[ti] 的

[tʻe／tʻɤ] 特　　　　　　　　　[li] 酈

[tsɑ／tʂɑ] 柵　　　　　　　　　[ʂu] 術述

[ʂuə／ʂuo] 碩爍鑠　　　　　　　[xə／xɤ] 貉

徐州上聲字

徐州上聲一北京陰平

[pʻi] 劈　　　　　　　　　　　　[pʻiə／pʻie] 瞥

[pʻu] 樸　　　　　　　　　　　　[ʂu] 叔菽

[sɑ] 撒　　　　　　　　　　　　[tɕy] 鞠

徐州上聲一北京上聲

[tsɑ／tʂɑ] 眨

徐州上聲一北京去聲

[pi] 必　　　　　　　　　　　　[pʻe／pʻo] 魄迫

[nuə／nuo] 諾　　　　　　　　　[kʻu] 酷

[xuə／xuo] 豁

徐州去聲字

徐州去聲—北京陽平

[pɔ／pau] 雹   [piə／pie] 蹩

[me／mei] 沒   [ɕi] 檄

徐州去聲—北京去聲

[pɔ／pau] 暴爆趵   [pi] 碧壁璧

[mə／mo] 歿   [mɛ／mo] 陌

[mu] 牧幕   [fu] 縛

[t'i] 惕   [ɲi／ni] 匿逆溺

[nə／nɤ] 訥   [li] 櫪歷瀝

[liou] 六   [lu] 陸戮

[tʂɹ] 窒桎炙   [tʂue／tʂuei] 綴

[tʂ'u] 矗黜   [tʂ'ɹ] 斥

[ʂuɛ／ʂuai] 蟀帥   [su] 粟夙

[sɑ] 薩   [sɛ／sai] 塞

[zou／zu] 褥縟   [zou] 肉

[ku] 梏   [xu／xuo] 蠖鑊

[tɕy] 劇   [tɕ'iə／tɕ'ie] 妾怯篋

[tɕ'i] 契   [tɕ'ɑ] 恰

[ɕiə／ɕie] 泄紲褻   [iɑ] 軋揠

[iə／ie] 液

[i] 逸亦易譯懌弋翼憶疫役蜴弈臆屹翊邑

[y] 育欲玉煜鬱毓鷸鬻   [iɔ／ye] 躍

附 注

〔1〕關於徐州音素的分析，曾參考《江蘇省和上海市方言概況》一書，江蘇人民出版社，
    1960 年版。

〔2〕音標右上角的 1、2、3、4 分別表示北京陰平調值 55，陽平調值 35，上聲調值 214，
    去聲調值 51。下同。

〔3〕《江蘇省和上海市方言概況》記徐州音調值陽平為 55，去聲為 51。

（原載《徐州師範學院學報》1978 年第 4 期）

徐州方言的語音變化

本文討論徐州方言的語音變化情況，分四個部分：一、輕聲問題，二、聲調轉換，三、文白異讀，四、特殊音變。至於兒化音變，已在拙作《徐州方言的兒化研究》（載《徐州師範學院學報》1983 年第 4 期）一文中論及，此不重述。

一、輕聲問題

（一）徐州方言的輕聲是一種輕而短的調子：

例如「親親」（親戚）、「服了」、「外奶奶」、「四下來」（四處），後一音節都是輕聲。我們把它記作 ·|³。但實際上輕聲音節的音高並不是固定的，可分為半高、半低、中、低四種。這種變化取決於前一個音節的聲調。詳見下表；

前一字調類、調值	輕聲字音高	舉　　例
陰平 ˩ 213	4（半高）	抓了　癩不　舒坦　惡似
陽平 ˥ 155 [1]	2（半低）	拿了　斜不　頭頭兒　邪乎
上聲 ˧˥ 35	3（中）	找了　甩不　本事　夥計
去声 ˥˩ 42	1（低）	問了　翹不　外人兒　念思

下面凡輕聲一概記作中調，不再細加區別。

（二）輕聲的位置也存在幾種情況：

1. 雙音節詞語在第二個音節。例如：

撥嫂　迷登　麻利　板整　溏心　扁食　鋪產　踐腳

末將　仔板　拋似　團由　刷帚　厄厄　鼻子　棒子

2. 三音節以上詞語可在末尾，也可在中間。

①在末尾的：

算列子　犯難為　出故事　灰卜闆兒　打破似

走親親　大呼隆　外奶奶

②在中間的：

咕嘟湯　胳肢窩　意歪蛋　屋斗牛　絕戶頭

跑子肉　豆腐客　泥古魚兒　半大孩兒　弔膀子眼

夾尾巴頭

3. 四音節詞語常常含有兩個輕聲。例如：

①兩輕聲相間（第二、四音節）：

布拉條子　吐沫星子　力巴頭子　窗戶櫺子　能不唧的

盛不唧的　肉古冬的　軟不丁當　愣嫂巴唧　熱古毒的

高低高低　爛不查的

②兩輕聲相連（第二、三音節）：

火嫂不出　力了巴嗦　黏不拉踏　甩不拉唧

「力了巴嗦」和「甩不拉唧」的「巴」和「拉」為可輕聲。

（三）徐州方言的輕聲有兩種情形值得注意：

1. 因輕聲而影響音素發生變化，主要是主元音的脫落和元音的弱化。例如：

①主元音脫落：

親家[tɕia]→[tɕi]　　地下[ɕia]→[ɕi]　　軟和[xuə]→[xu]

巴結[tɕiə]→[tɕi]　　棉花[xua]→[xu]　　暖和[xuə]→[xu]

②元音弱化：

頭髮[fɑ]→[fu]　　地方[faŋ]→[fu]　　喜歡[xuæ̃]→[xuə̃]

2. 輕聲造成韻母元音不穩定，產生同義多音現象。例如：

合瑟 sʅ／sə／sa　　　唾沫 mə／mu／me　　　嘟嚕 lu／lou

癩蛤蟆 ma／mə　　　拾掇 tuə／tɔ／tou　　　花骨朵 tuə／tou／tu

坐下 ɕia／ɕiə／ɕi　　　咳嗽 sʅ／sɔ／sou　　　圪垃頭兒 la／lou

上半天 pæ̃／pu　　　布拉條子 la／lou　　　蜷蠍 lɔ／lou

突嘍 lou／lu　　　蘿蔔魚 pu／pə　　　喇叭筒子 pa／pu

加點的字無論按後面哪個韻母念，當地人都不至於誤解或者感到難以理解。

（四）有些輕聲音節具有分辨詞義和詞性的作用。這裡僅舉數例：

樣樣　兩字都讀去聲，是量詞重疊，義爲「每一樣」。「樣樣好嗎？」是說「每一樣都好嗎？」如果後一字讀輕聲，則是動詞「試試」，「樣樣好嗎？」等於「試試好嗎？」

大學生　「生」輕讀，是對別人家的孩子或者學生客氣的稱呼。不輕讀義同普通話。

厭惡　「惡」讀去聲，是及物動詞，義爲「討厭」、「憎惡」，如「我最厭惡這種人」。如果讀輕聲，是「使人討厭、憎惡」，如「這人眞厭惡！」（眞讓人討厭），不能帶賓語。

二、聲調轉換

聲調轉換在形態變化上能起一定的作用，也就是詞通過聲調變化來表示不同的詞性、詞義或用法。比如徐州話「娘」[n̠iaŋ]讀陽平時多用於敘述，當面稱呼時多讀去聲。聲調不同，用法有細微的差別。「慢兒慢兒」[məɾməɾ]，第二個「慢」讀陰平或陽平時，是「慢慢地」，表示動作的方式，如「你慢兒慢兒走！」當它讀爲去聲時，是「差一點兒」的意思，表示可能性，如「要不是搶救及時，慢兒慢兒就完了」。這兩個副詞，同形、同聲韻，是靠聲調區別其意義的。徐州話的聲調轉換可分爲兩類：

（一）詞性改變，意義有聯繫的

1. **枕** [tʂə̃]　《現代漢語詞典》只注一個音，「枕頭」和「枕著」都是上聲。徐州「枕頭」讀上聲，「枕著」讀去聲。「頭底下枕著涼枕」，兩個「枕」不同調。

2. 刺 [tsʻɿ] 普通話無論名詞（表示「尖銳像針的東西」）還是動詞（表示「尖的東西進入或穿過物體」）都讀去聲。徐州讀去聲的是名詞，如魚刺、木刺、倒刺兒；讀陰平就變爲動詞，如「一刀刺進去」「照胸口就刺」。還有讀陽平的，但只限於「刺刀」、「拼刺刀」個別詞語中。

3. 撚 [ȵiɛ̃] 《現代漢語詞典》只有上聲一讀。徐州「撚兒」（燈撚子、紙撚子）等名詞讀去聲；表示用手指搓的動作（撚線、撚動）讀上聲。在「撚撚轉兒」一詞中，兩個「撚」均讀陽平，屬於特殊變調。

4. 唾 [tʻu] 在「唾沫」中讀去聲，在「唾棄」中讀陽平。普通話只讀去聲。

5. 急 [tɕi] 普通話僅陽平一音。徐州話作形容詞用的（急雨、急風、急務，急事兒、心急火燎）讀陰平，音同「機」，作動詞用的（急人、急毀了、急死了）讀陽平，音同「極」。「眞急人」只能說成「眞極人」，不能說成「眞機人」。

6. 海 [xɛ] 名詞「海」、「海量」、「海碗」等均讀上聲；表示極大極多的形容詞（如「個子海」、「眞來海」）以及當「一個勁兒地」講的表時間和頻率的副詞（如「海吃海喝」、「海睡」、「海玩兒」）一律讀陰平。普通話只有上聲一讀。

7. 坡 [pʻə] 名詞「下坡」「土坡」讀陰平。「坡一點放」，「坡」是形容詞，讀上聲。普通話僅 pō 一音。

（二）詞性不變，意義有區別的

1. 撈 [lɔ] 有三種情況：①表示「取得不應該得到的東西」（如「撈便宜」、「撈稻草」、「撈一把」）可讀陰平或陽平；②表示「順手拿」或「偷拿」（如「誰把我的書撈跑了」）只讀陰平；③表示「從液體裏取東西」（如「打撈」、「捕撈」、「撈魚」）則只讀陽平。普通話「撈」只讀陰平。

2. 撒 [sɑ] ①陰平，表示「無意識地散落、灑掉」（如「糧食撒了一地」）；②上聲，表示「有意識地分散扔出去」（如「撒網」、「撒種」、「撒化肥」），③去聲，特指「產卵」（如「魚撒子」、「蠶撒子」），也用於罵人（如「八國聯軍撒的種！」）

3. 讓 [zɑŋ] ①「退讓」、「讓步」的「讓」讀去聲；②「請人接受招待」

（多表示一種客氣）的「讓」讀陰平；③當「批評」、「責備」講的「讓」讀上聲。這是保存了古漢語（「秦王讓章邯」、「大禮不辭小讓」）的用法。今普通話後一義不存，前二義都讀去聲。

4. 返 [fæ̃] 「往返」、「返回」，字讀上聲；作「蘇醒」、「復生」講的讀陽平，如「返陽」，「死了半天，又返過來了」。

5. 提 [ti] 當「提著」講（如「一把把他給提婁起來」）讀陽平；當「拔」講（如「提眉毛」、「提汗毛」）讀陰平。

三、文白異讀

徐州方言的文白異讀現象總的說在聲、韻、調上都有表現。但就文讀和白讀有分別的多數字來看，它們的差異大都只表現在聲、韻、調的某一個方面，其中又以韻母變化的居多。少數字牽扯到聲韻或韻調等兩個方面。三者都不同的字，如「五更」的「更」，文讀爲[kəŋ²¹³]，白讀爲[tɕiŋ²¹³]，但在「五更頭兒」一詞中，「更」還有另一白讀音[tɕiə⁰]（音標右上角是調值，輕聲記作 0，下同），與文讀聲韻調全異。這種例子不多見。另外，有的字音由於受普通話的影響，文讀幾乎排斥了白讀，有的白讀只出現在某個方言詞語中，本文都一併收入。（例字的前一個音是文讀，後一個音是白讀。「～」代表複用的例字）

（一）聲母上的變化
1. 送氣音、不送氣音互變：

提	tʻi⁵⁵	ti⁵⁵	～婁
騰	tʻəŋ⁵⁵	təŋ⁵⁵	倒～，搗～（～可輕聲）
觸	tsʻu²¹³	tsu²¹³	～電
測	tsʻe²¹³	tse²¹³	～準他的脾氣了
撞	tʂuaŋ⁴²	tʂʻuaŋ⁴²	～倒，～人

2. 擦音變爲塞擦音：

伸	ʂə̃²¹³	tʂʻə̃²¹³	～腿兒
深	ʂə̃²¹³	tʂʻə̃²¹³	～淺
鼠	ʂu³⁵	tʂʻu³⁵	滅～

殊	ʂu⁵⁵	tʂ'u⁵⁵	特～
隨	sue⁵⁵	ts'ue⁵⁵	～早晚也忘不了
束	su²¹³	tʂ'u²¹³	～腰，～腰帶
縮	su²¹³	tʂ'u²¹³	～不，～小
舒	ʂu²¹³	tʂ'u²¹³	～坦
輸	ʂu²¹³	tʂ'u²¹³	～錢（指賭博）
紹	ʂɔ⁵⁵	tʂ'ɔ⁵⁵	介～

3. 其它變化情況：

堆	tue²¹³	tsue²¹³	論～
輸	ʂu²¹³	zu²¹³	「先贏後不得，一～一大堆」
梁	liaŋ⁵⁵	ɲiaŋ⁵⁵	光脊～
乳	zu³⁵	lu³⁵	～白色

（二）韻母上的變化

1. 韻腹的變化：

猛	məŋ³⁵	maŋ³⁵	～一聽
嗯	əŋ⁴²	aŋ⁴²	（表示應答）
蛇	ʂə⁵⁵	ʂa⁵⁵	一條～
把	pa⁴²	pɛ⁴²	～咱鬧了
含	xæ̃⁵⁵	xɔ̃⁵⁵	貓～個死老鼠
粥	tʂou²¹³	tʂu²¹³	熱～
戒	tɕiɛ⁴²	tɕi⁴²	～煙
崖	ia⁵⁵	iɛ⁵⁵	懸～勒馬
咽	iə⁴²	iɛ⁴²	小聲～
娘	ɲiaŋ⁵⁵	ɲiŋ⁵⁵	姑～
摔	ʂuɛ²¹³	ʂue²¹³	～倒
晚	uæ̃⁰	uɔ̃⁰	早～來？

2. 韻頭的變化：

末	mə²¹³	miə²¹³	老～
挨	ɛ²¹³	iɛ²¹³	～著，～個兒

誤	u⁰	uə̃⁰	耽～
午	u⁰	uə̃⁰	晌～
尾	ue³⁵	i³⁵	～巴
誰	sue⁵⁵	se⁵⁵	～說的？
做	tsuə⁴²	tsou⁴²	～飯，～事
殃	iaŋ²¹³	ɑŋ²¹³	木頭～了
現	ɕiæ̃⁴²	ɕyæ̃⁴²	～做，吃～的，～洋
尋	ɕyə̃⁵⁵	ɕiə̃⁵⁵	～思

3. 韻尾的變化：

著	tʂɔ⁵⁵	tʂaŋ⁵⁵	～點兒鹽
訴	su⁴²	suŋ⁴²	告～
因	iə̃²¹³	iŋ²¹³	～爲，相～
頓	tuə⁴²	təŋ⁴²	連～兒都不打
生	səŋ²¹³	sə̃²¹³	～火，～爐子
蒙	məŋ²¹³	mə̃²¹³	一石頭摸～了

（三）聲調上的變化

沖	tʂ'uŋ²¹³	tʂ'uŋ⁵⁵	～水
吸	ɕi²¹³	ɕi⁴²	～鐵石
浮	fu⁵⁵	fu⁴²	～皮兒一層
屬	ʂu⁵⁵	ʂu⁴²	～虎，～兔
領	liŋ³⁵	liŋ²¹³	～著
引	iə̃³⁵	iə̃⁴²	～一把火
望	uɑŋ⁴²	uɑŋ⁵⁵	～不見
願	yæ̃⁴²	yæ̃²¹³	～意不～意？
應	iŋ⁴²	iŋ²¹³	叫不～，沒人～
過	kuə⁴²	kuə²¹³	～五十了

（四）聲韻調的某兩個方面有變化

1. 聲、韻上有變化：

講	tɕiaŋ³⁵	kaŋ³⁵	聽人～的
繮	tɕiaŋ²¹³	kaŋ²¹³	～繩
更	kəŋ²¹³	tɕiŋ²¹³	打～
喊	xæ̃⁵	ɕiæ̃³⁵	合嚎拉～，不哭就～
刃	zə̃⁴²	iə̃⁴²	刀～兒，開～，卷～
休	ɕiou²¹³	xou²¹³	～怕，～動
漾	iaŋ⁴²	ʐɑŋ⁴²	～奶
晚	uæ̃³⁵	miæ̃³⁵	～輩兒
使	sɿ³⁵	tʂʻʅ³⁵	～勁
黏	tʂæ̃²¹³	tsə̃²¹³	～蜻蜓
秩	tʂʅ⁴²	tsʻʅ⁴²	～序
唇	tsʻuə̃⁵⁵	tɕʻyə̃⁵⁵	嘴～子

2. 韻、調上有變化：

涸	xə⁵⁵	xɔ⁴²	水～幹了
擢	xuə²¹³	xu³⁵	～惡似
早	tsɔ³⁵	tsaŋ⁵⁵	～晚來？
了	liɔ³⁵	lɔ⁰	吃～飯

3. 聲、調上有變化：

在	tsɛ⁴²	kɛ⁵⁵	～家
欱	xə⁵⁵	kə²¹³	～夥兒
吐	tʻu³⁵	tu⁴²	魚～沫
臍	tɕʻi³⁵	tɕi²¹³	肚～眼兒

（五）聲韻調都有變化

頸	tɕiŋ⁴²	kəŋ³⁵	脖～子
更	kəŋ²¹³	tɕiə̃⁰	五～頭兒

四、特殊音變

包括同化異化現象、合音現象以及兩種特殊的變音：訛讀變音和諱飾變音。

（一）同化和異化

徐州話中，鼻音的同化現象值得注意。兩音節相連，如果其中一個是鼻音尾，另一個也往往帶上鼻音尾，例如「麼」在「多麼」[tuə²¹³mə⁵⁵]裏不帶鼻音尾，但在「怎麼」[nəŋ⁴²məŋ̣⁰]裏因受前面 ŋ 尾影響也帶上了 ŋ，說成「怎夢」（音標下黑點表示變化的音，下同）。因為「麼」常帶 ŋ 尾說，所以又轉而影響到它前頭的音，使鼻化韻強化成鼻尾韻，甚至使純口韻也變成鼻尾韻。如：

怎麼 [tsə̃³⁵mə⁰]說成 [tsəŋ³⁵məŋ̣⁰]

這麼 [tʂə⁴²mə⁰]說成 [tsəŋ̣⁴²məŋ⁰]

再如（包括聲母、韻母同化的）：

因為 [iŋ²¹³ue⁰]→ [iŋ²¹³uə̃⁰]

難為 [næ̃⁵⁵ue⁰]→ [næ̃⁵⁵uə̃⁰]

涼快 [liaŋ³⁵kʻuɛ⁰]→ [liaŋ³⁵kʻuə̃⁰]

親戚 [tɕʻiə̃²¹³tɕʻi⁰]→ [tɕʻiə̃²¹³tɕʻiə̃⁰]

親家 [tɕʻiə̃⁴²tɕia⁰]→ [tɕʻiŋ⁴²tɕia⁰]

龜孫 [kue²¹³suə̃²¹³]→ [kuə̃²¹³suə̃²¹³]

螻蛄 [lou⁵⁵ku⁰]→ [lu̥⁵⁵ku⁰]

蜻蜓 [tɕʻiŋ²¹³tʻiŋ⁰]→ [tʻiŋ²¹³tʻiŋ⁰]

「因」讀 iŋ，是在一些詞裏的白話讀法。「家」古音聲母為 k，於是「親」也帶上相應發音部位的鼻音尾 ŋ。

同化現象往往和文白異讀有密切的關係。例如「晌午」文讀[ʂaŋ³⁵u⁰]，白讀 [ʂaŋ³⁵uə̃⁰]，所以會產生這種差別，當是由於「午」受前面 ŋ 的同化而致。

以上是同化。下面再舉一些異化的例子：

乒乓 [pʻiŋ²¹³pʻaŋ²¹³]→ [pʻiŋ²¹³pʻạ²¹³]

菁葵 [ku²¹³tu⁰]→ [ku²¹³tou̥⁰]

骨碌 [ku²¹³lu⁰]→ [ku²¹³lou̥⁰]

燈籠 [təŋ²¹³luŋ⁰]→ [təŋ²¹³lou̥⁰]

蛤蟆 [xɑ³⁵mɑ⁰]→ [xə³⁵mɑ⁰]

「蛤蟆」徐州既說[xə⁵⁵mɑ⁰]（音「河媽」），又說 [xə⁵⁵mə⁰]（音「河莫」）。前一說法當是「蛤蟆」異化而來的，而「河莫」大約又是「河媽」同化而成

的。

（二）合　音

合音是將雙音詞壓縮成單音詞的特殊音變形式。例如：

1. 你 [ȵi]＋看 [kʻæ]＝年 [ȵiæ̃⁵⁵]（下有曲線的是同音字）「年，那不是她嗎？」「年！你怎麼不信我的話？」「年」即「你看」。

2. 不 [pu]＋拉 [la]＝巴 [pa²¹³]「摔了個仰不拉叉。」又說「摔了個仰巴叉。」「巴」即「不拉」的合音。

3. 早 [tsɔ]＋晚 [uæ̃]＝喒 [tsæ̃³⁵]「你多喒來的？」「多喒」即「多早晚」。

4. 護 [xu]＋弄 [nuŋ]＝轟 [xuŋ²¹³]「瓜、果轟了。」「轟」即「護弄」。

5. 圪 [kə]＋登 [təŋ]＝梗 [kəŋ³⁵]「葉都掐了，光剩圪登」。也說「光剩下梗」。「梗」即「圪登」。

6. 糊 [xu]＋弄 [nuŋ]＝閧 [xuŋ³⁵]「糊弄人」即「閧人」，欺騙、蒙混別人。

7. 機 [tɕi]＋靈 [liŋ]＝精 [tɕiŋ²¹³]「這小子真精！」「精」即「機靈」。

8. 坷 [kʻə]＋燈 [tʻəŋ]＝坑 [kʻəŋ²¹³]「地上淨是窪坷燈。」「坷燈」即「坑」。

上舉各例在拼合上都是比較規則的。也有丟掉一些元音和輔音以後，剩下的元音或輔音又發生了變化的。例如「你擁啥哭的？」「擁啥不來的？」兩句話裏的「擁」 [yŋ²¹³]當係「因爲」 [iŋ²¹³uə⁰]合起來的，只是元音又起了變化了。

（三）訛讀變音

有些音雖然「念白」了，但是天長日久，習非成是，結果造成一些字讀音特殊的情況。例如：

1. 徐州城東南不遠處有一個山口叫「兩山口」，但實際上人們一律叫它「梁山口[liaŋ⁵⁵sæ̃²¹³kʻou³⁵]」，「兩」用在別處從不讀如「梁」。

2. 雲龍山西側叫「黃茅岡」（蘇東坡有「醉中走上黃茅岡，滿岡亂石如群羊」的詩句），但長期來，市民大都叫它「黃模岡」[xuaŋ⁵⁵mu⁵⁵kaŋ³⁵]。「模」或爲輕聲。

3. 徐州老城南牆外稱「東郭牆」、「西郭牆」，過去是做小買賣的人聚居的地方。但南關的人大都稱這一帶爲「博牆」[pə²¹³tɕʻiaŋ⁵⁵]，南門以西稱「西博牆」，以東稱「東博牆」。

4. 幽暝鐘（地名，前清時常在這附近處決犯人），現在都稱爲「英市中」[iŋ²¹³ʂʅ⁰tʂuŋ²¹³]，因此人們一般已想不到它的來歷了。

5. 城東南有一處「下洪」，意思是洪水下去的地方。但有人認爲「下洪」實是「現紅」的訛誤。傳說蘇東坡之女爲救滿城百姓，穿紅投河（嫁給水神），退掉洪水，屍體到現在的「下洪」處才浮出來，所以應叫「現紅」。

除了地名以外，還有一些詞語大概也讀白了。例如文言詞「日暮聊生」，徐州人說「日不屌生」（窮的日不屌生的），把「一傍黑」說成「業不黑兒」，把「轉文兒」說成「搜文兒」，把「不即不離」說成「不斤不離兒」等等。

（四）諱飾變音

徐州有一些字眼兒，是因爲諱飾而故意變音改讀的。例如徐州話把夫妻倆叫做「公母倆兒」。但因爲牲畜、家禽等是論公母的（如公狗母狗、公雞母雞），而人在習慣上是不能論公母的，所以講究一點就要說「姑母倆兒」。徐州有句帶迷信色彩的俗諺「左眼跳財，右眼跳災」，爲避開「災」字，要說「跳挨 [iɛ⁵⁵]」。再如，姓「熊」的常說自己是姓「邢」的，姓「母」的常說自己是姓「務」的，「屬鼠」常說成「屬水兒」，「跟主兒」常說成「跟嘴兒」，也是由於諱飾的原因造成的。

附 注

〔1〕陰平調值爲 45，一般記作 55。

（原載《徐州師範學院學報》1985 年第 4 期，中國人民大學複印資料《語言文字學》1986 年第 5 期全文轉載）

徐州方言小考八則

　　方言中的一些說法，有的來自古語，有的產生於近代漢語時期，有的還與外來語有關，如究其由來，不僅可以弄清楚詞語的發展演變狀況，還可以從中瞭解許多文史方面的知識。現以筆者母語徐州方言的幾個詞語為例，試一一作些考證。

賽

　　「賽」，是徐州人表示讚揚、欣賞時常用的一個詞兒。例如說「這人的字真賽！」「這事辦得倒有多賽！」「你看他畫的賽不賽？」「真賽」就是「真好」，「賽不賽」就是「好不好」，當地人大概沒有不懂的。然而為什麼把「好」說成「賽」呢？這就未必人人盡知根由了。

　　今考其詞實際來自蒙古語的「賽因」。據《元史・睿宗傳》記載：「太祖大喜，語諸王大臣曰：『昔太祖常有志此舉，今拖雷能言之，真賽因也。』賽因，猶華言大好云。」由此知道「賽因」二字係蒙語譯音，蒙古人之所以常常取名「賽因」即用其「好」意。元代是蒙古人統治中國，蒙語自然要影響到漢語。所謂「人煙多戍卒，市語雜番聲」「大江南北，漸染胡語」，說的就是這種情況。當時許多漢人把蒙語的「賽因」簡化成『賽』來取名字，元雜劇中一些女孩子多叫「賽娘」（如同今人說的「好閨女」、「好姑娘」），即是現實生活的反映。此外，元劇中還有「賽」單用的，例如白仁甫《東牆記》第三折：「俺小姐親封一

策，向你這東君叩拜。不知他有甚衷腸，道甚麼言詞，訴甚情懷。試取開，看內才，中間梗概，比那嚇蠻書賽也不賽。」可見「賽」當時已作爲一個詞在北方漢人中流行。

明清以來的白話作品中亦時見用例。明·天然癡叟《石點頭·侯官縣烈女殲仇》：「六一官，你雖在風月場中走動，只怕眼睛從不曾見這樣絕賽的少年婦人。」清·蒲松齡《聊齋俚曲集·慈悲曲》：「烏龜頭你比囊包的還賽，自家乜小廝還叫不了來，每日家裏裝漢子，你還要在外！」又《學究自嘲》：「吃的是長齋，吃的是長齋，今年更比去年賽，南無佛從今受了戒。」

這種用法在徐州（還有濟南、泰安等地）方言中一直保留至今。

草要子

捆麥個兒和青菜用的草繩，徐州人稱之爲「要子」、「草要子」。「要」有「約」義，《廣雅》：「要，約也」。《釋名·釋形體》：「要，約也，在體之中約結而小也。」《史記·春申君傳》：「王之地一經兩海，要約天下。」《資治通鑒》文與上同，胡三省注：「要約，猶約束也。」這是「要」「約」同義連用的例子。「約」，《說文解字》：「纏束也。」說明其本義是用繩索纏縛。由此引申，「約」又產生出繩索、繩子的意義。《左傳》：「人尋約。」意思是每人一根八尺長的繩子。《老子》：「善結，無繩約而不可解，」吳澄《道德眞經注》：「繩約，索也。合之成體曰『繩』，用之束物曰『約』。」用的都是這一引申義。所以「約」又是纏束物體用的繩子。這樣看來，「草要」就是「草約」（「約」一音要），而「草約」就是「草繩」。無怪乎徐州人把捆麥個兒和青菜用的草繩叫做「草要子」了。

「打骨朵」與「嘴咕嘟」

花枝生出苞蕾，俗稱「打骨朵」。「打骨朵」是緩慢的，所以在方言色彩濃郁的《金瓶梅詞話》中用它比喻人的動作遲緩。例如第二十一回：「只許他家拿黃杆等子稱人的，人問他要，只相打骨禿出來一般。」這是孟玉樓責怪孫雪娥捨不得拿錢出來說的話。用「打骨禿」（即「打骨朵」）譏諷其遲延，不爽快，是非常形象生動的。

人不高興，往往把嘴撅起來，徐州人說「嘴咕嘟著」。古白話作品中也早有

用例。如元劇《陳母教子》第二折：「無語低頭，嘴磙都的恰便似跌了彈的斑鳩。」又，《金瓶梅詞話》第八回：「（潘金蓮）盼不見西門慶來到，嘴谷都的罵了幾句負心賊。」「嘴咕嘟」（以上寫作「磙都」、「谷都」）實即「嘴骨朵」。形物凡渾淪成塊當中肥圓的，都可以叫做「骨朵」。花蕾可以叫「花骨朵」，古代儀衛隊裏有一種金瓜儀仗，叫「金骨朵」。因此把嘴撅起一塊來，就叫「嘴骨朵」——形容嘴撅起來的樣子，就像打出骨朵來似的，只是人們一般習慣寫成「咕嘟」而已。

覆物曰「鞔」

以一物覆於另一物之上，徐州叫「鞔」（音蠻）。例如將蟒皮蒙在二胡的琴筒上，用皮革罩大鼓，把布絹或者細金屬絲網固定在羅框上做成羅篩等，都說「鞔」。清・顧張思《土風錄》云：「皮冒鼓曰漫。大蘇寄劉孝叔詩：『東海鼉漫戰鼓』。俗以皮冒鼓及布絹冒篩曰漫，本此。」這兒寫的「漫」即是「鞔」的同音代替字。《說文》：「鞔，覆也。」是其本字本義。

舊時本地人家有喪事，必以白布縫鞋上表示穿孝，叫「鞔鞋」。以尺二方磚鋪地，則叫「墁地」。《金瓶梅詞話》第十二回寫道：「有一個泥水匠，在院中墁地。」《集韻》：「墒，土覆也。亦作墁。」「鞔」、「墁」音義相同，當是同一來源。

騙馬

古語表示欺騙之義多用「欺」。《論語・子罕》：「吾誰欺？欺天乎？」《戰國策・秦策》：「反復東山之君，從以欺秦。」均不說「騙」。因為「騙」本與欺騙無關。《集韻》：「騗，躍而乘馬也，或書作騙。」說明「騙」原是人擡起一條腿跨上馬的動作。因與馬有關，所以這個字用「馬」做偏旁。唐人《耳目記》載張元一嘲武懿宗詩云：「長弓短度箭，蜀馬臨階騙。」元劇《襄陽會》第三折：「能行戰馬上不去，整整的騙到四十遭。」都是擡腿跨馬。今徐州方言說「一騙腿上了牆」，「腿一騙上了自行車」，就是由「騙馬」引申而來的。明・張自烈所編《正字通》指出：「騙，今俗借爲誆騙字。」說明欺騙的「騙」借自「騙馬」的「騙」，而且其使用歷史也晚得多。

「儘」的「任」義

「儘」（徐州音緊）含有「任」義。我們常說「去不去儘你」，「儘挑儘揀」，「飯有的是，儘你吃」等等，「儘」都是「任」，今普通話則無此用法。

作「任」講的「儘」，元曲中俯拾皆是。例如元劇《趙氏孤兒》第一折：「去不去我幾回家將伊儘。」《朱砂擔》第一折：「〔店小二〕酒在此，你有量儘著你吃，只不要撒酒瘋。」又如《舉案齊眉》第二折醉春風曲：「又不曾強逼你結了婚姻，我當初將你來儘。」「將你來儘」就是「儘著你」「任隨著你」。因為曲文押韻的緣故而說成了「將你來儘」。《類篇》：「儘，任也。」可見徐州話的這種說法是於古有徵的。

廝稱

方言俚語往往音無定字，寫時常常借字表音。例如清・蒲松齡《聊齋俚曲》：「外頭袍子雖囫圇，邊上漏著破鋪襯，舊衣裳穿上還不趁。」「不趁」，意為不合，不配，字當作「不稱」（音襯）。今徐州人說：「你也不看看你稱不稱！」意思與上相同。徐州管配合不當叫「不稱」，配合得當則叫「廝稱」。比如說「她穿這件衣服真廝稱！」謂衣著可體相宜。然據音、義求之，此詞又本當作「廝稱」。「廝」義為「相」、「互相」。《紅樓夢》寫道：「大家請了賈母的安，眾人廝見。」「廝見」即「相見」。早期白話常見的「廝打」、「廝殺」、「廝混」，意即「相打」、「相殺」、「相混」。宋・陸游《老學庵筆記》云：「俗謂南人入京師，效北語。過相藍，輒讀其榜曰『大廝國寺』，傳以為笑。」則乾脆把「大相國寺」讀成「大廝國寺」了。

明・徐渭《四聲猿》寫木蘭女扮男裝替父從軍：「穿起來怕不是從軍一長官？行間正好瞞。緊絲鉤，廝趁這細摺子繫刀環。」「廝趁」即「廝稱」，亦即「相稱」。元明以來有徑寫作「廝稱」的，例如《舉案齊眉》第四折：「你道是才表我冰清玉潔心，又道是廝稱我雲錦花枝貌。」《醒世姻緣傳》第六十七回：「我給你一兩銀子，你好把這皮襖脫下，我叫人送還他去。你穿著又不廝稱，還叫番子手當賊拿哩！」又見明・周朝俊《紅梅記》劇：「人如此，物更精，便住在西子湖邊真廝稱。」

屆 子‧撒撒‧加屆子

插在木器的榫子縫裏使接榫處不活動的木片，普通話叫「楔（音歇）子」，徐州話則叫「屆（音沙）子」。《集韻》：「屆，楔也。」這種小木片除了塞榫縫外，還常常用來墊平桌凳。清‧李氏《俗語考原》云：「几案四足有不平者，以小木墊，謂之瑟子。」（「瑟」大概是「屆」的後起字。）《中州集》有一首以「瑟子」為題的五律，云：「几案由吾正，盤盂免爾傾。」把它的作用說得很是風趣。

「屆」有時也可作動詞用。《金瓶梅詞話》中寫王六兒請人吃飯，桌子不穩當，因此說他丈夫韓道國：「你好老實，桌兒不穩，你也撒撒兒，讓保叔坐。只相沒事的人一般兒！」「撒」即「屆」，用小木片之類的東西墊墊。像這一類詞語書中很多，外地讀者往往深感頭痛，而徐州人則不難弄懂，因為作者大量運用的都是徐州一帶的方言。

徐州還有「加屆子」的說法，本指木匠往榫子縫裏打進楔子。不過更常用的卻是另一種含義——不按次序排隊，硬擠在前頭，是借用這個詞而形成的比喻義。

（原載《徐州訪古》，中國新聞出版社，1990 年）

黎錦熙《中國近代語研究法》讀後

　　「近代漢語」是漢語歷史發展過程中的一個重要階段，也是漢語史研究的一個薄弱環節。黎錦熙先生對近代漢語的貢獻主要體現在以下三個方面：（1）早在 1927 年就撰寫了《中國近代語研究法》，指出漢語研究者取材偏重上古與中古而抹煞近代是不科學的態度，他積極倡導「近代語研究」，具有首創之功；（2）撰寫多篇考釋近代漢語俗語詞的論文，是科學研究漢語俗語的先驅；（3）爲編纂《中國大辭典》而對古白話詞彙作了大量研究工作，積累了寶貴資料。對前兩項貢獻，已有兩篇專論予以充分肯定，一篇是許嘉璐先生的《科學研究近代俗語的先驅》（《黎錦熙先生誕生百年紀念文集》，北京師範大學出版社 1990 年版），另一篇是王鍈先生的《黎錦熙先生論近代漢語研究》（《古漢語研究》1998 年第 1 期）。前者重點評價黎先生的《漢語釋詞論文集》，後者則主要評述黎先生所確立的近代語研究的範圍和材料，方法與步驟。關於詞典編纂方面的功績，孫崇文先生在《黎錦熙先生對詞書編纂工作的貢獻》一文中也已論及（《黎錦熙先生誕生百年紀念文集》，北京師範大學出版社 1990 年版）。本文意在指出黎先生的《中國近代語研究法》除了具有重要的理論價值以外，實際上還是建立近代漢語學科、開設近代漢語課程及培養該學科研究人才的指導書，至今仍對上述幾個方面具有指導意義。

一

黎錦熙先生《中國近代語研究法》一文，最初以《中國近代語研究提議》爲題發表在 1928 年的《新晨報副刊》和 1929 年的《國語旬刊》一卷 2 期上，後又在文字上略作改動，以《中國近代語研究法》爲題發表於《河北大學周刊》1929 年第 1 期。如此反復呼籲要開展系統的近代漢語研究和教學，可見當時黎先生就已經敏銳地覺察到開展此項工作對於中國語言學事業的迫切性和重要性。文章指出：

> 從事於中國之「語言文字學」（Philology）者，其取材仍偏重上古（先秦）迄中古（隋唐），或參以現今之國語與方言，未免抹煞近代（宋元至清末約九百年間）一大段。此一大段實爲從古語到現代語之過渡時期，且爲現今標準的國語之基礎。

在「白話文運動」興起不久，無論在文學研究領域還是在語言學研究領域，文言文的勢力仍然十分強大，且學界歷來「重雅輕俗」、「貴遠賤近」，可謂影響深遠。黎先生在這種情況下，能夠衝破傳統觀念的束縛，從語言學研究和學科建設與發展的角度，明確指出了近代漢語研究的重要性和迫切性，實在難能可貴！

黎先生所定名的「近代語」，與 1948 年呂叔湘先生所採用、現今普遍通行的「近代漢語」僅一字之差，其內容實無二致。黎文實際上還首次給近代漢語作了分期。他雖明確界定「近代」爲「宋元至清末約九百年間」，但從他所列舉的近代語研究材料（唐五代宋之詞集詞選至明清白話小說）來看，這一劃分與當今比較流行的近代漢語分期是大體契合的。黎先生在倡導近代漢語研究之初即有如此精當的判斷，足見先生學識學養之深厚。

作爲現代語文教育家，黎錦熙先生不僅深知近代漢語文獻的語言學價值，亦深知近代漢語作品的文學價值及其作爲民族歷史文化遺產所具有的彌足珍貴的文化價值：

> 五代北宋之詞，金元之北曲，明清之白話小說，均係運用當時當地之活語言而創制之新文學作品。只因向來視爲文人餘事，音釋缺如，語詞句法，今多不解。近來青年讀物，既多取材於此，訓詁不明，何從欣賞？一查字書，則絕不提及；欲加注釋，則考證無從。

故宜各就專書，分別歸納，隨事旁證，得其確詁，以闡妙文，以惠
學子。

黎先生稱其爲「活語言」、「新文學作品」、「妙文」，可見對其欣賞之至。而
且爲了闡妙文惠學子他還身體力行地進行了一些開創性的研究，其成果主要收
錄在《漢語釋詞論文集》中，儘管其研究成果或有可商之處，但「古來大家，
其功首在開拓領域，指示方法，非謂其一言一字必金玉也。」[1]

二

黎錦熙作爲我國近代漢語研究的拓荒者，其功績不僅僅在於指示近代漢語
研究的範圍、材料及研究方法，也不僅僅在其篳路藍縷的實踐之作，還在於黎
先生深謀遠慮地指出了近代漢語教學和培養其專門人才的重要性和緊迫性，體
現了黎錦熙先生作爲現代語文教育家和語言學家的遠見卓識。

黎錦熙先生在《中國近代語研究法》一文中明確提出了「大學國文學系或
研究所，應特設『近代語研究』一門。（只須合此旨趣，名稱可隨宜而定）」。可
見，黎先生早已意識到建設完整的漢語學科，近代漢語階段是必不可少的。誠
如黎先生所言，近代漢語的教學與研究工作的開展不僅僅是語言學界所面臨的
任務，對普及中國優秀的古典文學作品，繼承和弘揚中國傳統文化，也同樣具
有重要的意義和深遠的影響。今天全國許多高等院校都設有培養近代漢語研究
生的專業，甚至本科階段也有開設近代漢語課程的，已培養出一大批專門人才，
倘先生有知，當會倍感欣慰。

在明確指出開設近代漢語課程的重要性的同時，黎先生還具體列出了近代
漢語教學與研究的主要內容和參考材料：

（1）佛家及儒門各語錄；（2）文集史籍及舊説部中參用語體之
諸篇；（3）唐五代宋之詞集詞選等（並詩之近語體者）；（4）金元明
清之北曲、南曲等，兼及近今之彈詞，戲詞，大鼓書等，民間歌謠
亦屬此，可上溯至唐時；（5）宋元平話五種，及明以來之白話短篇
小説集；（6）明清各家白話長篇小説（此類甚多而最重要）；（7）近
今用方言編述之書報；（8）現今創作或翻譯之國語文學作品（此類
宜注意其歐化之趨勢，以資比較而察變遷）；（9）凡古今筆記或專著，

就俗語中單詞隻字，考證其語根及音義者，廣爲搜集，用作參考。

上列諸種作品都是用歷史上各時期的鮮活口語材料寫成的，其指明了近代漢語的研究對象及其對語言研究所具有的珍貴價值，應該看作是黎先生對整理近代漢語文獻和編寫近代漢語教材的指導性意見。

三

黎錦熙先生的《中國近代語研究法》還就近代漢語教學工作的開展提出了許多寶貴的指導性建議：

（1）「近代語研究」課程不拘定式，認定上列諸書中之一種或數種，由導師指導，自行研究。（2）認定一書，即由導師定一研究方法，以考明語言爲主要目的；其選詞之標準，移錄之程序，編列之次序等，均須統一；並約略預定該書研究告竣之時期。（3）研究時遇有疑難，由導師隨時指點方法，或共同參稽調查以解決之。（4）一書研究完畢，可定名爲《某書語言研究》（或《某書詞彙》、《某書文法研究》等。隨時酌定），由導師審定，記爲成績；再由導師指導廣徵例證，窮源竟流，或多方校勘，明其真相，撰爲論文，或成專著。

可以看出，黎先生對近代漢語的教學工作早已了然於心，考慮全面而具體，教學內容安排井然有序，以此方案指導教學定能取得良好的教學效果。今天讀來仍然具有一定的指導和借鑒價值。

爲促進近代漢語的教學與研究工作，儘快取得研究成果，黎錦熙先生早在1928 年就在北京師範大學國文系開設了近代漢語課程，開始了系統的近代漢語教學與研究工作，並於 1930 年撰寫了「中國《近代語研究課程》說明」[2]。可以說，這是我國最早進行的近代漢語教學的實踐工作。張清常先生在一篇回憶黎師的文章中曾經提到，1930 到 1934 年間在北師大聆聽過黎錦熙先生的「近代語研究」課程，並深爲黎先生對近代漢語資料的熟悉程度而折服，感慨一般學者實在是難以望其項背 [3]。張清常先生後來在近代漢語研究領域卓有建樹，顯然與當年受黎先生的啓蒙和教導是分不開的。可見黎先生不僅高屋建瓴地指出近代漢語研究之於中國語言學事業的重要性和迫切性，還身體力行地投身於

近代漢語的教學實踐工作，並持續數十年，培養了一批急需的人才。

　　黎先生還從全局的高度出發，指示這一工作的開展應統籌安排，避免各自為戰，應集中全國資源，避免人力、物力的浪費，避免重複工作。同時指出：

　　　此項出版物至五十種以上時，可依某時代或某種文體合併改編為一部《近代語大辭書》。（雖則改編，原書不廢，蓋仍可為專讀某書時或研究某時代某文體者之參考也。）

　　近幾十年來全國許多高等院校每年都培養出不少近代漢語碩士、博士研究生，近代漢語研究無論在語音、詞彙、語法方面，還是在古白話文獻整理和辭書編纂方面都有大量優秀成果湧現出來，可以說我國的近代漢語研究和教學工作呈現出良好的發展態勢。但正如王鍈先生所指出的，目前「有些高校的漢語史碩士點或博士點以近代漢語為方向，但力量分散，基本上各自為戰，缺乏統一的規劃和調度，互通信息不夠，選題重複的情況難以完全避免，造成人力的浪費」。[4]黎先生當年早就指出應當避免的情況，可惜至今並沒有多少改變，這一現狀的確應該引起我們的重視和反思。

　　作為一位現代語文教育家，黎先生深知近代漢語研究是不可能依靠一兩代人就能夠畢其功於一役的，而是需要幾代人，甚至十幾代人的不懈努力才能有所成就，因此後備人才的培養就顯得尤為重要，為此，該文還諄諄教導研究生如何開展近代漢語學習，並對學習和研究近代漢語的研究生提出了具體要求，指出加入「近代語研究」之研究生，對下列之基本學科，須有特別之準備：

　　　（1）古今「文法」（Grammar）之比較的研究——「古」文法先以現尚通行之文言文法為主（姑以《馬氏文通》為代表，外如《助字辨略》，《經傳釋詞》等，亦宜涉及）。「今」文法即國語文法，其遣詞造句之異同比較，須具有充分之瞭解，然後以近代語材料為研究的對象時，孰為單字，孰為聯綿，孰為常語，孰是特徵，詞類之或同或異，句法之或省或變，方能一目了然，取捨不亂；歸納詞句，假定義釋，方能有較強確之判斷力。總之，有此準備，研究時可免去許多參差誤謬，用力又自然經濟。

　　　（2）國音字母及國語練習——現今國語即由近代語蛻嬗而成，故對於標準的國語，須有相當的練習，研究時方免隔膜。

（3）「語音學」（Phonetics）及中國聲韻沿革——須明語音學上之發音部位及其音標，則對於古今方言之審驗及標記方有把握。從周漢古音經隋唐音，而至近代語音，須作一番系統的研究。時代觀念正確，法式運用自如，則對於近代語詞，傍音尋源，易得語根；察其流變，又可爲某處方言作證。

從以上介紹不難看出，黎錦熙先生的這篇文章明確指出了開展近代漢語研究的迫切性和重要性，是我國開展近代漢語研究的倡議書。不僅如此，黎先生的這篇文章對近代漢語學科的建設、近代漢語課程的開設、近代漢語教材的編寫以及近代漢語後備人才的培養等方面也進行了系統的闡述和全面的設計，因此也是近代漢語教學和培養近代漢語後備人才的指導書。希望黎先生當年的提議能引起更多人的重視和回應，有關方面能大力推動近代漢語學科建設，同仁們加強合作早日編寫出高質量的統一教材，唯此才能更好地繼承並弘揚黎先生超前的學科理念和深邃的教育思想，使我國的語言學事業呈現出更加繁榮的景象。

值黎錦熙先生誕辰 120 週年之際，重讀先生的文章，感慨頗多，寫出上面一些粗淺體會，是爲紀念！

參考文獻

〔1〕許嘉璐，1990，《科學研究近代俗語的先驅》，《黎錦熙先生誕生百年紀念文集》，北京師範大學出版社，47 頁。

〔2〕黎澤渝等，1996，《黎錦熙語文教育論著選》，人民教育出版社，628 頁。

〔3〕張清常，1990，《憶黎錦熙老師》，《黎錦熙先生誕生百年紀念文集》，北京師範大學出版社，149 頁。

〔4〕王鍈，2004，《近代漢語詞彙語法散論》，商務印書館，6 頁。

（原載《武陵學刊》2011 年第 4 期，又收入《黎錦熙誕辰一百二十週年紀念文集》，中華書局，2011 年，與于立昌合作）

《宋金元明清曲辭通釋》簡評

　　王學奇先生是治戲曲語言的著名專家。早在上世紀 90 年代，他和夫人王靜竹先生所著《元曲釋詞》就因收詞量大、徵引宏富、訓釋精當而被譽爲元曲詞語研究的「集大成之作」[1]。後來陸續完成《關漢卿全集校注》和《元曲選校注》，亦產生較大影響。自 1991 年到 1998 年，作者又用 8 年時間，「夜以繼日，手不停揮，反復推敲，嘔心瀝血」[2]，在前著基礎上更爲廣泛地搜集資料，深入發掘，精心結撰，著成一部 350 餘萬字的《宋金元明清曲辭通釋》（下簡稱《通釋》）[3]。煌煌巨著，洋洋大觀，一時實難窺其涯涘。此處謹記下一些讀後感，不當之處尚恭請王先生夫婦及方家指正。

一

　　首先，我們從書名就可以清楚地看出《通釋》的一大特色：以歷代戲曲作品爲對象，對該種體裁的主要作品的幾乎所有重要詞語作了全面系統的研究，這在戲曲語言研究史上還是第一次。就曲辭研究的歷史來看，「掇拾單辭碎語，施以解釋」的，明清以來雖不乏其人，但「自來解釋，未有專書」[4]。直至上世紀 40 年代末才有徐嘉瑞的《金元戲曲方言考》問世。此後又有張相《詩詞曲語辭彙釋》、朱居易《元劇俗語方言例釋》、陸澹安《戲曲詞語彙釋》等專著出版。徐嘉瑞之書雖有開創之功，但篇幅畢竟有限，解釋亦太過簡單；張相之書「曲以金元人爲中心，元以後次之」[4]，明清戲曲几未涉及；朱居易與陸澹安

兩書儘管各具特色，然可商者亦多。其他一些專家如吳梅、王季思、王鍈等治曲辭也有很高成就，還有許多散見的釋詞文章，都豐富了戲曲語言研究成果，但終非鴻篇巨製。因此對《通釋》這樣一部貫通全部戲曲史，收詞達一萬多條，並爲之「付出了難以估量的艱巨的勞動」[2]的傳世精品，稱其成就具有劃時代的里程碑意義當不爲過。

二

《通釋》是科學語言學理論指導的產物，表現在它對語言學方法的高度自覺和創造性實踐上。王學奇先生早在上世紀 80 年代就對釋詞方法進行了深入思考和總結，發表了諸如《目前元曲語言研究中存在的問題》[5]、《論如何探索元曲的詞義》[6]等專文，既注意繼承傳統的方法，又進行了多方面的創新。主要表現在：

縱橫結合，上下求索

蔣禮鴻先生曾說：「研究古代語言，我以爲應該從縱橫兩方面做起。所謂橫的方面是研究一代的語言……所謂縱的方面，就是聯繫起各個時代的語言來看它們的繼承、發展和異同。」[7] 王學奇先生更是把縱橫結合作爲一種釋詞方法提出來。他在《目前元曲語言研究中存在的問題》中說：考釋曲辭「如果不從橫的方面廣爲引證，只從縱的方面結合歷史、古俗去闡明，就往往知其『當然』，而不知其『所以然』，或者只知其一不知其二，或者望文生訓，脫離內容，甚至對某些詞義無辦法解釋，只好高高掛起。」[5]《通釋·敘例》又進一步總結說：「由於各種文體所使用的語言息息相關，又由於有些詞語源遠流長，在釋義時徵引資料不僅有必要旁及話本小說、筆記雜著等，尤其要注意上下求索，故自周秦兩漢以來的群經、諸子、騷賦、駢文、變文、詩詞、書劄、奏議等有關著述以及二十四史、《資治通鑑》等史書，都在參考、引證之列，務期從橫的方面瞭解語言的相互影響，從縱的方面瞭解語言的發展變化的過程，才能理解社會意識形態在語言上的反映，從而求得詞語含義的確解。」這裡既有方法問題也有材料問題。作者的主張是考證時盡可能地佔有一切有參考價值的材料，這就大大突破了「以詩證詩、詞證詞、曲證曲或彼此互證」的局限。這一點，《通釋》無論在理論上還是實踐上，都實現了對前人的超越。

以音統形，就音析義

「因聲求義」的訓詁方法在中國語言學史上有著極其重要的意義。清代小學家們利用它解決了經傳中的大量疑難問題，取得了卓越的成就。王學奇先生在《論如何探索元曲的詞義》一文中就已充分論述了「因聲求義」在探索元曲詞義中的巨大價值。《通釋》更從近代漢語中存在大量異形詞的基本事實出發，「根據聲韻學原理，把許多奇形異狀的詞目以音統領起來，就音析義」，解決了大量異形詞的詞義問題。只要隨手翻開該書，就會看到在相當多的詞目後都有附目，這些大多是作者從歷代曲作中發掘出來的異形詞，少的一個，多的四五個，八九個，甚至十餘個也是很常見的，如「醃臢」條共收 19 種詞形，「大古」條達 20 種，「生各支」條更多達 36 種。彙集如此多的異形詞；在詞義認識上的意義是不言而喻的。例如「打交」一詞，《通釋》只收清•孫塽《錫六環》十九〔二犯五供養〕；「（生：）少不得吃齋去，且到裏面閒談罷了。（丑、末：）打交了呢。（生：）怎說那話？」僅據此自然不易得知其確切的含義。但如果據音找到它的異形詞「打攪」，這個問題即迎刃而解了。《通釋》指出「『攪』一作『交』，音近借用」，「猶『打擾』」[3] 234。以此驗之於《錫六環》例，與句意十分契合。再如「攧窨」條，共列十二種詞形，除「攧窨」外，還有攧暗、攧箸、攧屑、嚫窨、顛窨、顛瘖、跌窨、鐵窨、恁疊、恁底等。《通釋》述及近人姚華《錄猗室曲話》卷三對此雖已注意卻未能作出正確解釋：「至於此曲，或云攧窨，或云疊窨，而攧字與跌同，恐跌字訛而爲疊字，然攧字俗師不甚能識，因而訛爲顛字。」而後糾正此說道：「實則，此乃當時流行的熟語，有音而無定字。攧、顛、嚫、跌、疊、鐵、底與窨、暗、噷、瘖、箸、恁、屑等，都是以音形相同或相近而隨意混用故也。」這正是作者自覺地「以音統形，就音析義」的明證。特別是該條中把「恁疊」、「恁底」兩形歸爲「攧窨」條，實出人意外。「恁底」一詞，宋以來習用，有「如此」、「怎麼」等義，「恁疊」是其異寫。但若以「如此」「怎麼」義代入《通釋》所舉例句，如《拜月亭》三〔笑和尚〕：「薄設設衾共枕空舒設，冷清清不恁疊」和盧摯小令《折掛令•詠別》：「空恁底狐疑笑要，劣心腸作弄難拿」卻不甚愜當，若以「攧窨」的詞義「頓足而怨」釋之，則怡然理順。由此，我們才知「恁疊」、「恁底」還是「攧窨」的異形詞，只不過倒用其字而已。

除上述兩種方法,《通釋》還使用了參證方言、參照古注、破解語法、利用校勘、推求語源等方法,「根據不同性質的用語,分別使用各種適當的解詞法」。例如參證方言就是普遍和經常使用的一種方法。作者對此法的提倡也早至《目前元曲語言研究中存在的問題》一文。《通釋·敘例》又強調指出:「從社會方言調查中,尋找活的語言資料,擴大取證的範圍,也是本書重視的方法之一。」例如對「八刀」、「扒推」、「白相」、「把勢」、「不待見」、「淪敦」等數量眾多的詞語都參證各地方言,爲正確地破解其意義提供了可靠的支持。

三

從語言史的高度進行曲辭研究是《通釋》能夠取得突出成就的重要原因之一。這主要體現在重視詞語的溯源達變和歷時替換等方面。

1. 溯　源

詞語的來源是傳統詞源學和當代語義學都十分關心的問題,主要包括兩個方面,一是最早用例,一是詞義理據。王學奇先生《關於元曲語詞的溯源問題》一文,論述了元曲詞語溯源的重要意義、存在的問題、面臨的困難及克服困難的方法,爲元曲詞語的溯源工作提供了理論指導 [6]。《通釋》作者非常重視曲辭最早或較早用例的搜求和對詞義理據的探究。例如「一垜」條:「垜,用作量詞,唐代已見,如唐·段成式《酉陽雜俎》前集卷十:『官金中螻頂金最上,六兩爲一垜。』」[3] 1283 查《漢語大詞典》(下簡稱《大詞典》)「一垜」條,所收最早例證出自王實甫《西廂記》,遲 300 年以上;又「垜」的義項④「量詞」,所列最早例證出自《二刻拍案驚奇》,更滯後 700 多年。它如「盤纏」條,清·翟灝《通俗編·貨財》認爲元以前未見。《大詞典》所舉最早用例出自宋金作品。《通釋》則舉敦煌變文《韓擒虎話本》等例證,指出此詞早見於唐五代 [3] 799。再如「籔新」條,《辭海》及《大詞典》均謂出於五代前蜀·花蕊夫人《宮詞》之六「廚盤進食籔時新」語。《通釋》指出「實則南朝宋·劉義慶《世說新語·賞譽》:『謝震西道:敬仁文學鏃鏃,無能不新。』……按:鏃、籔字通,『籔新』之用,當以此爲本。」[3] 204 這就找到了它的本源。

《通釋》對詞義理據的探求,也有很多精微獨到之處。如「麻線道」一詞,義爲「迷信說法,謂陰司路,亦即黃泉路。」[3] 707《大詞典》解其理據爲:「舊

時服喪，孝子穿麻衣，故稱。」依此，則「線」字無著落。而《通釋》從民俗出發，認爲：「稱陰司路爲麻線道者，蓋取義於舊俗：人死後，其親屬將一長長的麻繩拴在死者手指上，拉著麻繩往土地廟去『報廟』，邊走邊喊著死者的名字：『××往西天走啊』。所以人們將去西天、陰司的路呼爲『麻線道』。」此爲一語中的之論，「麻衣」云云顯係穿鑿。

2. 達　變

考察詞彙發展演變的歷史更是漢語詞彙史的應有之義。《通釋》「把歷代戲曲詞語作爲一個整體來審視，避免斷代的局限，從歷史發展的角度縱觀語言的演進變化，既可以揭示語言的發展規律，亦有助於編寫近代戲曲發展史的思考」〔2〕。除曲辭材料，本書還從大量古籍中發掘出新鮮的語料，以清晰反映詞彙發展的歷史。這主要表現在兩個方面：

首先，細緻考察詞義的歷史變化。同一個詞語，在歷史進程中，從本義到引申義、假借義等等，詞義不斷發展。《通釋》很注意勾勒這種發展的軌跡。如「賣弄」條，先釋其在曲辭中爲「顯示，炫耀」義，緊接著細析其詞義的演變：「此源遠流長，直到現在口語中還在用。清·趙翼《陔餘叢考》卷四三『賣弄』條：『近代俗語賣弄二字，專指誇耀之意。六朝以前，則謂招權攬勢也。《後漢書·靈帝紀》注：「閔貢屬聲責張讓等賣弄國恩。」《朱浮傳》：「浮坐賣弄國恩免。」又《楊震傳》：「震疏言，親近幸臣，賣弄威福。」《南史》：齊高帝時，竟陵王子良啓，以范雲爲郡。齊主曰：「聞其恒相賣弄，朕不復窮法，當宥之以遠。」』宋·王明清《揮麈餘錄》卷二：『既姚觀察賣弄他人馬整齊，我做得尤穩也。』《水滸傳》第十六回：『老都管道：「四川、兩廣也曾去來，不曾見你這般賣弄！」』《紅樓夢》第十三回：『那鳳姐素喜攬事，好賣弄能幹。』於此可見『賣弄』詞義的演變。」〔3〕712再如「合笙」一詞，又作「合生」，其詞雖一，但隨著時代的變化，實指不同：「……唐代的『合生』以歌詠爲主，蹈舞爲輔，與宋代的『合生』，名同實異。唐代的『合生』到了宋代，一變而爲『唱題目』，而把它原有的名稱，讓位給新興的說話技藝。」〔3〕456這些對詞義演變的考察不僅有助於漢語詞彙史研究，而且對文化史研究亦有重要的參考價值。

其次，關注一些詞語的歷時替換。可以說這是《通釋》作者的一大創新。

漢語詞彙史研究相對於語法史、語音史的研究都要落後，而集中在反映常用詞語歷時替換過程和規律的欠缺。王力、蔣紹愚、張永言諸先生都曾一再強調此項研究的重要性。現在已有汪維輝、李宗江等新銳學者加入這項研究，但總的成果仍不夠多。而王學奇教授作為八十多歲的前輩專家仍很關注一些前沿性課題，並在《通釋》這樣一部解說疑難詞語的訓詁著作中，首次加入詞語替換研究的內容，而且結論每每精當，這不能不讓人讚歎他的學術眼光和創新精神。作者在《〈宋金元明清曲辭通釋〉概述》一文中，集中舉了「祝付→囑付」、「遺漏→失火」、「彈→蛋」這三組替換的實例，且對其規律進行了初步總結：「通過以上各例，可以看出它們都有個過渡階段。其過程或長或短，過渡形式或同或異，但必須承認這個客觀事實。一下子由此到彼是根本不可能的。」這裡，我們不妨再舉一例：「拚」字條〔3〕799考察了「判→拚」的歷時替換：「張相在《詩詞曲語辭彙釋》卷五中說：『自宋以後多用棄字或拚字，而唐人則多用判字。』這種大致的劃分，是符合實際的。……元以後上承唐、宋，判、拚、棄並用不廢，如上舉各曲例是也。（……可見詞語的繼承和發展，要經歷若干世紀，也並不都像張相所說，一經改朝換代，詞語即隨之改變。）」我們知道，現代漢語只用「拚」表示「豁出去，不顧一切」的意思。如果沿著《通釋》的線索繼續探討，便可以較準確地描寫其替換的歷史過程。引入詞語替換研究對於詞彙史研究的意義，由此可見一斑。

四

　　《通釋》不僅在理論和方法上多有建樹，而且在收詞、釋義、引證等具體實踐上也都富有特色。

1. 收　詞

　　從數量上看，包括主附詞目在內，《通釋》共收詞語萬餘條，是《元曲釋詞》的兩倍。再從範圍和類型上看，「重點收錄鄉談土語、江湖行話、隱語俗談以及戲曲術語、少數民族語等；有關風俗習慣、典章制度用語以及虛詞、象聲詞、形容詞等，均在收錄之列」。需要疏解的詞語大都收羅在內，真正可以使讀曲「變成一件愉快的事情」，讀曲者「無須蹙眉苦思」了〔8〕。

　　這裡特別值得提出的，一是書中收釋少數民族語等外來語約 170 條，涉

及的語種有梵語、蒙古語、女眞語、匈奴語、契丹語等等。因爲這些詞語一般不能從漢語內部求解，極易誤釋，所以對它們的準確解釋，不僅對閱讀理解含有這些詞語的文字有幫助，而且對於瞭解語言及文化之間的相互影響也很有幫助。二是收釋了大量不見於他書的詞條。該書《跋》云：「就詞目而言，不見於他書的，應有數百條，約占全部的百分之八。」我們對所有首字爲「一」的詞目做了統計，共計 219 個，其中《大詞典》當收未收者就有 103 個。這樣大量地發掘詞語，無論是對辭書編纂，還是對近代漢語研究，都是極有價值的工作。

2. 釋　義

由於資料全面、方法科學、思維縝密，作者每下斷語，多精當而全面。如「剪綹」，《大詞典》僅釋爲「謂偷竊錢物」，未能顧及詞義特徵；《通釋》則釋爲：「剪破其繫物之條帶或衣袋，以盜取財物」〔3〕543，方覺完滿。似此者，比比皆是，可謂勝義迭出。

本著實事求是的科學態度，《通釋》往往直接指出前人的誤說。例如「一布地」條匡正龍潛庵《宋元語言詞典》及《大詞典》之誤，「潑天」條對王季思等人的注提出商榷意見，「強風情」條權衡王季思和吳曉玲注後指出吳注之不妥等等。其中對《大詞典》的誤釋，糾正尤多。

釋義方面，善於發掘未見載錄的詞義，更是《通釋》力圖創新的表現。若把這些新義集中起來，亦相當可觀。如「可」條，收 26 義，其中 13 個義項不見於《大詞典》，11 個義項不見於《漢語大字典》。

3. 引　例

首先是增加了大量宋金、明清曲辭材料。以「醃臢」爲例，該條引元曲 11 例，引其他時代曲辭 16 例。其次是書證極爲廣博。不計單篇詩文，僅引各類著作即達 400 餘種。仍以上詞爲例，比《元曲釋詞》新增的書證即有《宛署雜記》和《醒世恒言》、《警世通言》、《水滸傳》、《說唐》、《老殘遊記》等小說、筆記材料。就全書看，對古白話小說、筆記文、地方志和俗語辭書等材料都作了比較充分的挖掘，可以說爲讀者提供了一個巨大的近代漢語資料寶庫。

此外還有很多優點，如全書體例謹嚴，出條引例時見版本校勘功力，對虛詞注意闡發各種語法功能等等，並可稱道，茲不一一細述。

五

智者千慮，亦難免有所疏失。即如《通釋》這樣精益求精之作，仍不無可商之處。下面僅舉數端，以供著者參酌：

1. 關於附目

（1）收例欠當。例如「走衰」條，以「走滾」、「滾走」作為附目。後者引例為明・無名氏小令《南呂・紅衲襖》：「誰承望你心腸多滾走，我一似癡貓兒空自守。」[3]1452 明清時「走滾」一詞習用。實際並無「滾走」這樣一個固定的詞語，只是為押韻而臨時倒用的，故不宜作為倒序詞列入附目。

（2）詞形不全。《通釋》雖然收集了大量的異形詞，但正如《〈通釋〉概述》一文中所說的：「即使如此，也不可能說是一網打盡了。」例如：「一留兀剌」條共收錄「一溜兀剌」、「伊哩烏蘆」等九種寫法[3]1299，尚遺漏「一六兀剌」寫法（見元・無名氏《端正好・朔風寒同雲密》曲：「我見他一六兀剌地說，他那裡阿來不來的唱一直。」又《端正好・我常在地曹行》曲：「我見他一六兀剌的舌頭念了些吸喉糊定的咒。」又《雍熙樂府》卷七《哨遍・大打圍》：「打番語一六兀剌。」）再如「抹鄰」（義為「馬」）[3]749 收了「母鱗」、「母驎」等寫法，尚缺少「牧林」形體（見《雍熙樂府》）卷七《哨遍・大打圍》：「將牧林即快搶，擦帽兒連忙答，安排飲宴在山坡下。」）它如「大古」[3]243 尚寫作「大剛」，「哈喇」[3]441 尚有「哈喇兒」、「答喇」等寫法，不復俱引。

2. 關於釋義

（1）釋義不確。釋義精當是《通釋》的一大特點，但有個別詞語尚不能說已得確詁。例如將「吹木屑」釋為「帶個頭」[3]195，實際是「沾光」之意。試舉兩個《通釋》所引的例證來分析：①明・周朝俊《紅梅記》二一白：「這些朋友央及小弟做個頭兒，小弟又不指望，就吹個木屑兒……。」②明・陸人龍《型世言》十一回：「飲酒宿娼，提學也管不著，就是不去的也不曾見賞德行，今日便帶挈我吹一個木屑罷！」例①明明說小弟不指望「做個頭兒」，僅僅吹個木屑而已，可知「吹木屑」與「做個頭兒」在意義上是相對而非相同的。例②是讓別人「帶挈」去吹木屑，可證吹木屑者亦絕非帶頭的人。釋為「沾光」，方才通暢。又如釋「撒沁」為「尋開心，奚落之意，亦曰打俏皮」[3]926，亦不夠確當，詳拙作《「紅娘撒沁」解》[9]。

（2）義項不全。「學」，《通釋》列有「說，談」、「似」、「比」、「模仿、效法」四個義項[3] 1231。此外，還有「轉述」，「學舌」（搬弄是非）義。例如：《劉知遠諸宮調》第三：「四叔，你也休見罪。凡百事息言，莫學與洪信、洪義！」此句是說不要到洪信、洪義面前去學舌。又《古今小說》卷十：「倪善述聽到那裡，便回家學與母親知道，如此如此，這般這般。」「學與母親知道」，即轉述給母親知道。又如「鬼胡由」當有「鬼心腸」義，例見曾瑞《紅繡鞋》曲。

（3）順序顛倒。即以上舉「學」的四個義項而言，義項（四）「模仿、效法」應當移至義項（二）「像；似」之前。因爲（二）是從（四）虛化而來的。義項（四）的書證也比義項（二）的早很多。又如「一地裏」的兩個義項（（一）謂一味的、一派的；（二）謂到處）也應當顛倒過來。因爲（二）是本義；（一）是引申義[3] 1275。《通釋》許多義項的排列順序都存在類似的問題，修訂時應當加以調整。

參考文獻

〔1〕郭在貽，1988，《訓詁學》，第九章「二　俗語詞研究的歷史與現狀」，158-163 頁，湖南人民出版社。

〔2〕王學奇等，2003，《〈宋金元明清曲辭通釋〉概述》，《辭書研究》第 2 期，141 頁。

〔3〕王學奇等，2002，《宋金元明清曲辭通釋》，語文出版社。

〔4〕張相，1979，《詩詞曲語辭彙釋·敘言》，1 頁，中華書局重印本。

〔5〕王學奇，1982，《目前元曲語言研究中存在的問題》，《河北師範學院學報》第 2 期，8 頁。

〔6〕王學奇，1987，《論如何探索元曲的詞義》，《河北師範學院學報》第 4 期，73 頁。

〔7〕蔣禮鴻，1988，《敦煌變文字義通釋·序目》，上海古籍出版社。

〔8〕徐嘉瑞，1948，《金元戲曲方言考·趙序》，商務印書館。

〔9〕李申，1984，《「紅娘撒沁」解》，《語文研究》第 1 期，48 頁。

（原載《東南大學學報》2006 年第 3 期）

《明清吳語詞典》訂補

　　我國明清時期，出現了豐富的用吳語所寫或帶有吳語色彩的作品。要閱讀、研究和整理這批文獻，首先要熟悉其語言。石汝傑、宮田一郎主編的《明清吳語詞典》（2005，以下簡稱《詞典》）「廣泛收羅明清時代到民國初年的書面文獻中出現的吳語地區的方言口語詞語，盡可能較全面地反映出明代到清末的吳語詞彙的面貌，努力整理出詞彙發展變化的脈絡」（見《詞典》前言），不僅構築了一個比較完備的吳語歷史詞庫，而且作爲一部斷代方言詞典，還做到了收詞宏富、釋義準確、體例統一、檢索方便，使學術性與實用性得到了很好的結合。這不僅爲明清吳語作品的研讀整理提供了極大的方便，同時也爲漢語方言、近代漢語研究和辭書編纂提供了可資參照的重要成果。

　　《詞典》的成就體現於諸多方面。首先從詞語釋義看，一大批疑難詞語得到確解。如「㩧㩧」（394頁），形容「小氣，吝嗇，斤斤計較」，舉乾隆《崇明縣志》和光緒《寶山縣志》爲證。又如「墨屎蟹」（441頁），義爲「捉迷藏」，引《吳下方言考》所載「今吳中小兒共戲，其勝者以帕蒙負者之眼，而令之滿室無聲闇尋，俟獲得一人，方許相貸，謂之『墨屎蟹』（原注：墨屎，音木斯）」爲據。皆言之有據，無庸置疑。吳語有些詞語，看似字面普通實則意義迥別。如「姐的」（321頁）是代詞「怎麼；什麼」，而非「姐姐的」；「替」（597頁）有「和，同，對」的用法，而非「代替」之義；「幢」（764頁）是「計算房子、

箱櫥等的單位」，並指出「上下一套爲一幢，與現代常用的（棟）不同」。這些
詞語，如不加詮釋，都極易產生誤解。有了《詞典》，即使不懂吳語，也可以不
再將研讀吳語作品視爲畏途。

其次從義項設立看，由於很大一部分詞語都是多義的，所以義項是否完備、
分列是否得當，也是評價一部詞典的重要內容和標準，而《詞典》歸納義項的
工作十分細緻，也相對更爲全面。例如「無啥」一詞，《簡明吳方言詞典》和《吳
方言詞典》僅釋二義：①「沒有什麼」，②「不壞，好」，而《詞典》該條（639
頁）列有：「①沒什麼。②表較強的否定；有時有不滿或奇怪的意味。③沒有問
題；不錯，好。④無所謂；（也）可以」等 4 個義項。又如「頭」條，前兩部詞
典只列「用在『二』、『兩』等數詞前，表示約數」和「用在『年』、『天』前，
表示時間在先的」二義，《詞典》該條（608 頁）則列有 11 個義項，除指出有
名詞、量詞和助詞的意義或用法外，還詳細說明其作詞綴的各種作用，例如可
以「加在數量詞後，表示這個數量是一個單位或整體」（「十兩頭」、「半斤頭」）；
也可以「表數字的順序」（「頭一」），等等。他如「來浪」（366 頁）列有 12 種
用法，「來」（364 頁）更多達 17 種用法，眞給人以毫髮畢現、目不暇接之感。
這一部分尤見編者思維之細密，功力之深厚。

最後再從詞形收錄看，《詞典》因「注意保留方言詞彙多同音異形的特徵」
（見《凡例》），因而能盡力去搜羅一個詞的各種寫法。如此，不僅可以充分反
映方言詞語往往音無定字的特點，而且也爲字音、字形和詞彙的研究保存了各
種有用的資料和信息。例如《詞典》收錄了吳語關於書呆子的各種說法：「鵝頭」、
「書鵝」、「書訛頭」、「書踱頭」、「書毒頭」、「書磕子」、「書渴子」。這一組詞中，
有的是同義詞關係，有的是同詞異形關係，有的是音節上的不同，有的是構詞
上的差異，以及它們產生的時間和使用的環境等等，都很值得探討。類似情況，
書中比比皆是，可見吳語詞彙的豐富和富於變化。

當然，《詞典》可稱道之處並不止上述三個方面，但僅就以上所及也足以顯
示這部詞典的質量和價值。

然而百密難免一疏。《詞典》在收詞、釋義等方面也不無可商之處。

首先是一些詞語漏收。以《綴白裘》爲例，以下一些詞語即可收錄：

1. **摳巴** 四編《琵琶記・廊會》：「咳，說那裡話，但得他似你能摳巴，我

情願讓他，居他下。」「搉巴」義爲「把持」、「擺佈」。

2. **野筥** 七編《金雀記·喬醋》:「再弗曉得怕家婆個風氣直頭野筥拉哈。」「野筥」不知何義。《詞典》收「筥」，釋爲「盛鮮魚的圓形淺口平底竹籃」，意義似與上例不合。

3. **俌俏** 十編《琵琶記·拐兒》:「遮莫你怎生俌俏，也落在我圈套。」「俌俏」實即「波俏」，義爲「聰明伶俐」。

4. **老官板** 附錄《梆子腔·殺貨郎》:「(貼) 銀子少嚇。(付) 有嚇。到明朝再找你一弔錢，老官板沒雜邊，十足串白銅錢。」「官板」指銅錢。「老官板」猶言成色好的舊錢，以別於新鑄之成色差者。宋代官鑄銅錢每板六十四文。清·范寅《越諺》:「板板六十四，鑄錢之定例也。」故有「官板」之稱。

出自其他吳語文獻應當收錄的詞語如:

5. **拐子** 《海上花列傳》29 回:「耐一個姑娘家，勿曾出歇門，到上海撥來拐子再拐得去仔來，那價呢？」「拐子」，又作「拐兒」(見《綴白裘》)，閔家驥等《簡明吳方言詞典》收錄，釋爲「拐騙人口或錢財的人」。

6. **彈斤估兩** 《古今小說·蔣興哥重會珍珠衫》:「故意走出屋檐，件件的翻復認看，言眞道假、彈斤估兩的在日光中炟耀。」「彈」，在天平上稱重量。《漢語大詞典》第 4 卷收錄該詞語，釋作「形容掂量輕重」。

7. **打野雞** 《海上花列傳》10 回:「俚乃自家去打個野雞。」《二十年目睹之怪現狀》3 回:「去嫖流娼，就叫打野雞。」吳連生等《吳方言詞典》、閔家驥等《簡明吳方言詞典》均收釋。《詞典》雖有「野雞」條，但「打野雞」是吳語中較典型的習用語，仍當出條。

8. **掩哄** 《初刻拍案驚奇》卷二:「看這自由自在的模樣，除非去做娼妓，倚門賣俏，掩哄子弟，方得這樣快活象意。」「掩哄」猶言「哄騙」。「掩」有「遮蔽、藏匿」義，引申而有「欺瞞、欺騙」義。

9. **打補** 胡祖德《滬諺外編·十二月野花歌》:「三月裏草頭花開滿田青，各家打補做清明。」吳連生等《吳方言詞典》中收錄，釋作「準備」。

10. **上色** 《山歌》(78 頁):「捉個百藥箭上色，教我吃子多少鳥皂泥筋。」

「上色」即染色，今吳語中仍用，見翁壽元《〈山歌〉方言詞語彙釋》。

11. **獨坐、打獨坐**　《型世言》11 回：「姜舉人道：『陸仲含，好個素性懶入花叢，卻日日假拜客名頭去打獨坐！』」又 17 回：「趙書手道：『似你這獨坐，沒人服事相陪，不若討了個兩頭大吧。』」此二詞謂人獨自到某處吃飯、喝酒等，或者謂人獨自生活，無人作伴。王鍈等《〈型世言〉評注》釋爲「獨自一人到妓院遊逛」，似不盡然。《天湊巧》3 回：「常日在一個佟老實冷酒店裏打獨坐吃，閒話中與佟老實婆子說起娶老小的事來。」此例謂人在酒店裏獨自吃酒，與上引第二例均非指逛妓院。

以上僅舉 11 例，如仔細梳理有關文獻，此類詞語尚復不少。我們知道，詞條收錄是一件十分繁難的工作，任何一部辭書都做不到將該收的詞語搜羅殆盡。這裡無意苛求編者，只是希望：一些重要的常用的詞語盡量不要被遺漏，如上所舉之「拐子」、「打野雞」；一些疑難詞語盡量收釋以資查考，如「摳巴」、「彈斤估兩」、「俏俏」等。即使一些詞語可能一時難得確解，如上舉之「野筅」，也可出條，或將之集中附於書後，作爲「待質錄」處理。

其次是有些詞語釋義仍可商酌。試舉數例如下：

1. 《詞典》692 頁「眼錯」條：〈動〉看錯（時）；不注意（時）。□這邊董美英正與匡胤、鄭恩交戰，眼錯之間，不見了黑漢。（飛龍全傳 10 回）湘子趁他兩個眼錯，依然變做先前模樣，坐著不動。（韓湘子全傳 9 回）那阿大趔趄著腳兒，乘個眼錯，溜出外間，跑下樓去。（海上花列傳 12 回）又作「眼挫」。□陸押司奉了縣主相公之命，緊緊幫著同走。一個眼挫，忽然不見了先生。（新平妖傳 17 回）那知張煊換了肚腸，放出辣手，起落之間，眼挫裏換下一付藥色。（醋葫蘆 11 回）又作「眼踳」。□倘然一個眼踳女兒死了時節，空負不義之名，反作一場笑話。（醒世恒言 9 卷）

按：「眼錯」，又作「錯眼」，即轉眼、眨眼。「錯」本字當爲「趑」。《說文》：「趑，走意。」段注：「今京師人謂日昳爲晌午趑。」「晌午趑」，《金瓶梅詞話》34 回、《聊齋俚曲集》中均作「晌午錯」，謂太陽向西移動，時間已過正午。滬諺亦有「清瀉無藥醫，餓到日趑西」語。故「眼錯」實即「眼趑」，謂轉眼、眨眼。王梵志《自生還自死》詩：「自生還自死，煞活非關我。續續生出來，世間無處坐。若不急抽卻，眼錯塞天破。」（斯五六四一）末句意爲人滿爲患，如不

趕快死掉一批，轉眼間就要把天塞破了。《詞典》所引《新平妖傳》「一個眼挫」猶言一眨眼之間。形容時間非常短暫，動作極爲迅速。「眼錯」引申又有「不注意、沒看見」之義。《詞典》所引《醋葫蘆》「眼挫裏」即「不注意時」。趁人不注意、沒看見，古白話中多說「趕眼錯」、「趁眼錯」。又引申而有「閃失」義，如《詞典》所引最末一例「倘然一個眼踤」，猶言「假如有一個閃失」。《詞典》釋「眼錯」爲「看錯」，將「錯（趑）」當作錯誤的「錯」，誤。從所收詞形看，「眼錯」又寫作「眼挫」、「眼踤」，可知「錯」、「挫」、「踤」都是「趑」的記音用字，而與其字義無關，亦可證明「錯」非「錯誤」義。《詞典》所引 6 條書證，有的是用「轉眼、眨眼」義，有的是用「不注意、沒看見」或「閃失」的引申義，故應按義項分列，不當混在一起。

2. 《詞典》69 頁「眼同」條：〈動〉在旁監視；陪著同行。□李吉便死了，我四人見在，眼同將一兩二錢銀子買你的畫眉。你今推卻何人？（古今小說 26 卷）李大郎自思留此無益，不若逐回，庶免辱門敗戶。遂喚原媒眼同，將婦罄身趕回。（警世通言 38 卷）當請族中眼同分析，田地房產之外，黃白寶貝，緞匹玉器，不下十萬，一一查盤，叫甘儒領去。（生綃剪 4 回）

按：「眼同」是「眼睛一同看著」的省縮，猶言「親眼看著」、「當著面」。發生某事時有人「眼同」或處理某事時有意讓人「眼同」，是爲了表示有人在旁看著，可以作證之意。並非強調「監督」，更非一定要求「同行」。《詞典》上引 3 例即均與「陪著同行」無涉。

3. 《詞典》618 頁「脫空」條：⑥〈動〉吹牛，撒謊。□你貝州人好不信事，只道媳婦脫空騙你三文錢！（三遂平妖傳 13 回）近日來街坊上做媒的婆子，甚是利害，沒有一個不會脫空說謊。（鼓掌絕塵 25 回）。

按：「脫空」義爲「欺騙、哄騙」。或單用「脫」，如：《杜騙新書·假馬脫緞》：「府尹曰：『此眞是棍了，欲脫你緞，故託買馬，以陳慶爲質，以他人之馬，賺你之緞，是假道滅虢術也。此你白遭騙，何可罪慶？』」又《道士船中換金》：「京城中有好金，若有棍能脫我者，亦服他好手段。」二例中「脫」皆「騙」義，其本字爲「詑」。《說文·言部》：「詑，沇州謂欺曰詑。」《張協狀元》30 齣：「貧女曰：『怕它兩行眞個淚，一片脫空心。』」「脫空心」即騙人之心。《琵琶記·拐兒脫騙》：「自家脫空行徑，掏摸生涯。」題目之「脫騙」乃同義連文。

「脫空行徑」猶言騙人的勾當。《原本老乞大》：「常言道：『老實常在，脫空常敗』。」言人老實才能長久，欺騙勢必敗露。《詞典》上引第一例，「脫空」與「騙」亦同義連文。第二例「脫空說謊」猶言撒謊騙人。又，《詞典》619 頁「脫騙」條：「〈動〉同『脫空』。欺騙。」所釋不誤。「同『脫空』」，說明「脫空」、「脫騙」二詞同義。但《詞典》「脫空」條所列七個義項，僅義項⑥釋「吹牛，撒謊」，義項⑦釋「沒有依據（的），憑空捏造（的）（事或話）」，並未列「欺騙」義項。儘管「欺騙」與「撒謊」、「捏造」有著密切的關係，但並不能完全等同和代替。所以「脫騙」條所釋「同『脫空』。欺騙」，便失去憑依，使人不知應該對應「脫空」條七個義項中的哪一個義項。

4. 《詞典》694 頁「眼拳」條：〈名〉瞪一眼的動作，像打一拳。□我看見渠弗見介惹氣，釘子渠兩個眼拳。（山歌 8 卷）

按：釋語有兩個問題：（1）只是說明「眼拳」的得義之由，而非解釋其詞義。（2）「瞪一眼的動作」應為動詞，與所標注的詞性不符。「眼拳」又作「眼睛拳」，《吳方言詞典》引《山歌·姐兒生得》「姐兒生得俊俏又尖酸，郎去料渠吃渠釘子個眼睛拳」之例釋為「白眼」，可參。

最後，還有義例不合、詞形不全、參見條與主條失去照應等方面的一些問題，下面僅分別各舉一例，並提出訂補意見。

1. 義例不合之例

《詞典》269 頁「花心」條：①〈名〉花蕊，也比喻女陰深處。□貪花費盡採花心，身損精神德損陰。勸汝遇花休浪採，佛門第一戒邪淫。（醒世恒言 28 卷）

按：「貪花費盡採花心」句，意為因貪戀女色而費盡「採花」的心思。故下文才有「遇花休浪採」的勸誡語。可知「採花心」是偏正結構（採花／心），而非動賓結構（採／花心）。如果「花心」是「採」的賓語，則「費盡」與「採／花心」搭配語句不辭。另外還有一些條目詞性標注與書證不合的問題，詳見蕭嵐、田照軍《評〈明清吳語詞典〉》一文。

2. 詞形不全之例

《詞典》8 頁「挨順」條：〈副〉依照順序。

按：「挨順」又作「捱順」。如《綴白裘》十一編《月城》：「（淨）不要擠，不要擠，捱順了走嚇。」意爲要求通過城門的人按順序行走。又作「掩順」。如同書六集卷一《買胭脂》：「（小生）看天生一對貌姿容，我和你做……（住口介）（貼）嚇，要坐？請坐嚇。（小生）不是嚇！我和你做夫……（住介）（貼）嚇！秀才不做要做夫？敢是那驢夫，馬夫，腳夫？（小生）不是嚇。我和你做夫妻。（貼笑）嚇！掩順些！（小生）我和你做夫妻。」這是女方要求男方把「做夫妻」這幾個字依次說完，說連貫，不要吞吞吐吐的。後兩種詞形，《詞典》俱失收，當補。

3. 參見條與主條失去照應之例

《詞典》428 頁收有「沒巴鼻」、「沒雕當」、「沒傷僮」等條目：

沒巴鼻　沒根據，不可靠。參見「沒雕當」。

沒雕當　沒根據。參見「沒傷僮」。

沒傷僮　〈形〉沒正經，沒出息。

按：第三條詞語標注了詞性，並做了解釋，顯然是主條，其餘二條則爲參見條。但主條釋義與參見條所釋意義不同，因而看不出二者之間的聯繫，而且遞相「參見」造成輾轉查找，徒增不便。

以上我們討論了《詞典》收詞、釋義等方面的一些問題。對一部收詞多達1.7 萬條的辭書來說，偶有疏失實屬難免。總體看，全書質量達到了很高的水平，倘能再做些補充修訂，定當更臻完善。

參考文獻

〔1〕石汝傑、〔日〕宮田一郎主編，2005，《明清吳語詞典》，上海辭書出版社。

〔2〕上海市語文學會、香港中國語文學會合編，2003，《吳語研究》（第二屆國際吳方言學術研討會論文集），上海教育出版社。

〔3〕閔家驥等，1986，《簡明吳方言詞典》，上海辭書出版社。

〔4〕吳連生等，1995，《吳方言詞典》，漢語大詞典出版社。

〔5〕李申，2004，《〈綴白裘〉詞語例釋》，《中國語文》第 1 期。

〔6〕李申，1992，《金瓶梅方言俗語彙釋》，北京師範學院出版社。

〔7〕王志芳，2005，《〈明清吳語詞典〉閱讀札記》，《中國圖書評論》第 6 期。

〔8〕蕭嵐等，2007，《評〈明清吳語詞典〉》，《語文建設通訊》（香港），第 86 期。

〔9〕王鎮等，1999，《〈型世言〉評注》，新華出版社。

〔10〕翁壽元，2003，《〈山歌〉方言詞語彙釋》，《吳語研究》，上海教育出版社。

〔11〕羅竹風主編，1986～1994，《漢語大詞典》，漢語大詞典出版社。

（原載《辭書研究》2011 年第 6 期，又收入《吳語研究》第六輯，上海教育出版社，2011 年）

辭書誤釋《金瓶梅》詞語舉例

《金瓶梅詞典》（吉林文史出版社，1988 年，下簡稱《詞典》）、《金瓶梅鑒賞辭典》（上海古籍出版社，1990 年，下簡稱《鑒賞》）、《中國俗語大辭典》（上海辭書出版社，1989 年，下簡稱《俗語》）三部辭書對《金瓶梅》詞語的詮釋，均有欠當處（其中尤以《鑒賞》為多）。茲僅例舉十數條，就正於方家。

鏝（磚） 墁地

《金瓶梅》第五十八回：「一溜三間鋪子，局面都教漆匠裝新油漆，地下鏝磚，鑲地平，打架子，要在出月開張。」

《詞典》「鏝」條（435 頁）：「鏝：本為塗牆的工具，即瓦刀，此處引申作鋪飾。」

又，《金瓶梅》第十二回：「有一個泥水匠，在院中墁地。」

《詞典》「墁地」條（412 頁）：「泥水匠抹地。」

按：「鏝」是「墁」或「墁」的借音字。《集韻》二十六桓：「墁，土覆。或作墁。」又引申為以磚、石鋪地。或徑說「墁」，或稱作「墁地」，明清文獻多見。「地下鏝磚」（當作「墁磚」），則指明係以磚鋪地。墁地的磚多用尺二方磚，稱「方墁磚」。明·宋應星《天工開物》卷七：「凡牆磚而外，墊地者名曰方墁磚。」《金瓶梅》第三十五回：「還少客位與卷棚漫（墁）地尺二方磚，還得五百，那舊的都使不得。」皆可為證。《兒女英雄傳》第二十四回：「正院裏墁著

十字甬路，四角還有新種的四棵小松樹。」此「十字甬路」亦當用磚或石砌成。北京話亦說「墁地」。例如老舍《四世同堂》二：「三號是整整齊齊的四合院，院子裏方磚墁地。」由上舉諸例可知，《詞典》兩條釋義都是很不確當的。問題有三：（一）《金瓶梅》中的「鏝磚」、「墁地」實際同指一事，即以磚鋪地。而《詞典》一釋作「鋪飾」，一釋作「抹地」。（二）「鏝」是個借字，這裡與塗牆工具無關。其鋪飾義亦非從塗牆工具引申而來。（三）泥牆用的工具是「抹子」，而非「瓦刀」。

攪撒

　　《金瓶梅》第三十回：「月娘道：『李大姐忽然害肚裏疼，屋裏倘著哩。我剛才使小丫頭請他去了。』因向玉樓道：『李大姐七八臨月，只怕攪撒了。』」

　　《詞典》（363 頁）：「攪撒：弄壞。」

　　按：孕婦胎氣動，即將臨盆叫攪撒。北京話。陳剛《北京方言詞典》（商務印書館，1985 年）：「攪撒（jiǎo‧sa），胎氣動。」舉的例子是：「她覺著攪撒了。」此詞《金瓶梅》第七十九回又寫作「決撒」：「慌的玉樓、李嬌兒就來問視，月娘手按著害肚內疼，就知道決撒了。」前後兩回所用字形雖有不同，然一寫李瓶兒即將生官哥兒，一寫吳月娘即將生孝哥兒，語義皆甚明瞭。釋作「弄壞」，顯為不妥。此蓋沿陸澹安《小說詞語彙釋》（上海古籍出版社，1979 年版）之誤。

　　復按：《金瓶梅》中亦有作「敗露」、「壞事」講的「決撒」。例如：第九回：「正問著，隔壁王婆聽得是武二歸來，生怕決撒了，只得走過，幫著迎兒支吾。」第八十二回：「這金蓮聽見是他語音，恐怕月娘聽見決撒了，連忙走出來。」《詞典》亦收有「決撒」條（147 頁），然僅引第九回例，釋作「暴露，被識破」而忽略了第七十九回一例，致使義項不全。

浪摭著

　　《金瓶梅》第二十一回：「金蓮道：『俺每那等勸著，他說一百年二百年，又和怎的？平白浪摭著自家又好了，又沒人勸他。』」

《詞典》（314頁）：「浪㧾著：罵女人的話，不莊重，不正經。㧾，拍的俗字。」

按：「浪㧾著」固然是罵女人的話，但釋作「不莊重，不正經」並不恰切。析言之，淫蕩、放蕩為浪，多以指女人的作風行為。近人丁惟汾《俚語證古》云：「浪，淫蕩也。」「起淫謂之浪。」金元戲曲及明清小說中用者甚多，例不煩舉。「㧾」當為「劈」的方言借字，此指人兩腿過分地分開。《金瓶梅》中有「仰㧾炕上」（第七十八回）、「仰㧾著挏，合蓬著丟」（第八十一回）等語，「仰㧾」皆謂兩腿過分分開地仰躺著。「浪㧾」猶言浪蕩地分開著兩腿。由於這是行淫時女子的姿態，故轉為罵女人行事不顧廉恥之詞，其義一如現今方言、口語中之「發浪賤」。同書第四十一回：「你的便浪㧾著圖板親家耍子，平白教賊不合鈕的強人罵我！」又第七十九回：「月娘道：『我說只怕他不來，誰想他浪㧾著來了。』」皆此義。以上各例中，「㧾」均不能看作是「拍」的俗字。作「拍」、「拍打」用的，如第八回：「那賊禿冷眼瞧見簾子裏一個漢子，和婆娘影影綽綽，並肩站立，想起白日裏聽見那些勾當，只個亂打鼓㧾鈸不住。」「㧾鈸」即「拍鈸」。這種以一字記錄幾個同（近）音詞的現象，《金瓶梅》中並不鮮見，如不仔細分辨，就難免舛亂。

粉嘴

《金瓶梅》第七回：「張四，你這老花根，老奴才，老粉嘴！你恁騙口張舌的，好扯淡！」

《詞典》（315頁）、《鑒賞》（512頁）並作：「善於花言巧語的人。」

按：此說誤。「粉嘴」指叫驢（公驢）。因驢子無論黑、灰等色，嘴吻周圍一圈兒卻總是白的，即所謂「白嘴頭兒」，故名。今魯西南和蘇北一帶仍有「粉嘴叫驢」之稱。此語常用以罵胡說亂道、胡喊亂叫的男人。「老粉嘴」，猶言老叫驢。以動物比人，含有較重的貶意和厭惡意。《認金梳》第三折：「罷！罷！罷！你正是個老粉嘴，沒的說。」意並同。

有酒　帶酒

《金瓶梅》第十八回：「你見他進門有酒了，兩三步扠開一邊便

了。」

《詞典》（122 頁）：「有酒：喝過酒。」

按：「有酒」意謂吃醉了酒（或帶有較重的醉意），非泛言「喝過酒」。《西廂記》第二本第四折：「你且住者，今日有酒也，紅娘扶將哥哥去書房中歇息。」《鴛鴦被》第四折：「『我醉了也，妹子在那裡？』正旦做扶末云：『哥哥有酒也，吃甚麼茶飯？』」是其明證。

另，《金瓶梅》又用「帶酒」一詞。見第四十四回：「不一時，西門慶進來，戴著冠帽，已帶七八分酒了，走入房中，正面坐下。」此言其已有七八分醉意。《元典章》刑部四「故殺」：「於酒店內飲酒間，劉仁可帶酒強奪牛肉。」上文云「劉仁可酒醉。」可知「帶酒」亦為酒醉義。此詞《詞典》失收。

另腳事兒（吊腳兒事）

《金瓶梅》第二十六回：「那奴才淫婦想他漢子上吊，羞急，拿小廝來煞气，關小廝另腳兒事！」

《詞典》（94 頁）：「另腳事兒：與事情無關的另外的事兒。『關小廝另腳事兒』，是緊縮型的反詰句，意思是：『小廝與事情無關，是另外的。怎麼關係到他？』」

按：「另腳事兒」當為「吊腳兒事（兒）」，「另」乃「吊」之形誤。《金瓶梅》第三十五回：「那怕蠻奴才到明日把一家子都收拾了，管人吊腳兒事！」可證。「吊腳兒事」即「屌腳兒事」，亦即屌事兒，粗穢語。「管人吊腳兒事」、「關小廝吊腳兒事」意為「與人何干」、「與小廝何干」。戲曲、小說中「屌」或作「鳥」（《西遊記》第十九齣：「煉得銅筋鐵骨，……擺錫雞巴，我怕甚鋼刀剁下我鳥來！」），又轉為「頹」（《救風塵》第一折：「便一生裏孤眠，我也直甚頹！」）、「腿」（《獨角牛》第二折：「打倒你老子，關我腿事！」）等。「頹」、「腿」均指陽具。可見俚俗粗語只有言「屌事兒」的，而未見言「另腳兒事」的。解為「另外的事兒」，乃望誤文而生義。戴鴻森校點本（人民文學出版社，1985 年）亦於此處失校。

眼裏火

《金瓶梅》第十九回：「西門慶道：『你不知，淫婦有些眼裏火，等我奈何他兩日，慢慢進去。』」又，第七十二回：「什麼好老婆，一個賊活人妻淫婦，這等你餓眼見瓜皮；不管了好歹的，你收攬答下，原來是一個眼裏火、爛桃行貨子，想有些什麼好正條兒！」

《鑒賞》（514頁）：「眼裏火：口雖不言，眼中冒火，形容憤恨。」

按：「眼裏火」，市語。字面後隱含著「見人熱」三字。意為見了人就親熱，見一個愛一個。上引第十九回例係西門慶譏刺李瓶兒先與自己勾搭成奸，後又轉嫁蔣竹山。第七十二回例係潘金蓮責怪西門慶私淫奶子如意，不管好的歹的都要。所以視李瓶兒、西門慶二人所為，堪稱「眼裏火」。《金陵六院市語》：「眼裏火，見者便愛。」《初刻拍案驚奇》卷十七：「元來人生最怕的是眼裏火。一動了眼裏火，隨你左看右看，無不中心象意的。」並可為證。

零布

《金瓶梅》第三十二回：「只見他三個唱的從後邊出來，都頭上珠冠蹯蹧，身邊蘭麝降香。應伯爵一見戲道：『怎的三個零布在那裡來？』」

《鑒賞》（561頁）：「零布：猶言花子。乞丐身上穿的都是零布碎條，故云，乞丐是不准進入廳堂的，故應伯爵說：『攔住，休放他進去！』」

按：「零布」，乃戲稱妓女。零星的布，是不夠尺寸的「分頭」，諧音「粉頭」。明·陸噓雲《世事通考》：「粉頭，妓者之稱，言其以脂粉塗飾頭面也。」此以隱語調妓，譏其儘管油頭粉面、玉琢金妝，卻不是好材料。

打骨禿

《金瓶梅》第二十一回：「玉樓道：『只許他家拿黃杆等子秤人的，人問他要，只相打骨禿出來一般。』」

《鑒賞》（540頁）：「打骨禿出來：從骨頭中剔肉，比喻十分困難。」

按：骨禿，稱形物渾圓突起者。或作骨朵、孤都、谷都、古都等。方言俗語常常借字表音，故致詞形多異。《東京夢華錄》卷六：「兩邊皆禁衛排立，錦

袍襆頭簪賜花，執骨朵子。」此「骨朵」係古代儀衛圓槌形兵器，即金瓜。方言中或稱人腹部碩大爲「骨朵」。《雲麓漫鈔》卷二：「關中謂大腹爲孤都。」古白話作品中更多以「嘴骨朵」形容人生氣、表示不滿時把嘴巴撅起一塊來的樣子。例如：李愛山散套《集賢賓・春日傷別》：「嘴古都釵頭玉燕，面波羅鏡裏青鸞。」《金瓶梅》第八回：「（潘金蓮）盼不見西門慶來到，嘴谷都的罵了幾句負心賊。」《醒世姻緣傳》第三回：「嚷鬧到二更天氣，燈也沒點得成，家堂上香也不曾燒得，大家嘴谷都在床炕上，各自睡了。」皆其例。花蕾爲圓苞狀，故也稱花骨朵，簡作骨朵。《通雅》四十二：「花蕊謂之椁留，或轉爲巨贏，北人謂之孤濤，音若孤都。」所謂「打骨朵」，即花枝生出苞蕾。《玩江亭》第二折：「阿阿！努嘴兒了，放嫩葉了，阿阿！打骨朵了。呵呵，開花了。」是其確證。因打骨朵過程是緩慢的，而且剛剛生出苞蕾，離開花還早著呢。故可喻人動作遲延，做事不爽快。上舉《金瓶梅》第二十一回例，是孟玉樓責怪李嬌兒吝嗇，遲遲不拿錢出來所說的話。以「打骨朵」爲喻，十分貼當。《金瓶梅》用「骨禿」記錄兩個詞：在「嚙著骨禿露著肉」（見第三十四回）中是「骨頭」，「打骨禿」的「骨禿」則指「骨朵」。《鑒賞》惑於字形，錯把「骨朵」當成了「骨頭」。

白鬼

《金瓶梅》第三十二回：「伯爵道：『你這小淫婦，道你調子日兒罵我，我沒的說，只是一味白鬼，把你媽那褲帶子也扯斷了。』」

《鑒賞》（562頁）：「白鬼：平白裝出鬼的模樣去嚇唬人。」又《詞典》（104頁）：「即『白日鬼』。指放辟邪侈、公然行惡之人。」

按：「鬼」乃「鬼混」的省言，意爲攪鬧，擾害。明・沈榜《宛署雜記》「擾害曰鬼渾」，「鬼渾」即「鬼混」。《金瓶梅》中所用極多。例如：第三十一回：「打的書童急了，說：『姐，你休鬼混我，待我紮上這頭髮著！』」第三十七回：「原來韓道國有這一個婦人在家，怪不的前日那些人鬼混他！」第五十二回：「賊們攘的，今汗歪了你，只鬼混人的！」在這諸色人等中，尤以應伯爵最善於鬼混人。書中第六十八回寫他趁西門慶與妓女鄭愛月幽會之際，照鄭愛月雪白的手腕上咬了一口，「咬的老婆怪叫，罵：『怪花子，平白進來鬼混死人了！』」這「平

白鬼混人」是「怪花子」應伯爵的一貫行徑和拿手好戲，亦是白鬼一語的極好注腳。《鑒賞》謂其裝鬼嚇人，空言無據，難以信從。而若按《詞典》所釋，則等於應伯爵說自己是放辟邪侈之人，於理未合；而名詞（白日鬼）受副詞（一味）的修飾，亦為不辭。

虛簣

《金瓶梅》第四十五回：「吳銀兒道：『好娘，這裡一個爹娘宅裏，是那裡去處？就有虛簣，放著別處使，敢在這裡使！』」

《鑒賞》（576頁）：「虛簣：虛假敷衍。『簣』意同『籠』。」

按：此釋誤。「虛簣」乃屁的諱詞。「使虛簣」即放屁，隱喻指人撒謊或說討人嫌的話。如果把吳銀兒的話直陳出來，即「就是有屁，留著別處去放，也不敢在這裡放！」吳銀兒於此避免直白採用諱語，正符合地位卑下的女子在尊長者面前的聲口，既俚俗而又未失其雅馴。今徐州、北京等方言仍有此語，記作「虛簣」（見拙著《徐州方言志》，語文出版社，1985年）、「虛恭」。說「『簣』意同『籠』」，不知何據？

得不的風兒就是雨兒

《金瓶梅》第四十三回：「且說潘金蓮聽見李瓶兒這邊攘，不見了孩子耍的一錠鐲子，得不的風兒就是雨兒，就先來房裏告月娘說：『姐姐你看三寸貨幹的營生，隨你家怎麼有錢，也不該拿金子與孩子耍的。』」又第二十五回：「你這賊囚根子，得不的個風兒就雨兒，萬物也要個實才好。人教你殺那個人，你就殺那個人？」

《鑒賞》（574頁）：「得不的風兒就是雨兒：意謂唯恐天下不亂。」

按：這是一句被緊縮了的俗語，意謂不能得一點兒風，如果得到一點兒風就會變成雨。含有兩個比喻義：（一）比喻人一有所聞，就信以為真，或馬上動手幹某事。（二）聽見一點兒風聲，就予以誇大，就散佈風言風語。亦說「聽見風就是雨」。《紅樓夢》第五十七回：「都是你鬧的，還得你來治，——也沒有見我們這位呆爺，『聽見風就是雨』，往後怎麼辦！」此言寶玉聽了紫鵑說的林妹妹要回蘇州去的玩笑話，立刻就信以為真，犯了呆病。此例並上引《金瓶梅》

第二十五回例用的是第一個比喻義。上引《金瓶梅》第四十三回例則採用的是第二個比喻義。總之，兩者均非「唯恐天下不亂」之意。

趕著增福神著棍打

《金瓶梅》第八十六回：「天麼，天麼！你老人家怪我差了。我趕著增福神著棍打？」

《鑑賞》（628 頁）釋作：「趕著增福神挨棍打的意思。這是薛嫂一方面為自己辯護，一方面又是巴結月娘的話。她把月娘比做『增福神』即財神之類，說她怎麼敢得罪月娘這個『增福神』而自找挨打呢？『著』同『招』，叫、讓的意思。」

按：「趕著增福神著棍打」，即追趕著財神拿棍子打（他），意為幹自絕財路的蠢事。「著」不是作「叫」、「讓」講，而是「拿」、「用」之義。此種用法唐以來習見。例如：白居易《還李十一馬》詩：「傳語李君勞寄馬，病來唯著杖扶身。」蘇軾《和孔密州見邸家園留題》詩：「大旆傳聞載酒過，小詩未忍著磚磨。」楊萬里《早行見螢》詩：「書帷吾已嫩，不擬著囊盛。」《秋胡戲妻》第三折：「哦，待我著四句詩嘲撥他，他必然回頭也。」《金瓶梅》第二回：「你看我著些甜糖掛在這廝鼻子上，交他舐不著。」又第三十七回：「也是千里姻緣著線穿。」《醒世姻緣傳》第十五回：「若不著這一封攛餤的書去，可不就像陰了信的炮火章一般罷了？」《歧路燈》第六十四回：「管貽安道：『……我爽快送到這裡，與老狗肏的一個沒招對，就叫人著大棍打這老狗肏的，看他走也不走。』」皆其例。而尤以末後一例與《金瓶梅》第八十六回例最相合，可謂「著棍打」即「拿棍打」的確證。《鑑賞》把主動的「著」誤釋為被動的「招」，適得其反了。《醒世姻緣傳》第六十七回：「俺婆子抱怨，說我把財神使腳踢。」與上俗語意同。「使腳踢」與「著棍打」結構亦相類。

拿三道三

《金瓶梅》第四十回：「伯爵道：『我是奴才，如今年程欺保了，拿三道三。』」

《鑑賞》（574 頁）：「拿三道三：喻自己是某種人，卻還要說別人。韓玉

釧是粉頭，地位等同奴才，卻說應伯爵是『女又十撇兒』，故應伯爵以此語諷刺她。」

按：此語猶言吃誰家的飯，就說誰家好。同回上文寫韓玉釧對應伯爵說：「十分晚了，俺每不去，在爹這房子裏睡；再不，教爹這裡差人送俺每，王媽媽支錢一百文，不在於你。」應伯爵的話正是針對這段話所言。此係譏刺她一口一個「爹」（指西門慶），卻不把「保人」（伯爵自道）看在眼裏。並非「喻自己是某種人，卻還要說別人」之意。再就此語本身結構來看，「拿三」之「三」與「道三」之「三」，當喻指同一對象，不當一指別人，一喻自己。

借汁兒下面

《金瓶梅》第七十三回：「題起他來，就疼的你這心裏格地地的，拿別人當他，借汁兒下面，也喜歡的你要不的，只他那屋裏水好吃麼？」

《俗語》（422頁）：「借汁兒下面：比喻用別人的東西做人情。」

按：此因未審文意致誤。李瓶兒死後，西門慶經常提念她，又與官哥兒奶媽如意勾搭上手，照樣出入她屋裏。潘金蓮爲此吃醋撚酸，譏諷西門慶「拿別人當她」──把奶子如意當作李瓶兒了，所以說他是在「借汁兒下面」，意即藉此代彼，以逞其慾。

媒人婆拾馬糞越發越曬

《金瓶梅》第三十五回：「伯爵道：『你若心疼，再拿兩碟子來。我媒人婆拾馬糞，越發越曬。』」

《俗語》（554頁）：「發：指馬糞發酵。曬：雙關語。原指馬糞，實指『篩』，含斟（酒）義。指更加頻繁地斟酒。」

按：這句歇後語字面上說馬糞越發酵越要暴曬，才能成爲糞乾兒，實則另有寓意：「發」係「發財」、「發家」之發。「曬」與賽諧音，意爲好。「賽」本來自於蒙古語之「賽因」，詳拙文《釋〈金瓶梅〉詞語三條》（載1988年3月17日《人民日報》海外版），此不贅述。今濟南、泰安、徐州一帶仍說「賽」，義均爲「好」。因此「越發越曬」實即「越發越賽」，亦即多多益善，越多越好。

另據文意，上例是說「席上伯爵二個把一碟荸薺都吃了」，西門慶就此編了一個買果子的人只吃不給錢而使賣果子的人看了心疼的的笑話，應伯爵馬上接口道：「你若心疼，再拿兩碟子來，我媒人婆拾馬糞，越發越曬。」意思是說：「你若心疼你的果子，我要你再拿兩碟子出來。我是多多益善，越多越好。」這顯然是就吃水果而言，與篩酒毫不相干。

（原載《北京師範大學學報》1991 年 10 月增刊）

規範性詞典的精品

經過眾多專家學者長達 11 年的不懈努力，大家期盼已久的《現代漢語規範詞典》（以下簡稱《規範詞典》）終於問世了。正如曹先擢先生在序中所說：這部詞典的特色在於兩個字——規範。本書分別從注音、詞形、釋義、收詞幾方面來看它的規範和創新之處。

一、注　音

1.1 重疊式詞語注音的規範

以往學者對《現代漢語詞典》（1996 年修訂本）（以下簡稱《現漢》）重疊式詞語的注音未按凡例所示嚴格執行，頗為疑惑。有些注原調，如金閃閃、金燦燦；有些注變調，如金晃晃、金煌煌，「給方言區的人學習普通話帶來極大困擾和麻煩，也使人們在普通話水平測試中無標準可依。」（康健《談〈現代漢語詞典〉中重疊式詞語的讀音問題》，《川北教育學院學報》2002 年第 4 期）

《規範詞典》「凡例」明確規定：「以普通話語音注音，按四聲標調。不注變調和變讀。」我們抽查了形容詞生動式中「AA 式」、「ABB 式」共 12 個詞條，例如【燦燦】càn càn（124 頁），【蒼蒼】cāng cāng（125 頁），【金晃晃】jīn huǎng huǎng（678 頁），【熱騰騰】rè téng téng（1095 頁），【軟綿綿】ruǎn mián mián（1116 頁）等，均嚴格執行「不注變調和變讀」的標準，既使得讀者有章可循，

也避免了學術界的一大爭議。

1.2 成語、熟語及詞組注音的規範

《現漢》注音拼寫的連寫分寫也是學者們歷來爭論的焦點之一。《現漢》中《凡例・注音》15 條爲:「多音詞的注音,以連寫爲原則,結合較鬆的,在中間加短橫『一』;詞組、成語按詞分寫。」按詞分寫雖有它的優勢,但貫徹起來難免會有分歧,因爲詞的標準問題在學術界尚未完全解決。於是出現了下面的情況:山河 shān hé,氣吞山河 qì tūn shānhé,氣壯山河 qì zhuàng shān he。(張軍《〈現代漢語詞典〉注音拼寫的連寫分寫問題》,《辭書研究》2000 年第 2 期)

《規範詞典》對成語、熟語、詞組注音的連寫分寫做了重新規範。這在凡例中沒有列出,筆者抽查了《規範詞典》中 247 個四字及四字以上詞語,統計歸納結果如下:

四字以上詞語	注音連寫	注音中加短橫	注音分寫	歸　類
247	22	128		成語、熟語
			97	詞語

可以看出,《規範詞典》對四字及四字以上詞語分爲兩類分別貫徹了兩個原則:成語及熟語貫徹的是《漢語拼音正詞法基本規則》:1.四言成語可以分爲兩個雙音節來念的,中間加短橫,如才高八斗 cáigāo-bā dǒu(116 頁),才子佳人 cáizǐ-jiārén(116 頁)。2.不能按兩段來念的四言成語、熟語等,全部連寫。如**擦肩而過** cājiānérguò(115 頁),人各有志 réngèyǒuzhì(1096 頁),人之常情 rénzhīchángqíng(1100 頁)。而詞組則貫徹了「按詞分寫」的原則,如財產保險 cáichǎn báoxiǎn(116 頁),菜籃子工程 càilánzi gōngchéng(120 頁)。顯然,詞組與成語、熟語的劃分更加簡單明確和統一。

二、詞　形

《現代漢語規範字典》的重點在字,解決的大多是字形規範問題,如異體字與繁體字的分注,而詞形成爲《規範詞典》要規範的重點。《現漢》1983 年版對「異形詞」的處理共有五種體例:「附列一見」式,「並列一見」式,「也作一見」式,「同『○○』」式,直注式;《現漢》修訂本簡化爲三種:「也作一同」式,「同『○○』」式,直注式。(李志江《〈現代漢語詞典〉異形詞處理的

層次》，《辭書研究》2002 年第 6 期）產生諸多體例的原因在於此前國家沒有一個詞形的規範標準可循。

1997 年國家語委、教育部開始制定《第一批異形詞整理表》，2002 年 3 月 31 日起試行。《規範詞典》嚴格地遵循了這一標準，如【按語】不要寫作「案語」，【榔頭】規範詞形寫作「榔頭」。然而「即使第一表公佈後仍有一千多組異形詞有待整理規範」。（李行健《異形詞研究和異形詞規範詞典編纂——〈現代漢語異形詞規範詞典〉前言》，《辭書研究》2003 年第 1 期）編者們將未進行規範的異形詞按《第一批異形詞整理表》的整理原則，選用推薦詞形，如【詳實】現在一般寫作「翔實」，【安逸】不宜寫作「安佚」等。由此我們也可以看出要編纂一部質量上乘的詞典，所需花費的工作量之大和心血之多。

三、釋　義

3.1　科技術語釋義的規範化

《現漢》在解釋一些科技術語時計量單位不統一，有的使用了市制單位，有的用了公制單位，如【大鴇】高約 3～4 尺、【文蛤】長約二三寸。《現代漢語規範字典》限於對單個漢字的解釋，對雙音節及以上的專業術語省略了具體數字及計量單位的描述，《規範詞典》則嚴格按照 1984 年國務院發佈的《關於我國統一實行法定計量單位的命令》，統一為公制單位，如：【側柏】高可達 20 米（129 頁），【長波】波長 1～10 千米，頻率 300～30 千赫的無線電波（143 頁），【金小蜂】長 1～2 毫米（679 頁）。

3.2　詞性與釋義、配例的標注問題

《現代漢語規範字典》是《規範詞典》之前在標注詞性方面一次比較成功的嘗試，《規範詞典》在此基礎上又有改進，如：

3.2.1　字　頭

字頭	《規範字典》		《規範詞典》	
1 殘	形　有缺損的，不完整的	這套書～了｜～肢｜～品｜～缺｜～破	形　有缺損的，不完整的	身～志堅｜～肢｜～品
2 滾	④形　形容圓	～圓｜圓～～	④副　非常；特別	～熱｜～燙｜～圓
3 被	④動　用於動詞	他～評為先進工作	④助　用於動詞	他～評為先進工作

	前，表示主語是受動作支配的對象	者｜房子～拆｜商店～盜	前，表示主語是受動作支配的對象	者｜房子～拆｜商店～盜
4辦	⑤名　指辦公室（機構名稱）	文教～｜外～	⑤名　辦公室（機構名稱）的簡稱	文教～｜外～

《規範詞典》修改了「殘」的配例。詞性歸類是在文言層面進行，「殘」是一個詞而非語素。詞性標注㊣沒有問題，關鍵是配例。「殘」在現代白話層不單說，故刪除例句「這套書～了」。修改了「滾」、「被」的詞性。在「辦」的釋義中加「簡稱」二字，更加精確。兩相對照，可見《規範詞典》更加精當。

3.2.2　多音節詞

《規範詞典》在處理多音節詞詞性標注和義項排列時，基本沿襲了趙大明對字頭義項排列的說法（見《漢語語文詞典標注詞性的難點》，載《辭書研究》1999 年第 1 期），即多音節詞的義項不只一個時，按詞義出現的先後排列並隨義標注詞性。至於說一個詞條下的幾個義項之間的關係，究竟屬于兼類詞呢，還是屬於幾個不同的詞，暫且不說。

考察中，我們發現對於形同音不同的詞條，《規範詞典》分列兩個詞條但不標 1、2，如【公差】gōng chā，【公差】gōng chāi（451 頁）。對於同形又同音的詞一律將義項並在一個詞條之下，中間用○隔開。如【成數】①㊤指成十、成百、成千等不帶零頭的數目。○②㊤表示十分之幾的數（165 頁）。這些詞在《現漢》中都處理成兩個詞標明 1、2。

《規範詞典》這樣做的好處在於：（1）使詞典體例簡單明瞭。（2）實事求是，未理清引申關係就先不標注。（3）似乎避免了兼類詞、同音詞的糾葛。

3.3　釋義力求完整、準確、簡明

3.3.1　適當地推源

推源即推求語源，是我國傳統訓詁學用以說解詞義的三種方式之一，一般為《漢語大詞典》、《辭源》、《辭海》等大型工具書所採用。但是，對由於歷史的變遷、語言的發展，字面意義與詞義距離很大的詞語，仍需簡明扼要地點明其詞義來源。試比較：

（1）【翹楚】

《現漢》：「比喻傑出的人才。」

《規範詞典》：「《詩經·周南·漢廣》：『翹翹錯薪，言刈其楚。』

意思是在眾多的樹木中只砍荊木，因爲荊木比它們高大。後用『翹楚』比喻傑出的人才（楚：荊木）。」（1050 頁）

《現漢》的解釋讓人無法得知義從何來。《規範詞典》的釋義則讓人既知其然又知其所以然。

（2）【壽桃】

《現漢》：「祝壽用的桃，一般用麵粉製成，也有用鮮桃的。」

《規範詞典》：「祝壽用的鮮桃或桃狀面製品。神話傳說西王母做壽，設蟠桃會招待群仙，後來用桃來作祝壽的物品，相沿成習。」

（1205 頁）

《規範詞典》對用壽桃祝壽的來歷略加交代，釋義清晰完滿。另桃狀面製品與桃在語義邏輯上非種屬關係，《現漢》釋義有誤，《規範詞典》處理爲並列關係是恰當的。

3.3.2　力求準確

「準確性」是所有詞典在釋義時都應努力遵循的原則，也是衡量一部詞典質量高低的關鍵。《規範詞典》在這方面做了大量工作，吸收了很多學者專家的意見、建議，力求釋義準確無誤。試舉數例如下：

（1）【反目】

《現漢》：「不和睦（多指夫妻）」

《漢語大詞典》：「夫妻不和。後泛指翻臉不和」

《規範詞典》：「由和睦變爲不和睦」（365 頁）

《現漢》釋義用「多指夫妻」限定所指範圍，內涵過小，隨著詞義的發展，反目既可指夫妻也可指兄弟、朋友，正像《漢語大詞典》所說現在已變爲「泛指」，外延明顯擴大。《規範詞典》去掉了限定範圍，更難能可貴的是還細細地體會到該詞暗含著「由和睦到不和睦」這樣一個動態的變化過程。

（2）【照明】

《現漢》：「用燈光照亮室內、場地等」

《規範詞典》：「用燈或其他發光體照射，使明亮」（1653 頁）

燈光內涵過小，還可以有其他發光體如蠟燭、火把等，加上「其他發光體」

則比較全面。

3.3.3 釋語簡明、通俗

對於大眾所熟知的詞語,《規範詞典》力避重複囉嗦、艱深晦澀的說法,而代之以簡明通俗的釋語。如:

（1）【虛偽】

《現漢》：「不眞實；不實在；做假」

《規範詞典》：「不眞誠,不實在」（1471 頁）

「不眞實」和「做假」似無區別,可合併。（閔龍華《〈現代漢語詞典〉（修訂本）釋義推敲》,《辭書研究》1998 年第 3 期）《規範詞典》注意吸收專家學者的意見,釋義比《現漢》更爲簡明扼要。

（2）【情話】

《現漢》：「男女間表示愛情的話」

《漢語大詞典》：「男女間所說表示愛情的話」

《規範詞典》：「表達愛情的話」（1066 頁）

「男女間」、「男女間所說」都可刪去。

3.3.4 增強對人們日常生活的指導性

《規範詞典》中的手形指示說明,集中體現了詞典方便讀者,服務於讀者的人文主義精神。在其釋義中也有所體現,即對人們的日常生活注意給予指導。如:

（1）【大腦炎】

《現漢》：「流行性乙腦炎的通稱。」

《規範詞典》：「流行性乙腦炎的通稱。由乙型腦炎病毒侵犯中樞神經系統引起的急性傳染病,多爲帶病毒的蚊蟲叮咬所致。在夏秋季發生,有高熱、頭疼、嘔吐、昏迷、抽風等症狀。注射疫苗可預防。」（248 頁）

此例跟上一例相似,描寫了主要症狀並告知人們注射疫苗可預防,既傳播了醫學知識,又有助於該病的辨識與防治,很好地體現了人文關懷的精神。

（2）【米豬】

　　《現漢》:「體內有囊蟲寄生的豬。因囊蟲爲黃豆大小的囊泡，內有白色米粒狀頭節，所以叫米豬。」

　　《規範詞典》:「體內有囊蟲寄生的豬，人吃了這種豬的肉會得病。」（901 頁）

《規範詞典》的言外之意在提醒人們不可以吃這種豬，而《現漢》僅僅描述了這種豬的客觀特性。

3.4　引申義項排列的實事求是

呂叔湘先生在給《現代漢語規範字典》寫的序言中早已談到:「至於新編詞典的五個特色的構想和措施……詞義的發展脈絡，詞性的標注等問題卻不簡單……關鍵要實事求是，現在一時弄不清楚的，不妨存疑，只要不強作解人就好！」《規範詞典》沒有辜負呂先生的期望，「字頭各義項中，尚未查明引申脈絡的義項放在其他義項之後，用『○』同前面義項隔開。」（《規範詞典・凡例》）如【慘】（123 頁）③④義項均用「○」與前義項隔開，充分體現了編者們極其科學嚴謹、實事求是的態度。

通過以上諸方面不難看出，《規範詞典》並不滿足於對以往成果的借鑒，而是立意創新，力求規範，其質量較同類詞書確有很大提高。

四、收　詞

每一部新詞典問世或對原有詞典進行修訂、增補都會增添新詞、新語、新義，《規範詞典》這方面的特色在於:

4.1　在附錄中列出 132 條以西文字母開頭的詞語並給予簡要解釋，數量是《現漢》2002 年增補本所列的 3 倍左右。這些詞語雖來源不同（英文縮寫、漢語拼音縮寫、英文單詞等），但都是我們當前生活（報紙、網絡、電視）中十分常見的詞語，對讀者很有幫助。

4.2　正文中收錄了已成爲漢語構詞語素的外來詞。正如一些學者所言，一部分外來詞具有很強的能產性，使用頻率極高，已成爲漢語的構詞語素。《規範詞典》中已收錄的有:【的】打～、【的哥】、【的姐】、【的士】，【吧】～臺｜～女｜氧～｜網～等。

　　從上述比較中，我們欣喜地看到《規範詞典》的編者們在嚴格貫徹國家各項語言文字規範標準的基礎上，吸收了此前相關字詞典編纂的經驗教訓，廣泛聽取了學者們提出的合理建議，在注音、釋義、詞形、收詞等方面作了大量改進和創新，使之更臻於規範完善。當然其中也還有一些值得繼續探討的地方，如同音詞並在一個詞目中，即使義項間用「○」隔開，也容易被誤以爲一詞多義；「冰激淩」作爲推薦詞形出條，「冰淇淋」作爲非推薦詞形出條，後注「現在一般寫作『冰激淩』」，而實際上「冰淇淋」更爲常見，寫法也簡便。這些問題可在今後修訂時進一步完善。總之，《規範詞典》是辭書之林中一部精心編撰的推陳出新之作，相信它一定會爲推進漢語的規範化發揮出重要作用。

（原載《語文月刊》2008 年第 4 期，與徐榮合作）

《曲辭通釋》序

　　中國是一個戲曲特別發達的國家，在古代，由宋至清已有一千多年的發展歷史，優秀的作家燦若群星，傑出的作品蔚爲雲霞。其間元代最爲鼎盛，元曲與唐詩、宋詞被並稱爲文學史上的三大高峰。這些作品，不僅爲我們留下了寶貴的文學遺產，也爲豐富世界文化寶庫作出了重要貢獻。因此，很好地整理研究這些戲曲文獻，無疑對更好地繼承和弘揚祖國的優秀文化及推動漢語史研究具有十分重大的意義。

　　作爲當代著名的戲曲語言研究專家和文獻學家，王學奇先生半個多世紀以來與夫人王靜竹先生便一直在古典戲曲這塊園地裏辛勤耕耘，潛心治學，取得累累碩果，著述達一千餘萬言，可謂厥功至偉。其貢獻概而言之，主要在以下三個方面：

　　一是戲曲文獻整理。成果有《關漢卿全集校注》、《元曲選校注》和《笠翁傳奇十種校注》等。關漢卿是古代最偉大的戲劇家，被譽爲「中國的莎士比亞」。王學奇先生首次彙集其全部作品並作了精心整理，爲廣大讀者提供了迄今最爲完善的讀本。此書榮獲第三屆全國圖書金鑰匙獎，並被列入解放後出版的 189 種優秀書目之中。臧晉叔《元曲選》是元人雜劇最重要的選集，流傳近四百年卻從未有過全注本。王學奇先生不畏艱難，帶領十幾位中青年學者對此書進行全面整理，歷經十載，終成正果。徐沁君先生視之爲「元劇定本」，李修生先生

稱其出版為「學界大事」，「對於中國戲曲史、中國文學史、中國文化史的研究都有相當重要的價值」。書成即獲大獎不說，最主要的是打破大量的語言障礙，使讀曲不再成為畏途。李漁是明末清初的戲劇理論家和喜劇大師，也是「最早受西方翻譯家注意的中國作家之一」。遺憾的是，其戲曲作品一直沒有全收全注本，又是王學奇先生首倡其事，對笠翁現存的十種傳奇作品精校詳注，填補了戲曲文獻整理研究的薄弱環節。

二是於戲曲文獻整理及其語言研究特別是元曲語言研究的理論和方法創見殊多。自上個世紀 80 年代以來，他陸續發表了《目前元曲語言研究中存在的問題》、《論如何探索元曲的詞義》、《因聲求義是探索元曲詞義的方向》、《關於元曲語詞的溯源問題》、《論元曲中的歇後語》、《宋元明清戲曲中的少數民族語》、《評〈新校元刊雜劇三十種〉》、《評〈詩詞曲語辭彙釋〉》、《評王季思〈西廂記校注〉》、《〈宋金元明清曲辭通釋〉概述》、《〈元曲選校注〉前言》、《全元雜劇校注發凡》等近百篇論文。這是他數十年實踐經驗的總結和昇華。尤其後兩篇，可以看作是他對古籍整理提出的綱領性文件。凡此種種，都對曲語研究和文獻整理的深入開展富有現時指導意義。

三是推出多部彙釋曲辭的專著。首先是上世紀 80 年代中國社會科學出版社陸續印行的四卷本《元曲釋詞》（下簡稱「釋詞」）。此書是王學奇夫婦於逆境中克服種種困難，歷經二十多年才竣工的。該書因收詞量大、徵引廣博、訓釋精當而被學界譽為元曲詞語研究的「集大成之作」。但王先生並未以此為滿足，自 1991 年至 1998 年，又集中八年時間，焚膏繼晷，嘔心瀝血，旁搜遠紹，燭幽發微，精心結撰成一部 350 萬字的巨著《宋金元明清曲辭通釋》（下簡稱「通釋」），2002 年由北京語文出版社出版。

這部《通釋》以歷代戲曲作品為對象，對該種體裁的幾乎所有作品的重要詞語作了全面系統的考察研究，這就大大突破了《釋詞》僅僅收釋元曲詞語的局限性。我們就曲辭研究的歷史看，「掇拾單辭碎語，施以解釋」的，明清以來雖不乏其人，但「自來解釋，未有專書」。直至上世紀 40 年代末，方有徐嘉瑞的《金元戲曲方言考》問世。此後又有張相《詩詞曲語辭彙釋》、朱居易《元劇俗語方言例釋》、陸澹安《戲曲詞語彙釋》等專書出版，自此打開局面。回顧前賢諸作，徐著固有開創之功，可惜篇幅有限，解釋亦過於簡單；張相之書，雖

以材料豐富和方法縝密著稱，可是「曲以金元人爲中心」，明清戲曲几未涉及；朱居易、陸澹安兩書儘管各具特色，然可商者亦多。其他一些專家如吳梅、王季思、王鍈等治曲辭也有很高成就，還有散見於報刊的眾多釋詞文章，都豐富了戲曲語言研究的成果，但終非鴻篇巨製。因此，對《通釋》這樣一部貫通全部戲曲史，收詞達一萬多條（是《釋詞》的兩倍），並爲之「付出了難以估量的艱巨勞動」的精品力作，稱其爲具有劃時代意義的里程碑當不爲過。再就《通釋》一書的特點看，作者特別注重挖掘不見於他書的詞語和未見字典辭書載錄的義項，這些在全書中佔了不小的比重。釋詞上採用「縱橫結合，上下求索」的方法，「務期從橫的方面瞭解語言的相互影響，從縱的方面瞭解語言的發展變化」，考證時盡可能地佔有一切有參考價值的材料，以求準確詮釋詞語的意義。僅此一點，如無深厚積累，不經長期探索，便絕難辦到。《通釋》不僅做到釋義精當，例證豐富，而且非常注重詞語的溯源達變。相當多的詞語搜求出了最早或較早的用例，如「一垜」、「盤纏」、「簇新」等條。對詞義理據的探求也多有精微獨到之處，如釋「麻線道」時聯繫民俗，釋「落解粥」時引據方言，窮原竟委，令人信服。這些均大有助於匡正舊注或辭書之失。另外，古白話作品中存在大量的異形詞，戲曲中尤爲集中和突出。作者從這一基本事實出發，根據聲韻學原理，把許多奇形異狀的詞目「以音統形，就音析義」，使許多疑難詞語和異形詞的詞義問題得到解決。例如「打交」一詞，如果僅據《錫六環》十九「（生：）少不得吃齋去，且到裏面閒談罷了。（丑、末：）打交了呢。（生：）怎說那話？」的用例是很難理解其含義的。《通釋》據音將其與「打攪」相繫聯，指出「『攪』一作『交』，音近借用」，「猶如『打擾』」，遂使人豁然開朗。又如「擷窨」條，共列 12 種詞形，有「擷暗」、「擷箸」、「擷屑」、「嚙窨」、「顛窨」、「顛瘖」、「跌窨」、「鐵窨」、「恁疊」、「恁底」等。備列各種詞形已屬不易，而以「恁疊」、「恁底」歸入「擷窨」則更出人意外。作者指出，「恁底」宋以來習用，有「如此」、「怎麼」等義。其與「恁疊」還是「擷窨」的異形詞，只不過倒用其字而已。以此代入相關例句，果然怡然理順，這不能不讓人感歎作者的目光如炬。作者還在《通釋》這樣一部解說詞語的著作中首次加入詞語替換研究的內容，其力求創新的態度，於此亦可見一斑。

綜觀《通釋》全書，其收詞之宏富，釋義之精當，例證之廣博，方法之多

樣，體例之謹嚴，功力之深厚，實已達到曲辭研究前所未有的高度。故此書一出，影響即遍及海內外。不僅榮獲了國家出版總署第五屆優秀圖書一等獎、河北省第九屆社科優秀成果一等獎，還被美國國會圖書館和許多國家的著名高等學府收藏。

《通釋》出版時，王先生已屆八十高齡。有此名山之作，本可以從此安享晚年。但更令人難以想像的是，他竟仍舊「壯心不已」！在夫人癱瘓在床的艱難情況下，他一邊照顧病人，一邊全面修訂《通釋》，又用近八年時光，完成了眼前這部更新版的《曲辭通釋》。此本新增詞條（含附目）計 2000 多條，補充書證、增添義項、修改釋文達 1000 餘處，不僅字數比語文版增加 100 萬字，而且從多方面加工，使之更臻完善。如果說，《通釋》較之《釋詞》已經給人以耳目一新的感覺，那麼我可以肯定地說，這部《曲辭通釋》一定會帶給廣大讀者一種層樓更上的喜悅！

以上從三個方面概述了王學奇先生在戲曲語言研究和文獻整理上所做的工作和貢獻，尤其是《通釋》及其增訂本《曲辭通釋》所取得的主要成就。筆者於此深有感觸：一是驚歎於前輩專家學術造詣之精深，一是深感老一代學者治學精神之可貴。王學奇先生為了更好地弘揚祖國優秀的戲曲藝術，數十年如一日地堅守著這片學術園地，艱苦備嘗而甘之如飴，即使身處逆境、困難重重也從不中止和退縮。而為了更好地服務於新時期，拿出讀者更加滿意的作品，他精益求精，不斷超邁前人和實現自我超越，這種精神品質在當今社會尤其難能可貴，尤其值得學習和發揚。我們看到，現在很多學人心性浮躁，一味急功近利，甚至不惜欺世盜名。王先生的書，讓我們知道什麼是學術精品，讓我們懂得學術精品的產生只有靠長期不懈地努力，必須付出艱巨的代價和辛勤的勞動！

由於從事近代漢語的教學和研究工作，對戲曲文獻的整理和曲辭研究又饒有興趣，自上世紀 80 年代以來，我一直與王先生保持著聯繫，經常向他討教問題，研讀他賜贈的著作，從中深受教益。所以可以說我是王先生的一名私淑弟子。《通釋》出版後，河北師範大學曾舉辦慶祝王先生 80 華誕暨《通釋》學術研討會，我有幸與會並發言，事後又將學習《通釋》的體會整理成文，在一所高校的學報上發表。也許是有以上這些因緣吧，《曲辭通釋》完成

以後，承蒙先生不棄，要我寫篇序文。作爲學生、晚輩，對先生的學問和成
就雖有所瞭解，然自知才疏學淺，一時實難窺其涯涘，自不堪當此重任。但
又考慮師囑難違，故只能勉力而爲，遂將幾點淺見和體會略陳於上，以此芹
獻九秩高壽的先生，權爲復命。

（原載《河北師範大學學報》2013 年第 4 期，又載
《曲辭通釋》書首，中國社會科學出版社，2014 年）

《吾土吾語》序

　　《吾土吾語》是金湖沈家彪同志調查研究家鄉母語而撰寫的一部方言詞彙集。書中收錄本地流行的與普通話說法不同或者意義、用法有別的詞語二千餘條。其體例大體在每條詞語下先用國際音標記音，繼而詮釋意義，然後列舉具體用例；條目還徵引古今文獻資料以爲佐證。這部三十餘萬字的專著，堪稱金湖方言研究的一項重要成果。

　　金湖是淮安市下屬的一個縣。金湖話屬於江蘇境內江淮方言區的揚淮片。其特點，語音上只有一個入聲，古咸山兩攝舒聲字分爲三個韻類，大多數人不分[n] [l]。詞彙、語法方面也與普通語各有一定的差異。從已有的研究成果看，涉及金湖話的論著尚不多，如同一個富礦還沒有很好地開採挖掘。其實方言也是一種極爲寶貴的資源，於此先哲早有論斷。黃侃曾說「方言是不雕版的古書」，章太炎更有「今世方言……其寶貴過於天球九鼎」之語，足見其重要。眾所周知，語言時刻都處在發展變化之中。隨著普通話的大力推廣，方言正在加速消磨，其中許多有用的材料正日趨喪失。有鑒於此，多年來語言學家們一再發出「搶記方言」的呼籲。所以家彪同志所做的是一項很有意義而又迫切需要的工作，眞是功莫大焉，善莫大焉！

　　綜觀全書，頗可稱述者約有如下數端：

　　一、於方言詞義體會細微，說解確切。一詞多義是漢語的普遍現象，方言

亦復如此。例如「毛」，除本義之外，金湖還有「發火」、「大約」、「不淨，連皮帶殼」、「不遵守規則」、「外遇的」等多種意義。「天色」一詞既可指「時辰」，又可指「天氣」，還可指「天上的烏雲」。諸如此類，多能詳加剖析，力求完備。金湖某些說法與普通話或別的方言雖無二致，但含義和用法並不相同。例如「三十晚上」，金湖「可指除夕一整天」；一些方言用動詞「把」表示給予，但金湖又以之「特指嫁女兒」，口頭常說的某家姑娘「把在洪澤」、「把在寶應」，意即嫁在洪澤、嫁在寶應。這些特殊意義和用法，非本地人實難捉摸把握。有些詞語，作者不僅詮釋其義，還能說明得義之由。例如金湖人把吃菜說成「就咸」，是因為過去窮苦人多，每天只能吃鹹菜，故「就咸」就等於吃菜。可見讀此書對人們瞭解金湖話是很有幫助的。

二、對許多詞語能夠追根溯源，通其流變。例如金湖習用的「力身」和「抶」，前者乃古語「身力」之逆序，出自《管子・君臣上》「盡知短長與身力之所不至」一語，後者早見於《左傳・襄公十七年》之「抶其不勉者」。作「哪裏」講的「那忽」，晉・干寶《搜神記》已載。其見於戲曲、小說等古白話作品者更是為數眾多。例如《水滸全傳》第三回：「一家一刀，結果兩個人的性命。」「一家」即一人，今金湖仍謂一人為「一家」。元劇《來生債》第一折：「只怕我睡著了誤了工程。」此「工程」指時間、時候，意義與普通話迥異，而金湖地區至今流行此語。例如「自了漢」、「沒腳蟹」、「樣範」、「兒花女花」、「欠氣」、「鬥巧」、「臺陔」、「扳大臀」等，皆為近代漢語俗語詞，它們沒有進入普通話，卻活在金湖人的口中，仍有很強的生命力。黃侃《蘄春語》云：「固知三古遺言，散存方國；考古語者，不能不證之於今；考今語者，不能不原之於古。」金湖話中保留相當多的古詞語，彌足珍貴，把它們記錄下來，既可將其驗之於今，亦可據今語以證古語，無論對研究漢語的歷史，還是對整理古代文獻，都是大有裨益的。

三、收釋詞語能注意與地方民俗文化相聯繫。方言是地方文化的載體，透過方言可以觀民風民俗。例如金湖人蓋屋上梁時有把糕、饅頭等拋向梁上以求吉利的習俗（見「拋梁」條）；春節前夕長輩往往先給孩子吃幾片煮熟的在砧板上切的鹹肉，叫「殺砧板饞」（見「砧板」條）；孩子受到驚嚇，大人從地上拾些碎土放其耳上，認為可以壓驚（見「拿土壓驚」條），等等。把這些內容反映

出來，無疑可以豐富我們的民俗學，展示富有地方特色的鄉土文化。

由上可知，我們閱讀這部金湖方言詞彙集，不單可以從中搜集很多有用的語料，窺見金湖人民生產生活的眞實情景，還可以獲得許多有趣的鄉土知識，收穫是多方面的。這自然得歸功於作者的辛勤勞動。

調查研究方言是一件艱苦繁難的工作，既需要一定的專業知識，又要有一種吃苦耐勞的精神。不僅材料靠日積月累，寫作還得不惜殫精竭慮。凡功利心重、氣性浮躁者實難爲之。家彪同志作爲金湖土生土長的文化人，懷著對家鄉的一片赤誠和摯愛，在擔負學校繁重的教學和管理雙重任務的同時，多年來一直利用業餘時間，在這塊寂寞的園地上默默地耕耘，一心想爲家鄉的文化事業貢獻出自己的光和熱，眞是十分難能可貴。我深爲他這種精神所感動，所以很樂意向讀者朋友推薦此書，並把讀後的一些看法和想法寫出來。是爲序。

（原載《吾土吾語》書首，河海大學出版社，2005 年）

關於《葉公好龍》「鉤以寫龍」三句話的解釋

　　《葉公好龍》這則寓言，通過對葉公表面上「好龍」，實際上怕龍的對比描寫，形象地刻畫和揭露了這個言行不一、口是心非的兩面派的虛偽面目。

　　文章開頭部分有「鉤以寫龍，鑿以寫龍、屋室雕文以寫龍」三句話。這三句話注釋紛紜，莫衷一是。本文想就這三句話的解釋談一點粗淺的看法。

　　一、「鉤以寫龍，鑿以寫龍」兩句解釋的分歧主要在把「鉤」和「鑿」作爲「寫龍」的工具，還是作爲「寫龍」的處所。作爲工具，「鉤」一般解釋爲鉤形刀具，有的解釋爲古代木工用的曲尺。《莊子·馬蹄》：「匠人曰：『我善治木，曲者中鉤，直者應繩。』」「鑿」就是木工用的鑿子。

　　作爲處所，葉公在木工日常使用的工具上畫上自己心愛的龍，似乎不大恰當，於是「鉤」和「鑿」兩個字就須作其他解釋。「鉤」就有三種解釋：（一）作爲一種可佩的彎形的刀解。《吳越春秋》：「闔廬既寶莫邪，復命於國中作金鉤。」後代詩人言「吳鉤」本此，如鮑照樂府：「錦帶佩吳鉤。」李賀詩：「男兒何不帶吳鉤。」（二）作爲兵器解。《漢書·韓延壽傳》注：「鉤，兵器也，似劍而曲，所以鉤殺人也。」（三）作爲帶鉤解。古人上衣下裳，中間用寬大的帶子把縫掩起來，帶上有個鉤叫做帶鉤。至於「鑿」，就認爲是「爵」的假借字，是一種「盛酒的器皿」。這樣一解釋，「鉤」和「鑿」作爲畫龍的地方

就似乎說得過去了。這種把「鈎」和「鑿」作爲「寫龍」地方的解釋，大概是從第三句「屋室雕文以寫龍」類推來的。因爲第三句講的是「寫龍」的地方，「鈎」和「鑿」也應該是「寫龍」的地方，處處寫龍，才顯示出葉公的「好龍」來。

但是我認爲這種解釋是不恰當的。「鑿」假借爲「爵」，未見前例。「鑿」如只能作爲工具講，「鈎」與「鑿」連用，「鈎」也只能作工具講。又如果把「鈎」、「鑿」作爲寫龍的地方講，那麼虛字「以」就只能相應的作爲表示處所的介詞「於」用，而「以」作爲表示處所的介詞「於」用，而且處所詞又倒置於前，這種用法在古文中未見。虛字「以」的各種用法，詳見楊樹達著《詞詮》，不贅。

那麼，怎樣解釋好這兩句呢？我認爲，「鈎」以寫龍，「鑿」以寫龍的「鈎以」、「鑿以」是個介賓結構（賓語「鈎」和「鑿」提前），「鈎以」即「以鈎」，「鑿以」即「以鑿」，「鈎」、「鑿」應都是木工工具。都是「寫龍」所憑藉的用具。「鑿」，就是現在的鑿子。「鈎」，以解釋爲古代木工用的「曲尺」爲恰當。這兩句可以譯成：「用曲尺來畫龍，用鑿子來刻龍」。

二、第三句「屋室雕文以寫龍」解釋的分歧主要是由對這裡的「以」字的用法理解不同而來。有些注釋者把這個「以」字看作同前面兩個「以」字一樣，作介詞用，因而把「屋室雕文」相應的解釋爲「房屋住室裏能夠雕刻花紋的地方」。這裡的「雕」是動詞，「文」是名詞，「地方」是譯者按理解自己加上去的。

我認爲，把「屋室雕文以寫龍」作爲「以屋室雕文寫龍」來解是不恰當的。這句的「以」字，不同於前面兩個作介詞的「以」，這個「以」應爲表示目的的連詞，作「來」、「以便」講。連接的是兩個動詞「雕文」（雕刻花紋）的「雕」和「寫龍」（摹寫、刻畫龍）的「寫」，表示下一行動爲上一行動的目的，意思是「房屋住室裏到處雕刻花紋來摹寫（或刻畫）龍」。

綜上所述，可得三點：一、「鈎」、「鑿」都是木工工具，二、「雕文」是動作不是處所，三、前面兩個「以」字是介詞，後面一個「以」字是連詞。「鈎以寫龍，鑿以寫龍，屋室雕文以寫龍」三句話可以這樣解釋：「用曲尺來畫龍，用鑿子來刻龍，房屋住室裏到處雕刻花紋來表現龍。」

最後想說一下「寫」的解釋。「寫」是依形摹寫、仿傚的意思。《史記・秦始皇本紀》：「秦每破諸侯，寫放（fǎng）其宮室」，「寫放」連用。《葉公好龍》選自西漢劉向《新序・雜事》，但最早見於戰國時殘存下來的《申子》。這三句，《申子》無前二句，後一句作：「屋室雕文以象龍」。「寫放」、「象」也都是摹寫，仿傚的意思。上面的三句譯文係根據前後詞語活譯。

（原載杭州大學《語文戰線》1975 年第 2 期）

談《海燕》的破折號

　　破折號在俄語中用得十分廣泛，有各種作用：可以用來表示句子各部分的性質及相互關係，也用來表示各種修辭色彩。作家契訶夫似乎不喜歡多用破折號。他說：「要少用引號、斜體字、破折號——這是矯揉造作。」（《契訶夫論文學》，中譯本 397 頁）這主要是針對俄國文壇上的濫用破折號等風氣講的。但有的作家用破折號卻是很慎重的，並且往往用來達到某種特殊的修辭目的，像偉大的無產階級革命作家高爾基就是這樣。他的著名散文詩《海燕》即較多地運用了破折號。把這些破折號的不同用法搞清楚，有助於我們正確和全面地領會這篇作品的思想內容。對這些破折號的用法，過去講《海燕》的同志已有過一些探討，但不完全準確。下面想就戈寶權的譯文（即目前中學語文課本中所採用的譯文）也來談談自己的看法。

　　1. 一會兒翅膀碰著波浪，一會兒箭一般地直衝雲霄，它叫喊著，——

　　　　——就在這鳥兒勇敢的叫喊聲裏，烏雲聽到了歡樂。

　　這個破折號表示語意的轉換，並且加以強調。上文只是說海燕在叫喊，這兒說海燕的叫喊聲中充滿了歡樂的感情，襯托出了海燕的戰鬥豪情和它對未來勝利的信心。這一點甚至連烏雲（象徵反動勢力）也感覺到了。

　　2. 海鷗在暴風雨到來之前呻吟著，——呻吟著，在大海上飛竄，想

　　　　把自己對暴風雨的恐懼，掩藏到大海深處。

兩個「呻吟著」之間，用一個逗號就可以表示海鷗（象徵資產階級各階層）是呻吟不絕的了。再用一個破折號，來一個較長的停頓，就表示了海鷗呻吟的有氣無力，也就更加深刻地刻畫出海鷗對暴風雨來臨的恐懼而痛苦的情態。

3. 海鴨也在呻吟著，——這些海鴨呀，享受不了戰鬥生活的歡樂，

轟隆隆的雷聲就把它們嚇壞了。

這個破折號表示後面的部分是說明前面的部分的，含有「因為」的意思，這一句強調指出海鴨之所以呻吟，是由於它們享受不了戰鬥生活的歡樂，被雷聲嚇壞了。這兒不用表示原因的連詞，而且破折號則又有強調後面的部分的作用。

4. 看吧，它飛舞著，像個精靈——高傲的黑色的暴風雨的精靈，——

——它一邊大笑，它一邊高叫，它笑那些烏雲，它為歡樂而高叫。

「精靈」是高爾基對海燕的讚詞。「高傲的、黑色的暴風雨的精靈」是前一個「精靈」的同位語，起著解釋說明的作用，使海燕的形象更加鮮明和具體。另外，「海燕」一詞的俄語含意是「暴風雨的報信者」，用這個同位語也突出說明了「精靈」和「暴風雨」之間的聯繫。

俄語原文，「飛舞著」和「一邊大笑，一邊高叫」是三個同等謂語，主語「它」在後二謂語前沒有出現，同位語是在句子中間的，所以前後都用破折號。譯文既然在「一邊大笑，一邊高叫」前添了主語「它」，而「它」的前面又有了逗號，那麼這後一個破折號實際上就可不必保留了。

5. 它深信烏雲遮不住太陽，——是的，遮不住的！

這兒用了個破折號，作了一個較長的停頓，強調了「烏雲遮不住太陽」的意思，讚揚了海燕對革命高潮必將到來，革命一定勝利的堅定的信心。

6-7.——暴風雨！暴風雨就要來啦！

這是勇敢的海燕，在閃電之間，在怒吼的大海上高傲地飛翔。

這是勝利的預言家在叫喊：

——讓暴風雨來得更猛烈些吧！

這兩個破折號都表示後面是海燕因為暴風雨馬上就要來臨而歡樂呼喊的話，其作用與引號相同。按照漢語標點符號的用法，譯文應該用引號。

總的說，上述七處破折號在朗讀時都要停頓。破折號除了表示停頓以外，還有其他的作用，必須聯繫上下文來分析才能比較準確。

另外，原文還有兩處破折號，譯文未用。這兩處破折號是：

В этом крике — жажда бури！

在這叫喊聲裏，充滿著暴風雨的渴望！

В гневе грома, — чуткий демон, — он давно усталость слышит,⋯

這敏感的精靈，從雷聲的震怒裏早就聽出困乏，……

上句的破折號代替了一個動詞，譯文裏有了「充滿著」，所以就不用這個破折號了。

下句「чуткий демон」是「он」的倒裝的同位語，因在句中，所以前後都用了破折號。譯文既改變了原句的結構，不用同位語，自然也不用破折號。有的譯文譯作「在雷聲的震怒裏，它這敏感的仙魔——早就聽見了疲乏」，這個破折號應該從「仙魔」之後移到「它」的後面去。

（原載杭州大學《語文戰線》1977 年第 4 期）

淺議新聞媒體中音譯詞的規範問題

在改革開放的新時期，科技發展日新月異，隨著經濟全球化和東西方文化交流日益頻繁，漢語也迎來了外來詞引進的又一次新高潮。這些外來詞語首先在新聞媒體中頻頻亮相和廣泛使用。

現代漢語普通話是國家推廣的標準語。新聞語言雖然有自己的特點，但首先應當符合現代漢語規範。

作為輿論工具的媒體，與人民群眾聯繫至為密切，直接影響大眾的語言行為，對其起著示範作用，所以執行國家的語言文字政策應該率先垂範。但現狀是新聞媒體中外來詞的使用極不規範，在一定程度上影響了傳播的效果和媒體形象。

下面僅針對新聞媒體裏音譯詞（也涉及一些音兼意譯或意譯＋類名構成的詞語）使用不規範問題提出一些意見和建議：

（一）有合適的意譯詞，就應當避免選擇音譯詞

高名凱先生在談到如何吸收外來詞時指出：「如果歷史上外來詞的命運可以讓我們吸取教訓的話，一般的情形，我們應當首先考慮利用本族語言原有的詞或利用其原有的構詞成分來構造純粹本族語的詞去談論外語所給我們提示的新的事物，再去考慮製造外來詞。」（《語言的內部發展規律與外來詞》）他的意見簡單地說就是盡量用「意譯」的辦法去表達外來的新事物、新概念。我們認為

這是很有道理的。現在的問題是，在既有音譯詞也有合適的意譯詞的情況下，新聞媒體放著後者不用，偏要選用一般人十分隔膜的前者，給媒體受眾造成很大不便，其感覺就像被強迫吃下不願意吃的食物一樣。下面略舉數例：

1. **按揭** 英語 mortgage 的音譯，意譯「抵押」。現在媒體中「按揭市場」、「按揭計算器」、「按揭貸款」、「轉按揭」等詞語滿紙飛。統計 1995 年 1 月～2004 年 2 月的十多家報紙〔1〕，出現「按揭」一詞的共計 1728 篇之多。例如：

「謝國忠建議，在市場環境逐步完善的基礎上，應積極發展按揭市場」。（《人民日報海外版》2002-1-19）

「但長期以來，幾乎所有的房地產廣告，都會有類似的一句廣告詞『月按揭還款××××元』，而登錄任何一家購房網站，按揭計算器所給出的結果也都是每月等額還款的賬單。」（《國際金融報》2003-10-29）

「按揭信託產品呼之欲出……」（《中國證券報》2003-12-14）

「專業人士認為，銀行『轉按揭』業務的順利實施是讓二手房撥雲見日的根本原因。」（商都房產網 2003-12-22）

2. **派** 英語 pie 的音譯，意譯「餡餅」。有「蘋果派」、「水果派」等。例如：

「一個 158 元的禮品籃裏就有一瓶好酒，一盒蘋果派，一盒巧克力，一袋烤鴨……麻雀雖小，五臟俱全……」（《人民日報海外版》2004-01-21）

「產品種類也非常豐富，包括罐裝果品、果汁飲料、蘋果酒、脫水及乾製果品、水果派填充、調味劑、嬰幼兒基礎食品、果醬等等。」（《市場報》2003-12-10）

3. **派對** 英語 party 的音譯，意譯「晚會」。

「新年零時，世紀壇廣場將撞響世紀大鐘，廣場上還將有『激情篝火派對』和『炫目假面舞會』等。」（《人民日報》2003-12-24）

4. **雷射、鐳射** 英語 laser 的音譯，意譯「激光」。例如：

「這個小組也運用縮時攝影和雷射成像技術，嚴密監視神經細

胞受刺激時發生的形狀與連結上的微細變化。」(《人民日報海外版》
2003-06-09)

「每到夜晚來臨,那棟 10 層 50 米高的大樓樓頂的鐳射燈閃耀
著耀眼的光芒,讓北京西直門北大街文慧橋東顯得愈發亮麗。」(《人
民日報海外版》2003-12-25)

5. **奶昔**　英語 milk shake 的音譯,意譯「泡沫奶」。例如:

「洋快餐包括幾類餐食:炸製食品,像炸雞翅、炸薯條、水果
派、漢堡包中的肉餅等;精細加工過的穀物,如麵包;甜品和軟飲
料,包括冰淇淋、奶昔、可樂等。」(《人民日報》2000-3-31)

乍看到「奶昔」,很難想像它是一種什麼東西,《牛津現代高級英漢雙解詞
典》釋爲:「牛奶和冰淇淋攪打而成的飲料:泡沫奶。」我們以爲叫「泡沫奶」
似乎更容易接受。

6. **菲林**　英語 film 的音譯,意譯「膠捲」。例如:

「臨鷹公司總經理周創先生介紹,今年五六月份應用無菲林數
碼立體印刷技術將推出相關的產品,涉及產品包裝印刷、婚紗攝影、
名片印刷等業務。」(《華東新聞》2002-01-28)

7. **曲奇**　英語 cookie 的音譯,意譯「小甜餅」。例如:

「孩子們聽完這段話都捧腹大笑,理查德的投入表演,很像英
國典型的輕喜劇。最後他從身後亮出半個裝曲奇的鐵盒,『這是我的
寵物,媽媽同意了。』」(《京華時報》2003-08-23)

8. **英特網、因特網**　英語 Internet 的音譯＋意譯,意譯「互聯網」。例如:

「這十個優勢指標全部集中在市場競爭力中,其中有五個指標
排名世界第一,它們是:電信業務收入 CAGR、因特網用戶數、本
地電話資費、因特網撥號資費和年均電信投資。」(《人民日報海外
版》2004-2-26)

「據該公司負責人介紹,Radware 4-7 層網絡設備一方面能夠廣
泛應用於負載均衡領域,以保證 IP 應用和在英特網上的最佳運行和
服務。」(《市場報》2003-12-23)

統計 12 家報紙，用「英特網」者 98 篇，用「因特網」者 5517 篇，用「互聯網」者 16310 篇。這些數字表明，大家還是更喜歡用意譯詞「互聯網」。

9. 忌士　英語 cheese 的音譯，意譯「奶酪」。例如：

「這一類型幾乎清一色是女性。爲了保持身材，對美國牛排、蛋糕、冰淇淋、巧克力、忌士等敬而遠之。每天以水果、生菜或低卡路里的食物果腹。吃得手腳發軟，頭昏眼花。」（《國際金融報》2001-02-11）

10. 司麥脫　英語 smart 的音譯，意譯「漂亮的」。例如：

「傑亞格羊絨羊毛短風衣 1980 元；金吉列紅色棉滌襯衫 328 元；司麥脫紅色純棉襯衫 268 元；七匹狼羽絨服 777 元；艾帝棉滌面羽絨服 1580 元。」（《京華時報》2004-01-09）

11. 血拼、瞎拼　英語 shopping 的音譯，意譯「購物」。例如：

「當人們走入商場去節日「血拼」（shopping，購物），買來種種只是『樂』在購買過程而實際上並無必需甚至很快就會被束之高閣或扔掉的商品時，是否想到過這種『消費娛樂』背後的資源代價？」（《人民日報》2004-01-15）

「紐約是著名的購物天堂，在夜幕中徜徉第五大道逛街『瞎拼』（Shopping），是紐約夜生活中一項必不可少的內容。」（《環球時報》2003-12-24）

借用得有個原則，沒有的才去借，本身可以解決的就不必外借，否則就會造成混亂。我們認爲「按揭」這一類與漢語字面意義不一致的外來詞，完全可以用漢語語素組詞來代替，否則就會影響到漢語的表意效果。這不僅嚴重妨礙了信息的傳播，並且在某種程度上消解著中國文化的基礎。當然，我們這裡的意譯要求，不包括某些外來詞初始時非音譯不可以及音兼意譯的最佳狀態（中西合璧）的情況。

（二）選定恰當的詞形，避免一詞多譯造成繁複

新聞媒體中譯名重複者比比皆是，例如：

1. **偉哥、萬艾可**　兩詞同為英語 vigra 的音譯，經常同時出現於媒體中。12 家報紙用「偉哥」者 421 篇，用「萬艾可」者約有 100 篇。例如：

> 「一個參保者服用『偉哥』以『提高個人生活質量』，其昂貴的藥費經法院判決由保險公司承擔。」（《人民日報》2004-2-6）

> 「一年前，國內 12 家製藥企業曾聯名對輝瑞公司『萬艾可』專利提出申訴。幾天前，有消息傳稱國家知識產權局將取消輝瑞公司的『萬艾可』專利權。」（《江南時報》2003-12-30）

> 「偉哥（即萬艾可），是全球成年人知曉率最高的藥物之一。」（《健康時報》2003-06-12）

上舉第二例標題用「偉哥」，正文用「萬艾可」，第三例用一般人不熟悉的「萬艾可」去注大家熟悉的「偉哥」，均不可取。

2. **艾滋病、愛滋病**　同為字母詞 AIDS 的音譯＋類名構成。12 家報紙用「愛滋病」者 79 篇，用「艾滋病」者 594 篇。又有用純音譯的「艾滋」和簡縮音譯「艾」的。例如：

> 「據研究，對人類造成威脅的重大瘟疫大多數是由野生動物傳染給人類的，如愛滋病、鼠疫等。」（《人民日報》2003-05-20）

> 「以 70 多歲高齡，一直在民間從事艾滋病防治和救助艾滋孤兒工作，用自己的力量推動這項重要事業的河南中醫學院退休教授高耀潔……」（《人民日報海外版》2004-02-21）

> 「聯合國：全球女性反擊艾滋」（《人民日報》2004-02-04 第 7 版標題）

> 「目前西南地區僅四川省疾病控制中心備有防艾藥物。」（《江南時報》2004-02-28）

「愛滋」譯名暗示該病由性愛引起，而「艾滋」只是一個意義中性的音譯。從翻譯角度來說顯然要選用後者，因為前者附加了病名以外的意義，作為一種科技術語顯然是不妥的。因為 AIDS 的傳播不僅性愛一個渠道，用後者是符合科學原則的。

3. **冰淇淋、冰激淋、冰激淩**　同為 Ice cream 的音意合譯詞。例如：

「新春伊始，崔巢冰淇淋就要給中國消費者全新美味的冰淇淋產品和快樂的享受。」（《人民日報海外版》2004-2-12）

「代糖酸奶或冰激淋因含有奶類製品，故應計入糖尿病飲食每日奶製品的飲入量之中。」（《健康時報》2004-01-01）

「這是馬薩諸塞州東部為數不多的家庭農場之一，主要生產牛奶和冰激凌等。」（《人民日報》2003-12-12》

《現代漢語詞典》以「冰激凌」為主條，以「冰淇淋」為副條。《現代漢語規範詞典》「冰淇淋」條：「現在一般寫作『冰激凌』。」按該詞典《凡例》「現在一般寫作……」這樣處理是把「冰淇淋」作為「非推薦詞形」出條的。但統計 12 家報紙，用「冰淇淋」者共 606 篇，用「冰激淋」者共 25 篇，用「冰激凌」者為 196 篇。「冰淇淋」遠比「冰激凌」用得普遍。我們的意見是：「冰激淋」出現率不高，兩部詞典均未收，首先應當廢棄不用。其次應以使用率最高的「冰淇淋」為規範詞形或推薦詞形。

4. 蘇伊士、蘇彝士　同為英語 Suez 的音譯。例如：

「這個可能的『巴爾幹化地區』西起蘇伊士運河，東到中國西北邊境，北起俄羅斯和哈薩克斯坦邊境，南到阿富汗的南部邊界。」（《人民日報》2004-01-18）

「車經蘇彝士河時，你特別介紹幾國共用的『黃金水道』靠什麼保證水質良好。」（《人民日報海外版》2001-07-11）

5. 色拉、沙拉　英語 salad 的音譯。例如：

「但天天吃麵包、色拉也不是個事。」（《人民日報海外版》2004-02-02）

「所不同的是，這裡是吃自助餐，桌上除了擺放著沙拉、麵包、蛋糕、魚片外，還有『光明節』期間特有的食品：一種甜的油炸麵包圈。」（《人民日報海外版》2004-01-17）

6. 本拉登、本拉丹　英語 Bin Laden 的音譯。例如：

「巴基斯坦宣佈正在組建一支反恐怖特別部隊，以協助美國追

捕本拉登基地組織和塔利班嫌疑分子。」（《江南時報》2003-08-22）

「一份伊拉克大使館的報告記錄下了這位『半島 2 號』的秘密活動，稱他為伊拉克提供了 2 封本拉丹寫的親筆信。」（《江南時報》2003-05-12）

7. 的士高、迪斯科、迪高　英語 disco 的音譯。統計 12 家報紙，用「的士高」者 15 篇，用「迪斯科」者 435 篇，用「迪高」者 7 篇。例如：

「據介紹，該郵輪……還有自助餐廳、西餐廳、酒吧間、夜總會、的士高舞廳、桑拿會所、立體電影院、室內恒溫游泳池、多功能會議廳及購物中心等。」（《人民日報海外版》2003-11-01）

「包廂內燈光昏暗、煙霧繚繞，迪斯科音樂震耳欲聾。」（《人民日報海外版》2004-01-08）

「生活在學習、工作壓力皆重的大都市裏，如今的年輕人喜歡到迪高舞廳去盡情釋放自我。」（《國際金融報》2000-08-13）

以上所舉 7 例，大都是譯名用字不統一的問題。多種寫法只會給讀者帶來不必要的麻煩和負擔。有的已有規範的詞形，如《現代漢語詞典》和《現代漢語規範詞典》都只收「迪斯科」而未收「迪士高」，應統一用前者。又如「Suez」均譯為「蘇伊士」，而《人民日報海外版》卻用「蘇彝士」，這種棄簡從繁、不講規範的做法實不可取。

（三）音譯要講求文雅，避免低俗化

騷　港臺流行把英語 show（表演）譯為「騷」、「做騷」。香港還把表演的本錢或女演員的身材叫作「騷本錢」。這種情況已影響到大陸。例如：

「眾所周知，柏芝在短短兩年間，可謂文身文上癮，分別在前腹、側腰、腰後及腳跟文上不同圖案，對纖體公司而言，柏芝開出的條件認真棘手，要穿泳衣騷身材，文身根本避無可避。」（《江南時報》2003-08-02）

「新聞傳播是一回事，銷售廣告及其他經營是另一回事，兩張皮，就會兩被動，兩對立，不能相得益彰，不能形成良性互動，前臺無論怎樣賣勁做騷，後面不予配合和理睬，以致前後失衡失調。」

（《人民日報海外版》2001-02-16）

前一例中「騷」用的是引申義，指顯示身材苗條；後例中則爲表演。其實，表演已有「秀」「做秀」等說法，就比「騷」、「做騷」文雅得多。還有一些音譯成分構成的音譯＋意譯詞，例如用「吧」（英語 bar 的音譯）所構成的「動吧」、「狂吧」，讓人簡直不知所云。

如開頭所言，外來詞的引進是時代的必然、現實的需要。但不斷糾正其不規範的現象也是不可忽視的一項重要的工作。我們反對的只是一味趨時求新、亂造亂用外來詞。音譯詞在外來詞中佔有很大的比重，音譯階段一般是外來詞進入漢語的初級階段，有時也是必經階段，出現多種譯法和多種詞形在所難免。作爲語言文字工作者和新聞工作者一定要以遵守語言文字規範爲己任，力求減少媒體中外來詞不規範的現象，爲大眾作出規範使用語言文字的表率。

附　注

〔1〕此處統計的是 1995 年 1 月～2004 年 2 月的《人民日報》、《人民日報海外版》、《江南時報》、《京華時報》、《華東新聞》、《市場報》、《諷刺與幽默》、《中國汽車報》、《環球時報》、《國際金融報》、《健康時報》《華南新聞》等 12 家報紙。但本書引例並不限於這 12 家報紙。

〔2〕本文及下面兩篇係國家社會科學基金項目（03BXW007）的階段性成果——作者補記

參考文獻

〔1〕中國社會科學院語言所，2002，《現代漢語詞典》，商務印書館。

〔2〕李行健等，2004，《現代漢語規範詞典》，外語教學與研究出版社、語文出版社。

〔3〕黃中習，2003，《論外來語的語言規範》，《山東外語教學》第 2 期。

〔4〕蘇功炳，2003，《媒體文字要規範——從外來詞秀說起》，《新聞界》第 2 期。

〔5〕劉紅，2000，《外來語的誤用與誤讀》，《淮陰師範學院學報》第 6 期。

〔6〕王同倫，2000，《「偉哥」「萬艾可」誰能勝利》，《語文建設》第 10 期。

〔7〕李緒洙，1999，《港臺新詞「秀」「騷」漫議》，《語文建設》第 3 期。

〔8〕朱耀先，2003，《漫談文化因素與商標翻譯》，《河南大學學報》第 2 期。

〔9〕黃文貴等，2002，《漢語外來詞語的規範問題》，《江西農業大學學報》第 3 期。

〔10〕汝炳榮，2001，《新聞語言的創新與規範》，《當代傳播》第 4 期。

（原載《徐州師範大學學報》2004 年第 3 期，與吳進珍合作）

新聞媒體中意譯詞的使用與規範問題

　　隨著中國和國際社會進一步接軌，信息傳媒的高速發展，代表著世界高新科技及異域風情的外來詞走進了我們的生活，也衝擊著我們過去相對穩定的漢語表達。以電視報紙引領的新聞媒體中出現的外來詞更是與日俱增，令人眼花繚亂，其中當然也存在著大量不規範的現象，給觀眾和讀者造成視聽障礙，對漢語的有效使用產生了負面影響。本書試就新聞媒體中意譯詞（包括音譯兼意譯、半音譯半意譯詞、字母詞＋意譯詞、音譯詞＋意譯詞）不規範現象的類型、原因及規範原則進行討論，希望能引起有關方面的關注。

一、目前新聞媒體中意譯詞使用的不規範現狀

（一）一義多詞

　　即一個外來詞進入漢語後有多種表達形式：音譯、意譯、半音譯半意譯、字母詞、縮略語等，造成了外來詞定名的混亂與使用的不統一。例如：

　　1. 環球網／全球網／萬維網／3W　前 3 詞是英語 world wide web 的意譯，指一種基於超級文本方式的信息查詢工具。

　　①瀏覽環球網和收發電子郵件：利用電視作為顯示器上網。（《中山日報》2001-04-29）

　　②它們當中的一些新業務完全是由於全球網和價格透明的推動而

新設計出來的。(《國際金融報》2000-08-01)

③WWW（World Wide Web）的含義是「環球網」、「布滿世界的蜘蛛網」，俗稱「萬維網」或 3W 或 Web。(數網 www. digital-fly.com.cn 2003-06-09)

2. IP 電話／網絡電話　「IP」為 internet phone 的縮略，後者是意譯，指通過網絡傳遞語音的新型通訊方式。

①1997 年 9 月，福州市馬尾區的兩位網蟲陳維、陳彥兄弟開始私自經營 IP 電話。(《中國青年報》1999-07-30)

②網絡電話的軟件下載後，我的電腦屏幕上顯示出一隻很漂亮的電話機來。(《光明日報》1999-03-17)

3. **因特網／英特網／互聯網／國際互聯網／國際互聯網絡**　前 2 詞為 internet 的音兼意譯，後 3 詞是其意譯。

①近日來，北約連接因特網的服務器及電子信箱遭到大量非法電子郵件的入侵，其使用的部分計算機的軟件甚至硬盤也遭到不同程度的破壞。(《羊城晚報》1999-04-02)

②李金羽吃飯神速，飯後便是看來信，再就是打開英特網。他告訴我說，估計一天平均是兩個小時的上網時間。(《羊城晚報》1999-03-20)

③這三種正在推向實用的前沿技術，將給網絡發展帶來革命性的變化，使廣大民眾能夠更實用更方便地使用互聯網。(《人民日報》2003-12-13)

④作為國際互聯網工程任務組（IETF）設計的網絡協議，ENUM 的主要功能是實現電話網和互聯網的互聯互通，將符合國際電聯 E.164 標準的電話號碼轉換為符合域名標準格式的名字。(《人民日報》2003-12-13)

⑤同時還將利用國際互聯網絡，實現遠程人才信息交流。(《中國青年報》2000-03-20)

4. 伊眉兒／伊妹／伊妹兒／妹兒／電郵／電子郵件／電子件　前 4 詞為英文「E-mail」的音譯詞，後 3 詞為意譯詞，指網上用電子文本方式發送的郵件。

①後來可能是因為當時玩電腦的基本上都是男性，太寂寞，於是有人將「伊眉兒」改成了「伊妹兒」。(《申江服務導報》2001-11-07)

②郵件尋呼—郵件翻譯—語音視頻郵件，伊妹亮麗「行頭」翻出來。(《新民晚報》2000-06-23)

③上海熱線推出有聲「伊妹兒」。(《文匯報》2000-06-18)

④曼谷專設「妹兒」徵建議。(《新民晚報》2001-01-18)

⑤當時我很懷疑是不是一個「美人計」，但還是發了幾次電郵過去。(《申江服務導報》2000-05-31)

⑥這家公司向報社發去一份電子郵件，聲明自己並沒有從事任何非法貿易活動並拒絕談論任何與伊拉克交易的細節。(《新聞晚報》2003-12-31)

⑦對於保護電子件的安全來說，瞭解一下電子郵件的發送過程是很有必要的。(靖康科技網 www.cexpress.com 2003-12-17)

5. 愛普／愛普考試／AP 考試　英語 APIEL，Advanced Placement International English Language 的縮寫，意為國際英語進階考試。「愛普考試」是半音譯加半意譯詞。

①有消息說，明年 5 月愛普將在中國開考。(《新聞晨報》2001-12-30)

②愛普考試由來自全球的命題委員共同設計，主要測試國際學生閱讀、寫作、聽說、理解英語的綜合能力。(《新民晚報》2001-12-19)

③現在 AP 考試已發展到全世界 83 個國家，參加考試者達 141 萬人，接受 AP 成績作為入學成績的大學達 3000 多所。(《文匯報》2001-12-20)

6. 笨豬跳／蹦極／蹦級跳　前 1 詞是 Bungee Jumping 的意譯，後 2 詞是音譯兼意譯，指一種極限運動。

①當「笨豬跳」於80年代末期首次在美國推出時，巴林便跳了1000
多次。(《上海譯報》2002-01-24)

②對滑雪、滑冰、冬泳、攀岩、蹦極、探險、漂流、射擊等容易發
生安全事故的旅遊項目……要進行重點檢查，切實排除各種安全
隱患。(《當代生活報》2003-12-29)

③蹦極跳的前身是南太平洋瓦努阿圖群島彭特科斯島上盛行的「陸
上高臺跳」。(《新民晚報》2000-07-28)

7. 光聯網／光網絡／光因特網　指未來以光子技術爲主的互聯網絡。

①顯然，只有光子技術的發展速度才能滿足電信業務的需求速度，
因此光聯網勢在必行。(《文匯報》2001-01-02)

②在光網絡領域，提高光纖容量所採用的兩個主導方法包括波分複
用（WDM）和時分複用（TDM）技術。(《新民晚報》2001-01-30)

③光因特網將代表寬帶IP主幹網的明天。(《新民晚報》2001-01-30)

8. 卡廳／卡O／卡拉OK廳

①按摩小姐滿街走，卡廳開到校門口，咸陽兩學校被「脂粉」包圍。
(《報刊文摘》1998-06-18)

②他在「卡O」泡妞哩！(《生活周刊》1993-02-07)

③老狼先生唱過一首歌《同桌的你》，在卡拉OK廳點唱率十分高。
(《中國青年報》2003-12-25)

9. 可視點播／VOD　後者是英文Video-On-Demand的縮寫，前者是意譯，
指用戶通過運用設備點播自己想看的電視節目，網絡服務商通過有線電視網或
專用網絡將點播的節目傳送到用戶的電視機。

①可視點播，英文爲Video-On-Demand，簡稱VOD，目前在美國等
國家地區是一股新興的網絡服務潮流。(《文匯報》1997-04-16)

②記者發現，ITV、VOD、HDTV等等新型數字家電都在惠普的規
劃範圍內，但邱秋良拒絕透露，惠普究竟會在哪兒參與哪些項
目，以及什麼時候推出。(《新京報》2003-12-24)

（二）不文明的外來詞翻譯

隨著廣播電視對外來詞的大量引用，一些極不文明、粗俗戲謔的譯法也在公眾面前頻頻亮相。例如：

1. 英文「show」　意思是演唱會、晚會，漢字卻寫成「騷」字，廣州的廣播電視裏就經常聽到「今晚有場騷」。做秀寫成「做騷」，「造騷」：

①CNN 開出高價邀請克林頓「做騷」（標題）（《新快報》2003-05-08）

這裡就是請克林頓主持談話節目。

②當大家以為他是認真，誰知他卻是在開玩笑，他指無線造騷那有得「夾口形」……（《香港商報》2003-03-27）

「造騷」即以做秀、搞表演造聲勢。

又如《廣州日報》對 1995 年春節聯歡晚會籌辦情況的部分報導：

①為使讀者及時瞭解「國騷」春節聯歡晚會的籌辦內幕，本報記者已飛抵北京「撲料」。本版今起推出《追蹤「國騷」走京華》的系列報導。希讀留意，萬勿「走寶」。一個又一個大紅燈籠高高掛的喜慶日子向我們走來。從豬年到豬年，「國騷」度過了她的第一個輪迴。一年一度的「國騷」，'95 春節晚會再度成為熱點，圈裏圈外眾說紛紜。（《轟轟烈烈開門紅》1995-01-28）

②「年騷」在上周出了引人矚目的「人事變動」。（《「年騷」頻頻「人事變動」》1995-01-23）

③歲晚之際，當中央電視臺在北京彩電中心記者室召開新聞發佈會，通報「年騷」情況的時候。40 多個座位的會議室蜂擁 50 多位「老記」，一時爆棚。（《世界向「年騷」聚焦》1995-01-29）

④經過一番緊鑼密鼓的籌備，被譽為「廣州城騷」的《大都市之夜——廣州'95 迎春煙花歌舞晚會》也就呱呱墜地了。（《大年三十聚「城騷」》1995-01-31）

這裡「年騷」、「國騷」、「城騷」（一年一度的春節聯歡晚會）等說法，簡直和春節聯歡晚會歡樂祥和的氣氛大相徑庭，群眾怎能接受？

2. 「dancing girl」　本意為舞女，卻又譯為「彈性女郎」，未免有粗俗戲

謔之嫌，而且與原詞語義相涉甚少。如：

> 公務員、職工、教師、作家、賣藝者、小生意人、戲子、<u>彈性</u>
> <u>女郎</u>……總是僥倖地委屈地住亭子間。（網站小說 www.xishu.com.cn
> 《亭子間才情》）

（三）成為漢語語素的外來詞構成的一些新詞不知所云

很多學者都已論述過音譯外來詞中某些成份已經語素化，即充當了漢語的詞根開始構詞。但是縱觀其所構成的新詞，一些是我們所熟悉的，還有一些卻已感牽強，甚至讓人不知所云。例如：

1. 由「的」（taxi）這個語素構成「面的」、「轎的」、「摩的」、「馬的」、「驢的」、「板的」、「殘的」、「拐的」、「的哥」、「的姐」、「打的」、「叫的」、「攔的」、「坐的」、「乘的」等，如：

①非法「<u>摩的</u>」活動猖獗，市民呼籲徹底整治。

（深圳新聞網 www.sznews.com 2003-06-23）

②新疆塔城災區「<u>馬的</u>」成為交通主角（標題）

（中國新聞網 www.chinanews.com 2001-02-18）

③由於高昌古城面積龐大，主要參觀區分佈較遠，如時間緊張，可乘毛驢車（俗稱「<u>驢的</u>」）入城，10-20 元／人。

（吐魯番旅遊網 www.turpantours.com 2002-09-16）

④我們不知道，「此為迎賓道，不許『<u>板的</u>』過」的交通管制制度的設計者有沒有考慮到普通公眾，有沒有在定下這一制度時為公眾另行開闢相應的通道？（《法制日報》2000-12-06）

⑤記者調查發現，目前已有部分新買的殘疾車被改裝過，在舊「<u>殘的</u>」被逐漸清退出市區時，用改裝過的新型殘疾車搭客又出現了。（南寧晚報網絡版 www.nnwb.com 2004-01-04）

⑥西安到藍田的西藍高速客運車輛為了逃避路政超載檢查，中途讓多拉的乘客下車，用小車或「<u>拐的</u>」倒運超載的乘客，這樣逃避檢查。（《三秦都市報》2003-12-19）

「摩的」（出租摩托車）、「馬的」（出租馬車）、「驢的」、「板的」（出租人力

車）、「殘的」、「拐的」（由殘疾人駕駛的一種小型機動載客車）可讀性就不是很強，如「馬的」、「驢的」應用範圍僅在新疆地區，「摩的」主要在中國南方城市應用較多，作爲不同地域的人群接受起來就會有隔閡感，其理據性、規範性和可傳授性恐怕都成問題。

2. 由「吧」（bar）語素構成「網吧」、「陶吧」、「聊吧」、「水吧」、「氧吧」、「茶吧」、「話吧」、「吧女」、「吧臺」、「讀書吧」、「玩具吧」、「演藝吧」、「吧蠅」（BarFly，泡在酒吧裏的一族，如蒼蠅般趕不走，鬨不散）等。如果說從「網吧」到「吧臺」我們還能理解的話，那麼「讀書吧」、「玩具吧」等就感到有些彆扭，而「吧蠅」簡直就不知所云，如：

①走進讀書吧（標題）（《張掖日報》2002-06-19）

②該演藝吧老闆，名叫李寧。（《法制日報》2004-02-04）

③看到《中國青年報》載都市階層新的解析：有「車狼」、「吧蠅」、「網蟲」、「蝶鼠」之說。（網上材料，出處失記）

新近又出現「QQ 吧」，如：

④趙琳、李小冉昨晚做客本報 QQ 吧（標題）（《揚子晚報》2004-02-10）

就發行量超過 150 多萬份的《揚子晚報》來說，至少三分之二的讀者不知其爲何物。

3. 由「秀」（show）語素構成「內衣秀」、「人體秀」、「時裝秀」、「魔術秀」、「眞人秀」、「模仿秀」、「歌廳秀」、「政治秀」、「秀界」（演藝界）、「秀期」（表演時期）、「走秀」（模特在臺上走步）等。後 3 詞出現在媒體中若不加注，一般受眾是無法理解的。如：

①浪漫寒冬火熱內衣秀（標題）（大洋網 news.qq.com 2004-02-08）

②這兩年，形形色色的「人體秀」層出不窮，今年 3 月、4 月更是達到一個小高潮。（《中國文化報》2002-05-16）

③上月 29 日，模特在北京舉行的「NE・TIGER 時尚峰會」上展示水果時裝秀。（《清遠日報》2004-01-01）

④拉斯維加斯酒店魔術秀出現驚魂一幕（標題）（《新快報》2003-10-06）

⑤尤其是這次活動將動漫畫展與<u>眞人秀</u>並重，有 30 多個動漫社團
登臺表演舞臺劇。（《解放日報》2004-01-19）

⑥警察「<u>模仿秀</u>」後續：南寧公安局清理整頓保安行業（新桂網
www.Newgx.com.cn 2004-02-09）

⑦這是最佳的抗日宣傳，對三姊妹而言，也是最有效的公關和「<u>政
治秀</u>」。（《揚子晚報》2003-11-28）

⑧布什侄女<u>走秀</u>巴塞羅那（標題）（南方網 news.sohu.com 2002-09-07）

（四）趨洋求異造成重複冗餘

有學者稱這類現象爲「食洋不化」。即有<u>些</u>外來詞使用者並不一定眞正把握
了外來詞的正確含義和準確用法，只是一味趨洋求異，其結果是重複冗餘，成
爲一個字母詞外加一個意譯詞或一個音譯詞外加一個意譯詞。如：

1. LD 激光影碟

<u>LD</u> 激光影碟播放：杜比 AC-3RF 輸出端子，先進「C 軌」高速
反碟，先進三重數碼集成電路。（西安城市網 xian.chinese.com
2003-12-16）

2. 激光唱盤 CD／CD 激光唱片

①音頻數據源可以是<u>激光唱盤 CD</u>，也可以是數字錄音機 DAT，以
1.4IM b／s 的傳輸速率送至信源編碼器按照 M PEC2 Layer III 標
準進行壓縮編碼。（《衛視周刊》2004-01-05）

②<u>CD 激光唱片</u>問世至今已十幾年的光景了。由於它許多特有的優
勢如：小型、容易保存、頻響寬、信噪比高、動態範圍大。至今
仍是 HiFi 設備的主要音源。（purer.myrice.com 2004-01-05）

3. VOD 視頻點播／視頻點播 VOD

①應用廣：家庭辦公 SOHO、遠程辦公 ROBO、高速上網、遠程教
育、遠程醫療、<u>VOD 視頻點播</u>、視頻會議、網間互聯。（嘉興信
息超市網 www.jx001.com 2004-01-04）

②它充分體現碧水灣示範小區的定位——爲住戶提供多種多樣的
新穎、高效的服務：高速接入 Internet、ChinaNet、長城網等；實

現視頻點播 VOD、音樂點播、新聞廣播。（東南大學智慧化管理

有限公司網 www.dong-zhi.com 2004-01-05）

4. 鐳射激光

微微是我市一家 Disco 酒吧裏的領舞男孩，每天晚上 10 點至凌

晨 2 點都會在閃爍著鐳射激光燈和彌漫著煙霧的舞臺上。（《哈爾濱

日報》2003-04-06）

5. 表演秀／展示秀

①所以，主持人的表演秀，還是畫上一個句號吧。（《遼寧廣播電視

報》2003-11-19）

②整個大賽分四個流程：參賽選手自我介紹，才藝表演，IT 知識問

答和企業優秀產品展示秀。（溫大網 www.wzu.edu.cn 2004-02-08）

上文例中「LD」就是「激光影碟」，「CD」就是「激光唱盤」、「激光唱片」，

「VOD」就是「視頻點播」，「鐳射」就是「激光」，「秀」的含義就是「表演」、

「展示」，上例中的這些說法無異於疊床架屋，重複得毫無意義。

二、產生不規範現象的原因

（一）從大環境來看，我國正處於經濟大發展的時期，伴隨著信息網絡廣
告傳媒的高速發展，語言污染、語言紊亂、語言的肢解已是不爭的事實。

（二）從媒體導向看，目前我國的許多書籍、報紙、電視中為了獵奇，大
量使用外來詞，很多為生搬硬套，以顯示作者或導演外語水平的莫測高深。就
接受方而言，即便很不規範的外來語，很多年輕人也樂於接受並廣為使用，似
乎這樣才不顯得土氣、才顯得有品味，更時尚。總起來講是一種崇洋的心理在
作怪。

（三）就漢語內部自身規律而言，這也體現了漢語對外來詞語義改造的不
力。如上面所提到的一義多詞現象，同一個外來詞義，具有多種表達形式，這
是由於漢語在對外來詞的引進上呈現出從音譯到意譯的總體趨勢。在引進之初
對來自異域文化的新事物、新觀念，譯者一時難以造出貼切的對應詞語，便姑
且用漢字錄其讀音，以應交際之需，或者為了趨合大眾的追新求異心理，而用
音譯法保留些異國情趣。但音譯時如果用字不當，便會以字害義，造成額外負

擔，增加交際難度。因此漢語對這些異域的「另類」詞語總是會盡量同化，同化結果便是意譯或音譯兼意譯。從共時層面而言，漢語既要不斷地吸收外來詞以豐富自身，增強自身的影響與活力，又會本能地維護自己的內在特質，使自己的系統性和完整性不受侵犯。所以在外來詞的引進過程中，總是存在著趨新與守舊之間的矛盾，作為這種矛盾衝突的結果之一，便是音譯詞與意譯詞共存而引起的外來詞一義多詞的現象。

三、外來詞規範的原則

（一）開始使用時加注

《中華人民共和國國家通用語言文字法》第十一條提到「漢語文出版物中需要使用外國語言文字的，應當用國家通用語言文字作必要的注釋。」對於字母詞、純外文單詞，這項規定是非常必要的，那麼對於意譯和半音半意或音兼意譯詞有無必要加注呢？從讀者和觀眾的接受角度看，開始使用的意譯或音兼意譯詞是比較生疏的，也應該給予明確的漢語注釋。以免造成閱讀困難。如：

①波波族是另類的，連燈都是一個放在地上的正方體。（《南方都市報》2003-12-19）

②波波族的頭部欲望（標題）（《南方都市報》2002-11-18）

「波波」（bobo）是「bourgeois」（布爾喬亞）和「bohemia」（波希米亞）的縮寫，「波波族」指擁有較高學歷、收入豐厚，追求享受、崇尚自由解放、積極進取又特立獨行的一類人，是上世紀 70 年代嬉皮與 80 年代雅皮的現代綜合版。從構詞就可以看出，波波族強調的是在經濟實力、物質生活檔位達到了中產的要求之後，還必須擁有波希米亞生活方式的反中產階層的精神追求。再如：

③「酷生代」擇偶標準：只要你有財力，年齡不是問題，身高不是距離，體重不是壓力，表現沒有關係。

（西安晚報電子版 www.xawb.com 2004-01-14）

④日前，北京一所知名大學湖北招生組長在武漢向湖北 20 餘所著名……家庭文化背景下的漸次長大的所謂「酷生代」學子精英。

（《服務導報》2003-06-19）

「酷」：英文 cool 的音譯，不再與殘酷、嚴酷、酷愛聯繫在一起，也不是 cool 的對譯；而是中國版的 cool 的衣著、cool 的舉止、cool 的形象、cool 的生活方式，指一種前衛意味的時髦。作為形容詞，可以解釋為涼快的（物理上的），涼爽的（感覺上的），冷靜的（褒義詞），無恥的（貶義詞），冷淡的或暗示得意的（強調語氣用詞）。50 歲以上的人幾乎不用「酷」，40 歲以上的人較少使用「酷」，越年輕使用「酷」的頻率越高，但兒童使用「酷」的頻率變低。這個詞以及這個詞所代表的時尚主要在青少年中流行。所以有媒體將生於上世紀 70 年代末和 80 年代的一代，稱為「酷生代」。又如：

①11 月 21 日晚 9 時到次日黎明，廈門火燒嶼上，從城市各處走到一起來的年輕人，將身著閃亮、性感的時髦服裝。在專業 DJ 的現場混音和打碟表演中瘋狂起舞，玩出廈門首次<u>銳舞派對</u>（RAVEPARTY）。（《海峽都市報》2003-11-18）

②國內的網站也以聚集人氣為目的，並且扮演著娛樂先鋒者的角色，2ICN 網站就於日前舉辦了一場規模盛大的<u>銳舞派對</u>，使人們在分享世界最流行最尖端的舞曲類型的同時，牢牢記住了銳舞的新觀念。（《北京青年報》2004-02-09）

「銳舞派對」是「Rave Party」的音兼意譯。Rave 的發源地是英國，是俱樂部文化（Club Culture）的一種極端表現，這種以聆聽富於創意的跳舞音樂，參加跳舞派對，穿戴有趣的舞會裝飾的活動已成為當代歐美年輕人最熱衷的時尚。Rave Party 在臺灣被稱為「飆風」，在香港被稱為「銳舞派對」，以示其銳不可擋之勢。

上面所舉「酷生代」、「銳舞派對」、「波波族」等詞出現在媒體報刊中，若不加注，大量的受眾根本無法理解。

（二）注意漢語對譯的簡明性

意譯詞和音兼意譯詞都涉及到對譯的問題，造成外來詞詞無定形、使用混亂的一個原因也在於漢語對譯、改造的不力。如上所舉「吧」字構成的新詞「讀書吧」、「玩具吧」，之所以給人不夠舒服的感覺，是因為漢語詞語以雙音節為主，改造過來的詞，若是雙音節，則比較和諧，也符合漢語習慣，如酒吧、網吧等。此外還與構詞語素語義的搭配恰當與否有關，如「吧」，本指

休閒娛樂場所，前面多結合一個名詞，搭配一個動賓結構「讀書」，就顯得很不和諧。因此「讀書吧」和「玩具吧」遠未有「酒吧」、「網吧」為人們所廣泛接受和使用。

對於「一義多詞」現象，應當由國家語言文字權威機構組織專家定期篩選出適當的詞形或譯法，作為確定的詞形或推薦詞形向社會公佈。以減少紛亂現象，促進使用的統一。

（三）注意漢語對譯的文明性

漢語受外來詞污染的主要原因不在外語本身而在譯詞。譯詞的文明是規範使用的前提，上面提到的「年騷」、「國騷」、「城騷」、「做騷」等譯法確實讓人望而怯步。而「秀」的翻譯則平添許多亮麗、美好之意，「做秀」使讀者、觀眾引發的聯想也文明得多。

（四）譯詞間的地域性差異應加速統一

當前臺港澳地區也各自創造了許多外來詞，有些已經被內地吸收，有些尚沒有被吸收。總的說來，不好的要從中吸取經驗教訓，好的譯詞可以考慮合理吸收。各自都有意譯的，一定時期可以多種形式並存，但應加速統一的進程。如「蹦極」，臺灣譯為「笨豬跳」，「大學一年級新生」（fresh man），臺灣譯為「新鮮人」，神話（myth）臺灣譯作「迷思」。

（五）照顧受眾的外語水平

新聞媒體是面向大眾的，其中外來詞的使用當然要考慮受眾方的外語水平。這和他們的年齡層次、受教育的水平密切相關。一般來講，年齡較輕、學歷較高的人群外語水平也較高，接受英文原文、字母詞、半音譯半意譯詞比較快，反之則困難得多，需要簡單明瞭的漢語的意譯。這就對定位於不同讀者觀眾群的媒體提出了不同的要求。

總的講來，規範是一個軟性的規範，接受約定俗成的檢驗，優勝劣汰，以大眾接受定論。新聞媒體中的工作人員是關鍵，手握著語言規範的方向盤，應進一步提高漢語修養，牢固樹立規範使用語言的觀念並在正確運用語言的實踐中成為人們的典範。

參考文獻

〔1〕李仁孝，1994，《改革開放以來漢語詞彙的發展與規範化問題》，《內蒙古大學學報》第 4 期。

〔2〕張介明，1996，《在外來文化的影響中漢語現代書面演變的歷史和現狀》，《寧波大學學報》第 1 期。

〔3〕高小焱，2003，《新時期外來詞對新詞語的影響》，《魯行經院學報》第 4 期。

〔4〕李泓萍，2003，《當代外來詞及其對現代漢語構詞法的影響》，《天水師範學院學報》第 4 期。

〔5〕蘇金智，2002，《論當前外來詞規範的原則》，《辭書研究》第 3 期。

〔6〕趙世舉，1998，《漢語對其它語言詞語的吸收及規範問題》，《湛江師範學院學報》第 2 期。

〔7〕王先霈等，2003，《「網語、外來詞與漢語的純潔性問題」筆談》，《湖北大學學報》第 4 期。

（原載《河池學院學報》2004 年第 3 期，與徐榮合作）

論當前漢語外來詞的使用及其規範化

美國語言學家愛德華・薩丕爾說：「語言，像文化一樣，很少是自給自足的。」[1]隨著不同民族之間經濟文化的交流，代表不同文化的語言，必然會發生接觸與融合，從而導致語言成分的相互滲透和影響。其中最重要也最常見的是彼此之間詞語的借用與吸收。漢語自古以來就從其他民族語言中吸收過很多詞語，使自己的詞彙系統不斷地得到發展。尤其是改革開放以來，隨著經濟全球化和東西方文化交流的日益頻繁，漢語也進入了引進外來詞①的又一次浪潮。但是近來有些媒體對當前漢語中外來詞尤其是源於英語的外來詞的使用持一種不值得提倡的態度，本書試就此談談我們的看法並就當前漢語外來詞的規範化問題提些建議。

一、當前漢語中外來詞的大量使用並不意味著漢語的貧乏

近來有報導稱，「英語入侵折射漢語的貧乏」，「充斥在中文表達中的英語外來詞，似乎都在驗證這個理論：中國的發展尚沒有支撐起一個競爭力強大的文化，它足以抵抗西方外來詞的入侵。」②我們認為這種說法太絕對，是不確切的。其理由主要有以下幾點：

首先，語言中詞語的借用並不是單向的，是彼此或多方互通有無。我們認為，當代表不同民族文化的語言發生接觸時，彼此都會向對方的語言借用本民族文化中不存在的那些反映新事物和新概念的詞語來滿足交際的需要。在漢語

詞彙發展的歷史中，有很多詞語都是這樣借入的，比如「葡萄、獅子、苜蓿、石榴、琵琶」等詞是漢代時從西域借進來的〔2〕；魏晉南北朝和隋唐時期，由於佛教的傳入與興盛，佛教用語不可避免地要輸入漢語詞彙，成為漢語詞彙系統的一個重要的組成部分，比如「菩薩、和尚、塔、羅漢、菩提、茉莉、涅槃、刹那」等詞語，這些詞語中有些已經進入到漢語基本詞彙行列，以致於很少有人意識到它們是外來的。但是漢語並不是僅僅仰仗別的民族語言來豐富自己的，漢語的不少詞語也被其他民族吸收借用，豐富了別的民族的語言詞彙。比如說，現在英語中與絲有關的詞大多數是從漢語借去的，像 silk（絲）、Cantoncrape（廣東縐紗）、pongee（本機綢）、Shantung silk（山東綢）、pekin（北京緞）、nankeen（南京的黃棉布）等；與茶有關的，像 tea（茶）、brick-tea（磚茶）、tile-tea（瓦茶）、tea-pot（茶壺）、teacup（茶杯）、tea table（茶桌）、teabiscuit（茶餅）等〔3〕。這些都是英語在與漢語的接觸中從漢語借去的詞。如果說漢語從英語中藉詞就表示漢語是貧乏的，那麼英語又何嘗不是貧乏的？更何況英語中外來詞所佔的比例要遠遠高於漢語。

其次，漢語吸收外來詞有一個特點，就是在外來詞借入的初始階段，往往是以音譯的方式為主，但是過一段時間以後，經常會被意譯的方式所取代。比如，「德律風、水門汀、士擔、布拉吉」後來都被相應的意譯詞「電話、水泥、郵票、連衣裙」所替代。意譯詞只是汲取外來的概念，用我們自己的構詞材料和方式重新創造的新詞〔4〕。即使是音譯詞，當前漢語吸收過來也不是簡單地照搬，而是從語音、語法、語義甚至字形上進行一番改造，使它適應漢語的內部結構規律和漢民族的使用習慣，成為普通話詞彙的成員〔5〕。如西方流行的一種交際舞「waltz」，漢譯為「華爾茲」，英語中只有一個音節，到了漢語中則變成了三個，音節的結構形式發生了明顯的變化，而且還被安上了聲調，這是受漢語語音系統內部規律制約的結果。再比如，英語詞「golf、neon、jeep」原本均為單純詞，「音＋意」譯為「高爾夫球、霓虹燈、吉普車」，則都成了偏正式合成詞；英語詞「vitamin」原本也是個單純詞，到了漢語中則成了一個含有多個層次的複雜結構「維他命」。之所以要這樣譯，是為了合乎漢語的構詞法。英語中某個詞往往有很多義項，當它被借入漢語時通常只保留一個義項，有時候甚至還被賦予了感情色彩變得和原來的意義並不完全

相同。比如「bus」在英語中有「公共汽車、乘公共汽車去、當餐館裏的服務員助手」等多個義項，而漢語的音譯詞「巴士」則只保留了「公共汽車」這個義項〔6〕。

第三，有些外來詞進入漢語以後，由於使用頻率很高，往往會語素化，具有一定的構詞能力。而這些外來詞在它們所來源的語言中卻不一定有這樣的用法。如「吧」（bar）這個詞進入漢語以後，發展成了一個具有一定構詞能力的語素，構成了「酒吧、網吧、陶吧、話吧、吧臺、泡吧」等一系列新詞語。

通過以上三點，我們想說明漢語之所以允許外來詞「入侵」自己的詞彙系統，並使部分外來詞得到廣泛的使用，一個重要的原因就是這些外來詞所代表的都是一些新事物或新概念，而在漢語的固有詞語中又無法找到一些詞語與之相對應。迫於語言交際的需要，這時候最快捷的辦法當然是直接借用外語裏面的詞來表達。我們認為這種所謂的「入侵」不過是語言接觸過程中的必然現象，是世界語言發展的共性，並不能說由此反映出漢語的貧乏性。況且多數的外來詞進入漢語以後還會被漢化，帶上漢民族的色彩或被意譯詞所取代，成為自己的東西。至於說英語的入侵驗證了漢語背後沒有強大競爭力的文化作支撐云云，更不能讓人認同。

二、當前漢語外來詞使用中的不規範現象

（一）不規範的現狀

我們這裏主要談音譯詞（包括純音譯、音譯加意譯、半音譯半意譯）和字母詞③（包括純字母詞和字母詞加漢字類名）的不規範現狀。

1. 音譯詞的不規範現狀

（1）讀音不規範

因為音譯詞是直接把外語詞的語音形式借過來在漢語中用與之讀音相同或相近的漢字來表示，某個外來詞借入漢語以後，它的字形在人們的使用中已經固定下來，但讀音往往卻不一致，特別是一些年輕人傾向於將音譯詞念得跟外語原詞很接近，比如將「吉他」念作「給他」，將「迪斯科」念作「滴斯靠」。

（2）字形不規範，導致一詞多譯

音譯詞在進入漢語之初，往往有很多種書寫形式。如「巧克力、朱古力」

同為英語「chocalate」的純音譯詞;「色拉、沙拉」同為英語「salad」的純音譯詞;「冰激淩、冰淇淋、冰淇淩」同為英語「ice-cream」的半音譯半意譯詞;「因特網、英特網」為英語「internet」的半音譯半意譯詞。這些一詞多形現象的普遍存在,給漢語表達帶來了不必要的混亂。

（3）純音譯與音譯加意譯並存

比如「白蘭地、白蘭地酒」都是英語「brandy」的音譯,前者是純音譯,後者是音譯加意譯。類似的有「芭蕾、芭蕾舞」、「吉普、吉普車」、「高爾夫、高爾夫球」、「摩托、摩托車」、「霓虹、霓虹燈」等,這兩種形式的存在,從某種程度上說,也造成音譯詞不統一的原因之一。

（4）新出現的音譯詞與已經存在的漢語意譯詞並存

漢語中已經有了一個意譯詞了,而後來又出現了一個音譯詞。比如,「公共汽車－巴士」、「商店－士多」、「購物－血拼（或瞎拼）」,這些詞語中前者為本民族詞語,後者為音譯詞。像「士多」,大部分人不懂,完全沒有存在的必要。

2. 字母詞的不規範現狀

字母詞的不規範現象主要是詞形方面的:

首先是漢語中存在著不少詞形不同而意義完全相同的字母詞,使用時相當混亂。比如,「BP 機」和「BB 機」是用哪個字母不確定;「db」和「dB」、「E-Bank」和「e-BANK」是字母的大小寫不確定;「EBAY」和「E-BAY」、「log-in」和「login」是加不加符號不確定;「VISA」和「VISA 卡」、「BASIC」和「BASIC 語言」是要不要加漢字來表示類屬不確定;WindowsXP」和「WinXP」是要不要縮略不確定。

其次是漢語中也存在一些形體上完全一樣（大小寫也一致）卻表示不同意義的字母詞。比如,「EM（電子信箱）」和「EM（電子音樂）」、「ABC（基礎知識）」和「ABC（美國出生的華人）」、「AM（調幅）」和「AM（上午）」、「NFL（美國美式足球聯盟）」和「NFL（美國國家食品實驗室）」等。值得注意的是,漢語字母詞（即漢語中某個詞語的漢語拼音縮寫或英文縮寫）與已經存在的外文字母詞產生了同形的現象。比如,「GB（漢語拼音 guobiao 的縮寫）」和「GB（千兆字節）」、「MM（漢語拼音 meimei 的縮寫）」和「MM（音樂碩士）」等。這些詞語在使用中若不加相應地注釋,注定會給人們的理解造成偏差,影響語言交際。

另外，由於使用者對一些字母詞的含義沒有準確地理解，運用時往往出現語義贅餘的現象。比如，「E 網絡經濟」、「E 電子商務」、「e 辦公自動化網絡」中「E」與後面出現的「電子、網絡」意義重複，「E」完全是多餘的〔7〕。

（二）不規範的原因分析

就當前漢語中外來詞使用的不規範現象，我們認為主要有以下幾個方面的原因：

一是當前我國正處於經濟社會快速發展的新時期，同世界各國的交往更加頻繁，隨著信息傳播的網絡化，外來詞進入漢語的步伐加快，數量雜而多。在豐富了漢語詞彙的同時，外來詞也帶來了一定程度的語言污染，這已是一個不爭的事實。

二是一些人尤其是年輕人的趨新求異和崇洋貴外的心理在作怪〔8〕。他們放著本民族已經有的詞語不用，硬要搬用一些外語中的詞來顯示自己的與眾不同，顯得時尚而有品位。這種硬搬和濫用可以說是漢語中很多外來詞不規範現象的根源，給漢語言交際帶來了不必要的負擔。

三是漢語在引進外來詞的時候往往是要經過一個音譯到意譯的過程。這個過程在一定程度上也使一個外來詞在進入漢語的初始階段具有多種形式成為可能，從而也造成了一詞多譯的不規範現象。

四是政府有關語言文字管理部門在外來詞使用上規範的力度不夠。在一定時期內如果政府有關部門對社會上尤其是在直接影響大眾言語行為的新聞媒體中頻繁出現的某些不規範的外來詞不給予重視，不及時出臺相關的政策來加以規範和引導，任其肆意使用，從長遠來看必定會影響到漢語的純潔和健康發展，妨礙人們的語言交際。

三、當前漢語外來詞規範的原則與方法

（一）規範時應該遵循的原則

1. 政策性原則

所謂政策性原則，是指外來詞的規範應該與國家有關語言文字方面的政策和規定相一致，尤其是要在《中華人民共和國國家通用語言文字法》的精神指導下來進行〔9〕。作為政策的制定者我們必須依據相關法律規定出臺各項規範措

施，而不是僅僅依據某些個人的主觀感覺。作爲政策的執行者，我們應該依據國家有關的法律規定拒絕使用那些已經被列爲不規範的外來詞。

2. 可變性原則

我們在進行語言規範的時候，還應該注意到一定階段的語言規範標準一般只能被同時代的人所接受，卻不易被後代的人所掌握，更不能具有永久的效力〔10〕。在社會交往空前頻繁和科技突飛猛進的時代，這種情況尤爲突出。因此所謂的規範應該看成是發展的，非凝固的，可變的，它應該針對語言發展中出現的新分歧而不斷地更新相關的規範標準，這樣才能引導語言向更加健康和完善的方向發展。外來詞規範作爲語言規範的一個重要的環節，也必須遵循規範的可變性原則。

3. 必要性原則

我們在進行外來詞規範時，應該注意某個外來詞是否滿足必要性的原則，即該外來詞所表示的新事物、新概念是否是漢語普通話中暫時沒有詞語與之相對應的。如果普通話中已經存在相對應的詞語，那麼這個外來詞就沒有存在的價值和必要，應該加以取締。比如我們前面已經列舉到的「購物——血拼（或瞎拼）」，前者爲漢語的固有詞，且具有廣泛的群眾基礎，後者是英語中「shopping」的音譯詞，我們主張應該保留「購物」，取締「血拼（或瞎拼）」。

4. 普遍性原則

不管是本民族固有詞語的規範，還是外來詞的規範，我們都應當選擇那些在社會上已經有廣泛群眾基礎的形式來作爲標準形式加以推廣。比如，「巧克力」和「朱古力」，現在人們在日常生活中更傾向於用前者，而後者則很少有人說，那麼我們就應該選「巧克力」作爲標準形式。

5. 民族性原則

在一個外來詞的眾多音譯形式中，往往是那個符合漢民族文化心理和漢語使用習慣的形式更具有廣泛的群眾基礎。比如，「保齡球」（bowling）、「託福」（TOFEL）因暗含著吉祥幸福的意味而廣爲使用〔11〕。這就要求我們在規範外來詞時要考慮吸收那些符合這方面特徵的形式作爲標準形式。像「騷、秀」都是英語「show」的音譯詞，前者在漢語中暗含著羞辱和歧視的色彩，而後者則讓人想起美好、亮麗之意，我們當然要確定後者作爲規範的音譯形式。

以上幾點原則，在具體的外來詞規範時需要綜合起來加以考慮。

（二）規範的具體方法

這裡我們主要針對前面所述的外來詞不規範現狀提出一些具體的規範方法。

1. 音譯詞的規範

（1）我們主張漢語中有合適的意譯詞時，應該盡量避免選擇音譯詞〔12〕。像「商店」、「晚會」、「抵押」、「膠捲」、「激光」等詞已經被人們廣為使用，沒有必要再用「士多」、「派對」、「按揭」、「菲林」、「鐳射」等音譯詞來取代。

（2）當漢語中沒有合適的意譯詞，非得用音譯詞不可時，要從一個音譯詞的多種形式中確定一種標準形式。我們認為可以從以下幾點來考慮：首先應該盡可能地選擇那些同外語原詞語音形式最接近的漢字去音譯，讀音應該按照這些漢字的讀音去讀，比如，我們建議用「迪斯科」，而不用「迪斯高、迪高、滴斯靠」；其次，應該在眾多的書寫形式中盡可能選擇那些便於書寫的形式，一般多為筆畫簡單的常用字，而不用冷僻字，比如「蘇伊士」和「蘇彝士」都為英語「Suez」的音譯，我們應該選擇「蘇伊士」作為標準形式；再次，當純音譯形式與音譯加意譯形式並存時，我們應該選擇音譯加意譯形式。如前面列舉到的「白蘭地」和「白蘭地酒」、「芭蕾」和「芭蕾舞」等純音譯與音譯加意譯並存的形式中，應該選後者作為標準形式。另外，有些音譯形式帶有明顯的低俗化和不文雅的傾向，我們在規範時應該首先把這些形式排除出去，比如前面列舉到的「騷」。

（3）在漢語出版物中開始使用時應該加必要的注釋。

2. 字母詞的規範

（1）已有中文譯詞的盡量不要再用字母詞〔13〕。比如「電視」、「聯合國」、「託福」、「肯德基」、「噸」、「毫米」、「電子」、「三維」等早已被漢語吸收為規範的詞語，在表達中就沒有必要再用「TV」、「UN」、「TOEFL」、「KFC」、「T」、「mm」、「E」、「三 D」等字母詞來代替。

（2）關於字母詞的詞形，我們認為首先應該考慮與世界接軌，盡量採用國際通行的寫法（比如是否大小寫、是否縮略、是否加符號都應該與國際通行寫法一致），消除書寫上的混亂，方便國際交流。對於一個字母詞既有純字母形式

又有字母加類名的，從群眾的理解角度來說，我們建議採用字母加類名的形式，比如「BASIC 語言」、「VISA 卡」應該比「BASIC」、「VISA」更容易為人們所接受；對於同形但異義的字母詞，我們建議口語中盡量用相應的漢語詞語來表達，如果在書面形式中非得使用時，應該加注釋以消除歧義。

（3）字母詞在漢語出版物中使用時應該加漢語注釋。《中華人民共和國國家通用語言文字法》第十一條規定：「漢語文出版物中需要使用外國語言文字的，應當用國家通用語言文字作必要的注釋。」這就要求我們，尤其是新聞出版部門在需要使用字母詞時必須在其後用漢語加上相應的注釋。

四、結　語

總的來講，當前外來詞在漢語中的廣泛使用是新時期漢語與其他民族語言頻繁接觸的必然結果。一方面外來詞的使用豐富了現代漢語的詞彙系統，促進了語言的發展，另一方面外來詞使用中的不規範現象也給漢語的純潔性和規範化帶來了挑戰。因此新時期我國的語言文字規範部門責任重大，主管語言文字的權威機構應該定期地組織專家對漢語中外來詞的使用情況進行調查研究，在此基礎上適時地制定出有關外來詞使用規範的新政策，不時地向社會公布新出現外來詞的規範形式以引導人們正確使用外來詞。廣大的語文工作者和新聞出版部門應該積極貫徹執行語言文字方面的政策和規定，提高正確使用語言的自覺性，力求減少外來詞使用的不規範現象，為大眾作出規範使用祖國語言文字的表率。只有這樣，漢語才能向健康完善的方向發展。

附　注

①我們這裡所論述的外來詞主要指音譯詞（包括純音譯、音譯加意譯、半音譯半意譯）和字母詞，不包括意譯詞。

②見《環球時報》2010 年 12 月 23 日第 15 版，標題為《英語入侵折射漢語的貧乏》。

③本書中的字母詞專指外文字母詞，不包括由漢語拼音或本民族詞語的英文表達形式縮略而成的漢語字母詞，比如「PSC」、「CCTV」。

參考文獻

〔1〕〔美〕愛德華‧薩丕爾，2007，《語言論》，商務印書館。

〔2〕王力，2004，《漢語史稿》，中華書局。

〔3〕羅常培，2009，《語言與文化》（注釋本），北京大學出版社。

〔4〕孫常敘，2006，《漢語詞彙》（重排本），商務印書館。

〔5〕黃伯榮等，2007，《現代漢語》（增訂四版），高等教育出版社。

〔6〕曹煒，2004，《現代漢語詞彙研究》，北京大學出版社。

〔7〕廖禮平，2006，《談當代我國新聞傳媒中字母詞的使用與規範》，《鹽城師範學院學報》第 5 期。

〔8〕李申等，2004，《新聞媒體中意譯詞的使用與規範問題》，《河池學院學報》第 3 期。

〔9〕蘇金智，2002，《論當前漢語外來詞規範的原則》，《辭書研究》第 3 期。

〔10〕戴昭銘，1986，《規範化──對語言變化的評價和抉擇》，《語文建設》第 6 期。

〔11〕黃麗芳，1995，《漫談當今外來詞的吸收與規範》，《修辭學習》第 2 期。

〔12〕李申等，2004，《淺議新聞媒體中音譯詞的規範問題》，《徐州師範大學學報》第 3 期。

〔13〕廖禮平，2006，《當代我國新聞傳媒中字母縮略語的使用與規範》，《徐州師範大學學報》第 5 期。

（原載《東南大學學報》2012 年第 4 期，與榮景合作）

後　記

　　若從 1975 年發表《關於〈葉公好龍〉「鉤以寫龍」三句話的解釋》算起，自己從事語言研究不覺已經 40 個春秋。近日抽暇從陸續發表的百餘篇有關語言和文獻的論文中選出 50 餘篇，結爲一集，也算給數十年治學生涯作一個階段性的總結。

　　書中收錄之文，按內容約可分爲以下幾類：1. 古今漢語特殊現象研究。如辭彙的羨餘現象、「反詞同指」和「反序重疊」現象的研究。2. 近代漢語釋詞。多爲古典戲曲、小說及筆記文中疑難詞語的考證和詮釋。3. 古典文獻研究。涉及的多爲古白話作品的校勘、注釋問題。4. 辭書研究。以《漢語大詞典》詞條訂補和編纂理論探討爲主，兼及對《宋金元明清曲辭通釋》、《明清吳語詞典》等辭書的評論。5. 方言研究。主要是筆者調查研究自己母語方言的部分成果。此外，還有書序和討論語文教材及語言使用規範的文章數篇。這些研究，如果對認識漢語的一些特點，或者打通古書研讀中的某些障礙，以及對幾部影響較大的辭書的修訂完善能夠有所裨益，筆者就很爲滿足了。

　　在小書即將出版之際，我想應當指出的是，書中有些文章是先後與幾位友生合寫的。這裡面記錄了他們攻讀研究生時，我們曾經共同付出的辛勞和從中感受的快樂，無論於教於學，都堪稱人生一段美好的經歷。

　　最後還要特別說明的是，集子中收錄了上世紀七十年代發表於杭州大學《語文戰線》雜誌上的兩篇小文，即開頭提到的那一篇和另一篇《談〈海燕〉的破折號》。當時我還在一所中學任教，常把鑽研語文教材時發現的一些問題向外舅大人語言學家廖序東教授請教。這一姊妹篇，就是在他的鼓勵和幫助下寫成的。文雖短小，但在當時國內沒有幾家學術刊物的情況下，能相繼正

式發表，對我來說眞是莫大的鼓舞。當然不僅僅這兩篇，書中關於方言研究和元曲詞語考釋的幾篇也都是在他的關心指導下完成的。可以說，正是他引導我走上學習、研究語言之學的道路。轉眼間幾十年過去了，老人家也已經離開我們 8 年。明年 3 月將迎來他的百年誕辰。我編這本集子，也是爲了獻給他——我敬愛的岳父和導師，以此表達自己無盡的感恩和哀思。

李　申

2014 年 3 月 28 日，記於徐州

雲龍山東麓江蘇師範大學寓所